万榕

传播新知 优美表达

牛虻

[爱尔兰] 艾捷儿·丽莲·伏尼契——著

方华文——译

SPM 南方传媒 花城出版社

中国·广州

图书在版编目（CIP）数据

牛虻 / (爱尔兰) 艾捷儿·丽莲·伏尼契著；方华
文译. — 广州 : 花城出版社, 2024.3
ISBN 978-7-5749-0087-5

Ⅰ.①牛… Ⅱ.①艾… ②方… Ⅲ.①长篇小说 – 爱
尔兰 – 近代 Ⅳ.①I562.44

中国国家版本馆CIP数据核字（2024）第000266号

出 版 人：张　懿
选题策划：王会鹏
责任编辑：王铮锴
责任校对：衣　然
技术编辑：林佳莹
封面设计：任展志

书　　名　牛虻
　　　　　NIUMENG
出版发行　花城出版社
　　　　　（广州市环市东路水荫路 11 号）
经　　销　全国新华书店
印　　刷　天津鸿景印刷有限公司
　　　　　（天津市宝坻区马家店工业区）
开　　本　880 毫米 × 1230 毫米　32 开
印　　张　10
字　　数　248,000 字
版　　次　2024 年 3 月第 1 版　2024 年 3 月第 1 次印刷
定　　价　49.80 元

如发现印装质量问题，请直接与印刷厂联系调换。
购书热线：024-23284481

目　录

译序

　　本书作者艾捷儿·丽莲·伏尼契（Ethel Lilian Voynich，1864—1960）出生于爱尔兰科克市。其父是英国数学家乔治·布尔。布尔夫妇有五个女儿，艾捷儿·丽莲是五个姐妹中最小的。1882年，艾捷儿·丽莲继承了一笔遗产，前往德国学习钢琴，1885年毕业于柏林音乐学院。毕业后，由于患上了严重的手指痉挛症，她不得不忍痛放弃成为职业钢琴家的理想。她非常沮丧，决定出外旅游，一方面是为了散心，另一方面是想在心情平静下来后规划一下今后的人生，于是便用支付学费后余下的钱做路费游历了欧洲，足迹遍布德国、波兰、瑞士，并在巴黎居住了一年。在一次参观卢浮宫时，她被一位无名画家于16世纪创作的肖像作品深深吸引。画中人是个意大利青年男子，黑衣黑帽，目光忧郁，似乎有着重重心事，但神情高傲，非凡俗之辈。不知怎么，艾捷儿·丽莲被深深地打动了，望着这位两百年前的青年，心中产生了敬重之感。后来，她买下了这幅肖像的复制品，一直珍藏着它。①

　　1887年，她在伦敦结识了一些流亡的革命者，耳濡目染，接受了

---

①　她创作《牛虻》时，以画中人的形象为参考，生动地描画了主人公亚瑟的外表特征。

他们的革命思想，并在他们的帮助下到俄国居住了两年，接触到了许多革命者，而且还参加了他们的活动——她曾冒着生命危险去探望被沙皇监禁在狱中的革命者，还在俄国和英国之间寄送宣传品。这些工作为她以后的文学创作积累了大量的第一手资料。

在波兰旅游时，一次经过华沙的一座监狱，她碰巧看见了正在放风的青年革命者伏尼契，觉得对方有点儿像那个无名画家创作的肖像画的画中人，于是就有了深刻的印象。后来在伦敦的一个社交场合，二人意外重逢（伏尼契出狱后流亡到了英国）。由于有着共同的价值观和共同的理想，他们相爱了，并在一年后结为连理。婚后，艾捷儿·丽莲继续保持着同俄国革命党人的联系，并通过丈夫的关系接触到了大量的意大利党人。出于对这些革命者献身精神的敬佩，她决心写一本反映他们斗争生活的书。由是，她根据自己接触到的真人真事，经过艺术加工，终于写出了感人至深的长篇小说——《牛虻》。该书首先在美国和英国出版，不久即被翻译成俄语。艾捷儿·丽莲·伏尼契晚年迁居美国纽约，苏联文学界人士曾到她纽约的寓所访问，并为她放映根据小说《牛虻》改编的电影。

总体来说，《牛虻》在西方世界的反响并不十分强烈，但在社会主义国家却引起了轰动，先是受到了苏联读者的青睐，后又在中国产生了"一石激起千层浪"的轰动效应。例如，苏联文学名著《钢铁是怎样炼成的》的作者奥斯特洛夫斯基就是"牛虻"的粉丝。他12岁时读到《牛虻》，后以牛虻为自己学习的榜样，终生不倦。他在《钢铁是怎样炼成的》一书中多次提及牛虻——主人公保尔·柯察金在战斗间隙给战友们讲述牛虻的英勇事迹，在病床上以牛虻的顽强精神忍受伤痛，并承认自己有意模仿了牛虻对生活和恋爱的态度，即"以苦行考验意志"的"革命浪漫主义"。《牛虻》传到中国后，更是反响强烈，受到广大青年读者的热捧。

1953年7月，中国青年出版社出版了李俍民的《牛虻》首译本，发行了一百多万册。中共团中央向全国团员与青年推荐此书为优秀课外读物。当时的《人民日报》《中国青年报》等报刊纷纷发表有关《牛虻》的书评；全国各地许多图书馆、文化馆也纷纷组织文学讲座和读者一道讨论这部书的优点及艺术特色。后来，《牛虻》在我国有了多个译本，还有根据该书改编而成的多版本的连环画、电影及电影音乐唱片等，这种多渠道的传播现象在外国文学作品的译介中是非常少见的。《牛虻》成为当时发行量最高的英国文学作品，是当时中国最畅销的翻译小说之一。在"政治第一，艺术标准第二"的文艺批评标准下，对《牛虻》的研究定位在革命英雄主义的主题上，牛虻勇敢坚强、不屈不挠、视死如归的英雄品质也受到高度的赞扬。另外，《牛虻》作为19世纪后期英国现实主义代表作品被选入多本外国文学教材，得到了高度评价。

　　小说的主人公亚瑟出生在意大利的一个英裔富商家中，名义上他是富商与后妻所生，但实则是后妻与神父蒙太尼里的私生子。亚瑟从小在家里受异母兄嫂的歧视，又看到母亲受到他们的百般折磨和侮辱，精神上很不愉快，却始终不知道事情的真相。亚瑟崇敬蒙太尼里神父的渊博学识，把他当作良师慈父。当时的意大利正遭到奥地利的侵略，青年意大利党争取民族独立的思想吸引着无数热血青年。亚瑟决定献身于这项事业。蒙太尼里发现了亚瑟的活动后十分不安，想方设法加以劝阻。但亚瑟觉得做一个虔诚的教徒和一个为意大利独立而奋斗的人是不矛盾的。在一次秘密集会上，亚瑟遇见了少年时的女友詹玛，悄悄地爱上了她。蒙太尼里调走当了主教，警方的密探卡迪接替了他的位置。在卡迪的诱骗下，亚瑟在忏悔中透露了他们的行动和战友们的名字，以致他和战友一起被捕入狱。他们的被捕，连詹玛都以为是亚瑟告的密，在愤怒之下打了他的耳光。这一连串的打击使他陷入极度痛苦之中，几乎要发狂。至此，他从一个一心追随革命的热血青年，一下子成为遭受所有革命同伴唾弃的叛徒，包括自己心爱的女人。更为可怕的是，他突然发现自己一直景仰着的蒙太尼里神父竟是自己的生身父亲。无论在眼中还是在心中，亚瑟都视蒙太尼里为真正的上帝，然而，这个上帝却是一个骗子！所有的一切，彻底摧毁了亚瑟的理想和信仰。激愤之下，他用铁锤砸烂了上帝的塑像，将自己的心灵放逐到了无边的黑暗之中！最后，他伪装了自杀的现场，只身流亡到了南美洲。在南美洲熬过了十三年水深火热的日子后，他带着浑身的伤疤和一颗经过烈火淬炼的心回到了意大利。这时，他已经是一个能文能武的"牛虻"了，成了一名坚定不移的革命者。不久，他又遇见了詹玛，但对方已认不出他来了。

在一次偷运军火的行动中，牛虻突然被敌人包围，为掩护其他人突围，自己却不幸被捕。蒙太尼里知道了他的身份，企图以父子之情和放弃主教位置的条件劝他归降；牛虻则动情地诉说了他的悲惨经历，企图打动蒙太尼里，要他在上帝与儿子之间做出抉择。但他们谁都不肯放弃自己的信仰。最终，蒙太尼里在牛虻的死刑判决书上签了字，自己也痛苦得精神失常，死于非命。

牛虻光荣就义之后，詹玛方才得知他就是自己曾经爱过而又冤屈过的亚瑟！

方华文作于苏州大学

2020 年 11 月 1 日

第一篇

第一章

亚瑟坐在比萨神学院的图书馆内翻看一堆布道用的讲稿，从里面找东西。这是6月份的一个炎热的傍晚，窗子都敞开着，百叶窗却半掩，为的是遮出些阴凉来。神学院院长蒙太尼里教士停了一下手中的笔，以慈爱的目光望了望正俯身看讲稿的亚瑟那长满黑发的脑袋。

"找不到吗，亲爱的？没关系，我可以把那个章节重写一遍。原稿可能已经毁掉了，可我让你白白找了这么长时间。"

蒙太尼里的声音很低，却浑厚、洪亮，音调清纯如银铃，使他的话语具有一种奇特的魅力。这是天才演说家的声音，富于抑扬顿挫。跟亚瑟讲话时，他的语调里总是流露出一种爱抚。

"不，神父，我一定要找到它。我敢肯定你把原稿放在这里面了。如果重写，绝不会跟原来的一模一样。"

蒙太尼里又埋下头写东西了。窗外有只懒洋洋的金龟子发出令人昏昏欲睡的嗡嗡声；一个卖水果的小商贩悠长凄凉的叫卖声在街上回响着："卖草莓！卖草莓！"

"《论医治麻风病人》，找到了。"亚瑟迈着轻盈的步点穿过房间走了过来，这种步点老是让他家里的那些体面人物恼怒。他是一个身材瘦削的小伙子，不像19世纪30年代英国中产阶级的年轻人，倒像16世纪人物画上的意大利少年。从长长的眼睫毛和敏感的嘴巴一直到纤小的手脚，他身上的每一个部位都轮廓鲜明、玲珑精致。如果坐着不动，他很可能会被当成一个女扮男装的漂亮姑娘。不过，一旦走动起来，他那轻快敏捷的动作会使人联想到一只没有利爪的温驯豹子。

"真的找到啦？亚瑟，你要是不在跟前，我可怎么办呢？我老是丢三落四。好啦，现在我不打算再写了。咱们到花园里去，我给你辅导功课。哪个地方你不懂呢？"

二人步出房门，来到了冷清、阴沉的修道院式花园里。神学院的校舍原先是多米尼克教派的一个修道院。两百年前，这座四四方方的园子整齐划一，艾菊和薰衣草修剪得短短的，两旁生长着笔直的黄杨树。如今，莳花弄草的白衣修士们已长眠于地下，被人们所遗忘。然而，在这迷人的仲夏傍晚，芬芳的药草仍鲜花盛开，只是再没有人采花制药了。一簇簇野生野长的欧芹和楼斗菜填没了石板路上的缝隙，院落中央的那口井也被羊齿草以及乱蓬蓬的景天所遮掩住了。玫瑰花长得杂乱无章，长长的枝茎横跨小径；大朵的红色罂粟花伏在旁边的黄杨树丛里极为醒目；高大的毛地黄低垂着脑袋，耸立在杂草之上；那株从不修剪，也不开花不结果的老葡萄蔓，从无人理睬的枸杞树的枝杈上倒挂下来，缓慢、忧郁地一个劲摇晃着叶状的头。

在一个角落里长着一株巨大的夏季开花的木兰树，树叶黑乎乎地把它点缀得像一座塔，星星点点地显露出一朵朵乳白色的花儿来。一条粗糙的木凳靠树干放着，蒙太尼里坐在了上面。亚瑟在大学里攻读哲学，读书时遇到了难题，特意来向神父讨教。他从未在神学院求过学，但蒙太尼里对他就好似一部包罗万象的百科全书。

"如果没有事情需要我留下，"待书中的章节解释清之后，他说道，"我现在该走了。"

"我不想再工作了，倘使你有空，希望你能多待一会儿。"

"啊，好的！"他靠回到树干上，仰首望去，目光透过薄暮一般的树权，凝视着那些开始在寂静的天空中闪闪发光的朦胧的繁星。黑色睫毛下那双梦幻一般神秘的深蓝色眼睛，是来自于英国康瓦尔郡的母亲遗传给他的。而蒙太尼里将脸扭开，这样就瞧不见他的眼睛了。

"你看上去很疲倦，亲爱的。"蒙太尼里说。

"没有办法呀。"亚瑟的声音里流露出倦意，立刻就被神父注意到了。

"你不该急着上大学，照料病人和晚上熬夜已经累坏了你。我本该坚持让你好好休息休息再离开来亨。"

"哎，神父，那有什么用呢？母亲辞世后，我无法再在那凄惨的房子里住下去，朱莉亚会把我逼疯的！"

朱莉亚是他异母长兄的妻子，也是他的眼中钉、肉中刺。

"我并不是想让你跟家里人住下去，"蒙太尼里温柔地答道，"我知道那样对你是再糟糕不过了。我只是希望你能接受那位行医的英国朋友的邀请，当初你要是到他家住上一个月再上大学，身体状况就会好些。"

"不行，神父，我的确不能到他家去！沃伦一家都是好人，待人和善，可他们不理解我。他们为我感到难过——从他们的脸上可以看得出来——于是他们就想方设法地安慰我，还会谈及我的母亲。当然，詹玛是不会那样做的，甚至在我们小的时候她就知道哪些话该说、哪些话不该说，但其他的人则不然。而且，原因还不止这些……"

"还有什么原因呢，我的孩子？"

亚瑟从低垂的毛地黄茎秆上捋下几朵花来，神经质地把它们放在手中挤压碎。

"那座城镇叫我受不了。"他停顿了一会儿，然后说道。

"我小的时候她常为我在镇上的商店里买玩具，而我常扶她到河边的那条路上散步，直至她病情危重。我不管到哪里去，都会触景生情。卖花女郎一见我就会捧着花束向我走来，就好像我现在还要买花似的！还有那教堂墓地……我只好一走了之，因为一看到那地方我就难过……"

他顿住了话头，坐在那里把毛地黄的钟状花冠撕成碎片。有老半天的时间两个人都默默无语。他抬头望了望，不明白神父为什么不说话。木兰树的枝叶下越来越阴暗，所有的一切都显得更加朦胧，但仍有一丝余光，可以看见蒙太尼里的脸色惨白得吓人。他低垂着头颅，右手紧紧地抓住板凳的边沿。亚瑟把目光移开，心里产生了一种敬畏和差异的感觉，仿佛自己无意中闯入了圣地。

"上帝啊！"他心想，"我在他面前是多么渺小和自私。我的痛苦要是压在他的心上，他绝不会像我这么伤感的。"

不一会儿，蒙太尼里抬起头朝四周看了看。

"我不会强迫你回到那儿去，眼下我绝不会那样做。"他以极其爱怜的语气说，"不过你必须答应我，今年一放暑假你就彻底休息休息。我觉得你最好远离来亨，到别处去度假。我可不愿让你把自己的身体糟蹋坏。"

"神学院放了假，你打算到哪儿去呢，神父？"

"跟往常一样，我打算带学生们进山，把他们安顿在那里。不过，8月中旬副院长便休假回来了。到时候我要尽量争取登阿尔卑斯山，变换一下环境。你愿意随我一道去吗？我可以带你上山四处漫游，你一定喜欢研究阿尔卑斯山上的苔藓和地衣。可单单你我二人，你也许会感到乏味无聊吧？"

"神父，"亚瑟紧紧抱住了双手说——这种姿势曾被朱莉亚称为"多愁善感的怪相"，"只要能随你一块儿去，再怎么我都愿意。可是……我不敢确定……"他打住了话头。

"依你看，怕伯顿先生不允许？"

"他当然不高兴，但他不好加以干涉。如今我已年满十八，可以按自己的选择行事了。总之，他不过是我的异母长兄，我看不出为什么非得服从于他。他待我母亲一直都很不好。"

"不过，如果他坚决反对，我认为你最好不要违背他的意愿，否则你在家里的处境会难上加难……"

"不会再难到哪里去了！"亚瑟情绪激昂地插话说，"他们过去一直恨我，将来还会恨……不管我干什么，都不会有所改变的。再说，詹姆斯怎么会坚决反对我跟你——我的忏悔神父一道去呢？"

"别忘了，他可是个新教徒呀。不管怎样，你最好给他写封信，咱们可以等等，听一下他的意见。你可千万不要太急躁，我的孩子。不论人家恨你还是爱你，都要注意自己的行为才对。"

这席责备的话十分温和，亚瑟听了脸都没有红。"好，我明白。"他唉声叹气地说，"可事情真是太难了……"

"很遗憾，星期二晚上你没到我这儿来，"蒙太尼里突然转了个新话题说，"阿莱佐教区的主教来了，我原本想让你见一下他。"

"我答应过一位同学到他的住所开会，他们都等着我呢！"

"什么样的会？"

这个问题似乎让亚瑟感到困窘。"那……那不是一般性的会议。"他情绪不安，有些口吃地说，"一位学生从热那亚来，对我们讲了话……是一种……一种报告吧。"

"讲的是什么样的内容呢？"

亚瑟犹豫了一下，然后说："你不会问他的名字吧，神父？我许诺过……"

"我什么都不会问你的。如果你许诺过保守秘密，自然就不能告诉我。不过，时至今日，我想你是可以信任我的吧？"

"神父，我当然信任你。他讲了我们的事情……讲了我们对人民……以及对我们自己的责任……还讲了我们应该怎样去帮助……"

"帮助谁？"

"帮助农民……和……"

"和什么人呢？"

"和意大利。"

一阵长时间的沉默。

"请你告诉我，亚瑟，"蒙太尼里冲着他十分严肃地说道，"你考虑这种事情有多长时间了？"

"从……从去年冬天起。"

"你母亲去世之前？她知道吗？"

"不知道。我……我当时不太热心。"

"那么现在……现在你热心了吗？"

亚瑟又从毛地黄上捋下一把花冠来。

"情况是这样的，神父，"他开口说道，目光盯着地面，"去年秋天我准备考试时，结识了许多大学生，这你还记得吧？其中有几位学生跟我讲了一些道理，还借书给我。可我当时不十分在意，总想着快快回家到母亲身边。你知道，她待在地牢一般的家里跟他们在一起，是十分孤独的；朱莉亚的舌头就足以送掉她的命。到了冬天，她病情恶化，我把大学生以及他们的书都抛到了脑后。你知道，后来我就彻底不到比萨来了。我要是想到这种事，要跟母亲谈的，可我把它忘了个干净。当我发现母亲不久于人世时，便几乎寸步不离地守着她给她送终。我常常守通宵，詹玛白天来替换我，我才可以睡一觉。哦，就是在那些漫漫长夜里，我想到了那些书以及大学生说的话，心里直纳闷……不知他们是否正确……不知我们的主会有什么样的看法。"

"你问过主吗?"蒙太尼里的声音有些发颤。

"经常问，神父。有时我祈求主为我指点迷津，有时则求他允许我跟母亲共赴黄泉。然而，我从未听到过他的答复。"

"你对我却只字不提。亚瑟，我曾经希望过你能信任我。"

"神父，你知道我是信任你的！可有些事情对任何人都不能讲。我……我觉得谁都帮不了我的忙——甚至连你和母亲也无能为力。我必须从上帝那儿直接得到答复。要明白，这关乎我的一生和我的灵魂。"

蒙太尼里把身子转开，愣愣地望着木兰树那昏暗朦胧的枝叶。在苍茫的暮色中，他身影模糊，在黑乎乎的树叶遮掩下，活似一个鬼影。

"后来呢?"他慢吞吞地问。

"后来……后来她离开了人世。你知道，在最后的三个夜晚，我一直守在她的身旁……"

他停下来，沉默了一会儿，而蒙太尼里却一动不动。

"在下葬前的那两天里，"亚瑟把声音放低继续说道，"我心里什么事情都不能思考。出殡之后，我就病了。你该记得，我没能去忏悔。"

"是的，我记着呢。"

"那天夜里我爬起来到了母亲的房间。那儿空荡荡的，只有那个大十字架还摆在壁龛里。我心想上帝也许会帮助我，于是跪下身子等待了一整夜。第二天早晨待我清醒过来……神父啊，说也没用，因为我解释不清。我不能告诉你我看到了什么——我自己也不十分清楚。但我知道上帝答复了我，而我不敢违背他的意愿。"

他们二人默不作声地在黑暗中坐了一会儿。接着，蒙太尼里转过身来，把一只手搭在了亚瑟的肩上。

"我的孩子，"他说道，"我要是说上帝什么话也没对你的灵魂讲，那是他不允许的。但不要忘了这件事发生时你所处的状况，不要把悲伤或疾病所导致的幻象错当成他庄严的呼唤。即便上帝的确有意想借死人的幽灵答复你，你也千万不能把他的话理解错。你心里打算做的事情究竟是什么呢？"

亚瑟站起身，像是背教义一样缓慢地答道："我要把生命贡献给意大利，帮她摆脱奴役和悲惨的境遇，将奥地利侵略者逐出国门，使她成为一个没有君主、只有基督教的自由共和国。"

"亚瑟，你可要把自己说的话掂量一下！你不是意大利人呀！"

"这没有什么区别，我是我自己。我看到了这项事业的前景，就责无旁贷地要把它变为现实。"

又是一阵沉默。

"你刚才提到基督说……"蒙太尼里慢吞吞地刚要说话，就被亚瑟打断了。

"基督说：'为了我献出生命的人，将会得到永生。'"

蒙太尼里把胳膊架在树杈上，用一只手遮挡住眼睛。

"坐下来待一会儿，我的孩子。"他最后说道。

亚瑟坐下来，神父拉起他的两只手，用力地牢牢握住。

"今晚我不跟你争论，"他说，"这件事来得太突然……我没想到……我必须有充分的时间慎重考虑。以后咱们再具体地谈吧。不过，就眼下而言，我想让你记住一点：如果你遇到麻烦，如果你……因此而献身，我的心会破碎的。"

"神父……"

"不，让我把话说完。我曾经告诉过你，说我在这个世界上除了你，再无亲近的人了。我觉得你并不十分清楚这意味着什么。对于你这么年轻的人来说，是很难理解的；我要是在你这个年纪，也不会明白的。亚瑟，你对于我，就像……就像自己的亲生儿子一样。明白吗？你是我眼中的光明，心里的希望。我就是死，也不愿让你走错一步，断送掉自己的一生。可我又无能为力。我不要求你对我许诺，只要求你把这点牢记在心，做事要谨慎。遇事应三思，免得无法挽回，即便不为你母亲的在天之灵，也该为我着想。"

"我会小心的……神父，为我祈祷、为意大利祈祷吧！"

亚瑟默默地跪了下来，蒙太尼里也默默地把手放在了他低垂的头上。片刻之后，亚瑟起身吻了那只手，随即便踏着沾满露水的草地迈着轻快的步子走了。蒙太尼里孤单一人坐在木兰树下，直呆呆地凝视着眼前的黑暗。

"上帝把复仇的怒火喷射在了我的身上，"他心想，"就像他曾经对待大卫① 那样。我玷污了他的圣殿，用双手弄脏了我主的圣体。上帝一直在伺机报复。他显得十分耐心，如今终于到时候了。'你做事鬼鬼祟祟，而我要让这件事暴露在全体以色列人面前，暴露在阳光之下；你给予生命的那个孩子将必死无疑。'②"

---

① 《圣经》中的人物，以色列王，因强娶臣妻遭到了上帝的惩罚。

② 这段话摘自《圣经》。

第二章

詹姆斯·伯顿先生一点也不喜欢他的异母弟弟要随蒙太尼里"周游瑞士"的想法。不过，跟一位上了年纪的神学教授去采集植物标本不是一件有害的事情，如果禁止亚瑟去，不明就里的亚瑟会以为他荒唐和专横。亚瑟会立刻把这归结为宗教或血统偏见；岂不知伯顿家族素来以自身的开明容忍精神而自豪。自打一百多年前伯顿父子船运公司在伦敦和来亨开展业务以来，他们全家人都成了坚定不移的新教徒和保守党党员。但他们认为作为英国绅士处事必须公道，甚至对待天主教徒也应如此。当一家之主耐不住鳏居生活的寂寞，跟最小孩子的漂亮的天主教徒家庭女教师结婚时，他的长子詹姆斯和次子托马斯虽然对这位年龄和他们相差无几的继母的出现愤恨不已，但他们都隐忍不发，把这归为天意。做父亲的去世之后，家中长子的婚姻使原本已经难以维持的局面更加复杂化了；但兄弟俩在葛拉迪丝活着的时候真诚地尽力保护她，不让她受朱莉亚口舌的无情伤害，而且在对待亚瑟方面，他们也自以为尽到了责任。他们并不喜欢这小伙子，甚至连样子也不装，他们对他的大度主要表现在慷慨地提供零钱上，并允许他按照自己的方式生活。

因此，接到亚瑟的来信后，他们寄给他一张支票作为他的花销，并冷冰冰地同意他按自己的意愿去度假。亚瑟把多余的钱拿出一半购买了植物学书籍和标本夹子，随即便和蒙太尼里动身去游历阿尔卑斯山了。

蒙太尼里精神轻松愉快，亚瑟好长时间没见他这样了。花园里的那次谈话使他经受了第一次打击，但过后他逐渐恢复了心理的平衡，现在能以较为坦然的态度看待这件事了。亚瑟还很年轻，缺乏经验，但做出的决定还不至于无法挽回。他刚刚踏上那条危险的道路，一定还来得及对他晓之以理，用温柔的劝解把他拉回来。

他们原计划在日内瓦逗留几天，但一看到耀眼的白色街道以及尘土飞扬、游客如织的旅游点，亚瑟不由得微微皱起了眉头。蒙太尼里十分关切地注视着他。

"你不喜欢这地方吗，亲爱的？"

"很难说得清，反正这儿跟我所想象的相差太远。那片湖泊倒是很美，我也喜欢那些山岭的气势。"此时他们站立在卢梭岛上，亚瑟正以手遥指朦朦胧胧、连绵陡峭的萨伏伊群山，"可这座城镇却拘谨呆板，有一些……太像一个新教徒了，一副自以为是的神气。我不喜欢这地方，它能使我联想到朱莉亚。"

蒙太尼里放声笑了起来。"可怜的孩子，真是太不幸了！咱们来这儿为的是寻求欢乐，所以没必要非得在此停留。假如今天到湖上划船，明天早晨去爬山怎么样？"

"可神父，你不是打算在这儿住几天吗？"

"好孩子，这地方我来过十几次了。这次度假是让你高兴。你想到哪儿去呢？"

"如果你的确无所谓的话，我想顺着那条河到它的源头去。"

"罗奈河吗？"

"不，是亚维河。那条河的水流多么湍急啊！"

"那咱们就到夏莫尼去。"

这天下午，他们坐在一只小帆船上随波漂荡。这片美丽的湖泊给亚瑟留下的印象，远不及那条灰暗浑浊的亚维河。他在地中海海边长大，对蔚蓝色的微波早已司空见惯，所以他特别向往湍流，而那条一泻千里的冰河给他带来无限的喜悦。"瞧它奔腾得多么欢快!"他说道。

第二天一大早他们启程前往夏莫尼。乘车穿过肥沃的谷地时，亚瑟的情绪十分高涨。可一走上克鲁西斯附近的蜿蜒小道，犬牙状的大山将他们包裹起来时，他便神情严肃、默默无语了。从圣马丁镇起始，他们步行慢慢地攀爬山谷，晚上在路旁的牧人小屋或小山庄里歇宿，然后又随着自己的意愿向前漫游。亚瑟的心情特别容易受到景物的影响，看到第一处瀑布时他喜不自禁，那样子真让人高兴。可是在接近积雪覆盖的山峰时，狂喜的心情便消失了，他换上了一副蒙太尼里以前从未见过的恍惚迷惘的表情。他和群山之间似乎有一种神秘的关系。在这阴暗、隐秘、呼啸着的松林里，他纹丝不动一躺就是几个小时，目光透过笔直高大的树干眺望那个由耀眼的峰峦和光秃秃的峭壁组成的阳光灿烂的外部世界。蒙太尼里打量着他，心里既悲哀又羡慕。

"希望你能告诉我，你都看见了些什么，亲爱的?"一天，蒙太尼里放下书本，抬头见亚瑟仰面躺在他身旁的苔藓上，姿势跟一小时前一模一样，瞪大眼睛望着阳光闪烁、蓝白相间的苍穹，便这样问道。他们已离开了大路，来到了迪奥萨斯瀑布群附近的一个僻静村庄歇脚，无云的天空中低悬的太阳已经骑在松林覆盖的山巅上，阿尔卑斯的夕阳眼看要把布兰克群山那形状各异的峰峦染红。亚瑟抬起了头，眼睛里满是惊奇和神秘的神情。

"你问我看见了什么，神父? 我在蓝天中看到了一个前无始后无终的白色精灵。它一年又一年地在等待着圣灵的降临。我是透过一面朦胧的镜子看到它的。"

蒙太尼里叹了口气。

"以前我也常看到这类东西。"

"现在看不到了吗?"

"看不到了。以后也不会看到了。我知道它们在那里，但眼睛却看不见。我看到的是另外一些不同的东西。"

"你看到的是什么呢?"

"我嘛，亲爱的，我看到是蓝天和雪山——往高处瞧，就能看到这些。但下边却别有一番景象。"

他指了指脚下的山谷。亚瑟跪下身子，伏在险峻的悬崖边。在越来越浓的暮色之中，巨大的松树像哨兵一样阴森森地耸立在狭窄的河岸上，把河流夹在中间。不一会儿，红得似燃烧的炭一般的太阳落到了犬牙状的山峰后，生命和光一块儿离开了大地。一张险恶、阴森、可怕，给人以种种恐怖感的黑幕端直罩在了山谷上。光秃秃的西山上那些绝壁宛若一只巨兽的獠牙，像要咬住猎物，拖入深谷的腹中，那儿有呻吟的山林，黑蒙蒙一片。那些松树似一排排尖刀，低声说着："快掉到刀尖上来吧!"在渐浓的夜色里，山溪咆哮怒吼，带着永久的绝望狂烈地冲击着两旁的石壁。

"神父!"亚瑟颤抖着站了起来，从悬崖边缩回身子，"那儿就像地狱一样。"

"不，我的孩子，"蒙太尼里轻声回答，"是像人的灵魂。"

"人的灵魂潜伏在黑暗中和死亡的阴影里吗?"

"它们在大街上。每天都有人的灵魂从你的身边走过。"

亚瑟望着下边的黑影，不禁打了个哆嗦。一团朦胧的白雾盘旋在松林之上，若隐若现地在左冲右突的山溪周围徘徊，就像是一个不幸的鬼魂——难以安慰的鬼魂。

"瞧!"亚瑟突然说道，"在黑暗中行路的人，看到了壮丽的光芒。"

东边的雪峰在落日的反照中通亮一片。待那片红光从山顶消逝后，蒙太尼里转过身拍了拍亚瑟的肩膀，使他醒过神来。

"走吧，亲爱的，天光已尽。再耽搁一会儿，咱们摸黑走会迷路的。"

"真像一具尸体。"亚瑟说，同时把身子从面貌狰狞、在薄暮中发着亮光的巨大雪峰那儿扭过来。

他们穿过漆黑一片的树林，小心翼翼地下山，向他们歇宿的牧人小屋走去。

晚饭时分，蒙太尼里步入餐厅，见亚瑟在餐桌旁等他。这小伙子似乎已摆脱了阴郁的心情，像是完全换了个人。

"嗨，神父，快来看这条可笑的狗！它会用后腿站起来跳舞。"

他专心致志地观看那条狗表演，就像观看落日余晖一样。当他逗着狗玩时，脸色红润的小屋女主人戴着白围裙站立一旁，两条粗壮的手臂叉在腰上，一副笑盈盈的样子。"他这么兴致勃勃地玩耍，心情一定很愉快。"她用方言对自己的女儿说，"多么英俊的后生啊！"

亚瑟像大姑娘一样红了脸。女主人看出他听懂了她的话，见他一副窘态，便笑着走开了。吃饭时，亚瑟什么也不说，只谈旅游、爬山以及采集植物标本的计划。显而易见，以前的梦幻并未影响他的情绪和食欲。

第二天清晨，蒙太尼里醒来时，亚瑟已经不见了。他于拂晓前跑到高原牧场上去"帮卡斯帕德牧羊"了。

可早饭刚摆上桌不久，他便闯进了餐厅，没戴帽子，肩上驮着一个三岁模样的农家小女孩，手里还拿着一大束野花。

蒙太尼里抬头一看，脸上绽出了微笑。眼前的亚瑟与比萨或来亨的那个严肃沉闷的亚瑟形成了奇异的对比。

"到哪儿去啦，你这调皮鬼？早饭也不吃就漫山遍野地乱跑？"

"啊，神父，太让人高兴啦！山里日出时的景象真是辉煌壮丽。你瞧这露水有多重！"

他举起一只又湿又泥的靴子让对方看。

"我们出发时带了些面包和乳酪，到牧场又喝了些羊奶。哎呀，那味道真让人作呕！可现在我肚子又饿啦，而且我想让这小家伙也吃点儿东西。安妮特，你想吃蜂蜜吗？"

此时他已坐了下来，把那孩子放在膝盖上，正帮她整理花束。

"不，不！"蒙太尼里干涉道，"我可不能让你着凉。快去把身上的湿东西换下来。到我这儿来，安妮特。这孩子是从哪里抱来的？"

"从村头。她爸爸咱们昨天见过，就是那个为村民补鞋的人。她的眼睛很可爱，是吧？她衣袋里有只小乌龟，她叫它'卡罗琳'。"

亚瑟换了湿袜子下楼吃饭，发现那孩子坐在神父的膝头，不住口地跟他讲乌龟的事情，用胖胖的小手把乌龟朝天托着，好让"先生"欣赏它那胡乱划动的腿。

"瞧，先生！"她以不太清晰的地方口音庄重地说，"你看卡罗琳的靴子！"

蒙太尼里坐在那里逗孩子玩，抚摩她的头发，欣赏她的宝贝乌龟，给她讲好听的故事。小屋的女主人进来清理饭桌，见安妮特正把这位教士装束、表情庄重的绅士的衣袋朝外翻，不由得惊异地看呆了。

"上帝教会了小孩子分辨好人，"她说道，"安妮特平素老怕生人，可你瞧，在神父大人面前她一点儿也不羞怯。真是不可思议！安妮特，趁着这位好心的先生还没走，快跪下来求他为你祝福，这会给你带来好运的。"

"我还不知道，你竟然能跟孩子玩得那么投机，神父。"一小时后，他们到阳光普照的牧场上散步时，亚瑟说道，"那孩子的目光就没有离开过你。你可知道，我在想……"

"嗯？"

"我只是想说……我觉得教会禁止教士结婚是件遗憾的事情。我简直不明白这到底是为了什么。要知道，培养孩子是一种严肃的事业，让他们一开始就受到良好的影响，对他们是很重要的。我认为，一个人的职业越神圣，他的生活就越纯洁，他也就越适合做父亲。神父，我相信如果你没有宣过誓……如果你结了婚，你的孩子，你的孩子一定非常……"

"嘘！"

这轻轻的一声是突然迸发出来的，似乎加深了随之而来的沉寂。

"神父，"亚瑟被对方忧郁的表情弄得心里很难过，于是又启口说道，"你是不是觉得我的话有错误的地方？当然，也许我是说错了，可是这想法在我的心里油然产生，使我不得不这样看待。"

"也许，"蒙太尼里和蔼地答道，"你对刚才话里的含义不十分理解。再过几年你的看法就会不同了。现在咱们还是谈些别的事情吧。"

在这个理想的假期，他们之间的气氛一直都非常安逸和谐，可现在第一次出现了难堪的局面。

从夏莫尼他们又沿着泰特诺耶河前往马第尼。由于天气闷热，他们就在马第尼住下来休息。吃过午餐后，他们到旅馆的凉台上闲坐，这儿晒不着太阳，而且可以将群山尽收眼底。亚瑟取出标本箱，用意大利语跟神父认真地讨论起植物学的问题。

凉台上还坐着两位英国画家，一个在写生，而另一个在东一句西一句地闲聊。那个闲聊的似乎没想到这两个陌生人懂英语。

"不要再画风景啦，威利，"他说道，"那个漂亮的意大利小伙正对这几株羊齿草看得入迷，你还是画画他吧。你瞧瞧他眉毛的线条！只要把他手中的放大镜换成十字架，把他身上的外套和灯笼裤变成罗马人的长袍，凭神态和所有的一切，他俨然就是一个地道的早期基督徒。"

"什么早期的基督徒！吃饭时我就坐在那小伙子旁边。他盯着烤鸡看的时候，就跟欣赏这些肮脏的野草一样，也是很入迷的。他长得倒是够英俊的，橄榄色的面孔的确很美，但他远不如他的父亲富于画趣。"

"他的……哪一位呀？"

"他的父亲，就是坐在你对面的那一位。难道你没注意到他？他的面孔才是极为动人的。"

"嘿，你真蠢，亏你还是常上教堂的卫公理会的教徒呢！见到天主教的牧师，你都认不出来啦？"

"牧师？天哪，他果真是牧师！瞧，都让我忘啦！他们有终生不娶的誓言和诸如此类的规矩。咱们还是积点德吧，权当那小伙子是他的侄子。"

"那两个人真是白痴！"亚瑟抬起头悄声说，眼里闪烁着异彩，"不过，亏得他们认为我长得像你，我要真是你的侄子就好啦……神父，你怎么啦？脸色怎么这么苍白？"

蒙太尼里站起身，把一只手按在额头上。"我有点儿头晕，"他以一种异常低弱和沉闷的声音说，"也许今天上午晒太阳晒得太多了。我去躺一躺，亲爱的。没什么，只是中了点儿暑。"

亚瑟和蒙太尼里在卢森湖畔待了两个星期，然后经由圣戈萨德隘口返回意大利。他们十分走运，天气一直很好，几次出游都玩得非常愉快。但美中不足的是，最初的那种陶醉感不见了。蒙太尼里心情不安，一直想跟亚瑟"明确地谈谈"，因为这次度假正是深谈的机会。在亚维河谷的时候，他绝口不提他们在木兰树下谈过的那件事情，要把它放到以后再讲；他觉得，像亚瑟这样具有艺术家天性的人在欣赏阿尔卑斯山的景色时心情是高兴的，一开始就拿势必会引起痛苦的话题搅他的兴致，未免有些残酷。自从抵达马第尼的那天起，他每天早晨都对自己说："我今天要找他谈。"而到了晚上又说："我明天再谈。"现在度假已经结束，他还在一次次地重复："明天谈，明天谈。"他产生了一种说不清的沮丧心情，感到情况已不似以前，他和亚瑟之间像隔了一层看不见的薄纱，于是他始终没开口。直至假期的最后一个傍晚，他才猛然意识到，如果非说不可，那现在就必须开口。此时他们留在鲁加诺镇过夜，准备次日晨前往比萨。他至少要问一问，看他心爱的人儿在意大利政治那致命的流沙中陷得有多深。

"雨已经停了，亲爱的，"他在太阳下山后说，"如果要看湖景，现在是唯一的机会了。咱们出去走走，我有话想跟你说。"

他们沿着湖边走到一处僻静的地方，在一堵石头矮墙上坐了下来。近旁有一丛蔷薇，上面结满了鲜红色的蔷薇果，一两团迟开了的乳白色花朵依然悬挂在较高的枝头上，凄惨地摇晃着，被雨水浸得沉甸甸的。碧绿的湖面上有一叶小舟在清新的微风吹拂下荡漾，扑闪着白色的翅膀。它看起来是那样轻盈和纤弱，像是投在水面上的一束银白色的蒲公英。在萨尔瓦多山的高处，一个牧人小屋的窗户敞开着，闪出金黄色的灯光。蔷薇垂下枝头，在9月闲静的白云下进入了梦境。湖水溅泼在岸边的鹅卵石上，发出轻轻的低语声。

"我要跟你安静地谈谈，以后很长一段时间内都不会有这样的机会了，"蒙太尼里说道，"你将回到学校里学习，跟朋友们在一起，今年冬天我也会非常忙。我想彻底地搞清楚，咱们之间究竟相处得怎么样。所以，如果你……"他停顿了一会儿，然后以更慢的语调接着说道，"如果你觉得你仍可以像从前那样信任我，我想让你讲一讲，你对那事的参与到底达到了哪种程度，这次讲得应该比神学院花园里的那天晚上明确些。"

亚瑟让目光掠过水面，静静倾听着，一句话也没说。

"如果你肯告诉我，我很想知道，"蒙太尼里继续说道，"你是否发过誓……或别的什么，使你受到了约束。"

"没什么好说的，亲爱的神父。我没有约束自己，但我是受约束的。"

"我不明白……"

"发誓管什么用呢？对人们产生约束力的并非誓言。倘使你对一件事情有了体会，它就会约束你；倘使你没有那种体会，就不会有约束力。"

"那你的意思是说，这件事情……这种体会是无法挽回的吗？亚瑟，你对自己说的话想过没有？"

亚瑟转过身，直直地望着蒙太尼里的眼睛。

"神父，你问过我是否能信任你。你可以不可以也信任我呢？真的，如果有该讲的话，我会讲给你听的。可谈论这些事情是没有用的。那天晚上你的一席话我并没有忘记，将来也永远不会忘记。不过，我必须走我自己的路，去追求我所看到的光明。"

蒙太尼里从花丛中摘下一朵蔷薇，把花瓣一片片扯下来抛入水中。

"你是对的，亲爱的。这些事情咱们以后就不谈了。话说多了好像并没有益处……算啦，算啦，咱们进屋去吧。"

第三章

秋天和冬天毫无波澜地过去了。亚瑟刻苦研读，难得有空闲。他每星期都要抽空去看望蒙太尼里一两次，哪怕只待几分钟。他时常带一本难懂的书去向蒙太尼里讨教，而这种时候他只请教学习上的问题，旁的事情闭口不谈。蒙太尼里不是观察到，而是感觉到他们之间横上了一道令人难以察觉的小小屏障。他处处留意，不让对方觉得他千方百计地想保持住往日的密切关系。如今，亚瑟的拜访给他带来的痛苦大于欢乐。他要时时当心，装出一副坦然的样子，仿佛什么事情也没发生一般，而这样做是十分艰难的。亚瑟注意到了神父在态度上的微妙变化，却不明白其中的原因。他隐约觉得这跟"新思想"这个易于引起争论的问题有关联，于是避而不谈他心里一直在思索着的那件事情。不过，他现在对蒙太尼里的爱比以往任何时候都深沉。不满的情绪和精神空虚的感觉曾经朦胧地萦绕于他心头，他拼命地攻读神学理论和参加宗教仪式，竭尽全力地想加以排遣，但自从和青年意大利党[①]有了接触后，那种感觉便烟消云散了。由于孤独和看护病人所产生的种种不健康的幻想已化为乌有，而那些他曾经以祈祷寻求答案的疑问也迎刃而解了。他焕发出了新的热情，萌生了比较清晰和比较新颖的宗教思想（他主要从这种角度，而非从政治进步的角度看待学生运动），随之便有了平静和满足的心态，认为世上风调雨顺，人之间充满了友善。在这种神圣、高尚及温和的心境中，他觉得这个小世界上到处都是光明。即便在那些以前最讨厌的人

---

① 意大利的小资产阶级革命组织，创建于 1831 年，其宗旨是推翻外国人的统治，建立统一的意大利共和国。

身上，他也发现了一些可爱的新品质；蒙太尼里五年来一直是他理想的英雄，如今在他眼里又多了一圈光环，认为他很可能就是新信仰的先知。他满腔热忱地听神父布道，努力想从中寻找到一些痕迹，以证明神父的话跟共和国的理想有内在的联系；他悉心研究各种福音书，高兴地看到基督教发源时就具有民主倾向。

元月里的一天，他到神学院去归还一本以前所借的书。他听说院长大人出了门，便来到蒙太尼里的私人书斋，把那本书放回了书架。正要离开之际，桌子上放的一本书的书名吸引了他的目光。那是但丁撰写的《论君主政治》。他捧书看起来，很快入了迷，连有人开门和关门都没有听到。直至蒙太尼里在他身后说话，才把他从如痴如醉的状态中唤醒。

"没想到你今天会来，"神父说，并且瞥了一眼那本书的书名，"我正要托人去问你呢，看你今晚是否能来见我。"

"有什么重要的事情吗？今晚我要赴一个约会。不过，我也可以不去，假如……"

"算啦，明天来也可以。我想见你，是因为星期二我要离开这里。我接到指示，要我赶赴罗马。"

"去罗马？要去很长时间吗？"

"梵蒂冈的来信说，让我在那儿过复活节。我本想立刻告诉你，可由于处理神学院里的事务，以及为新院长做安排，忙得不得了。"

"神父，你肯定不会脱离神学院吧？"

"将来不得不脱离。不过，我可能还要回到比萨来，起码还要待一段时间。"

"但你为什么要脱离神学院呢？"

"哦，虽然还没有正式宣布，但他们给了我一个主教的位置。"

"神父，在哪个地方？"

"我到罗马去就是要弄清这个。是到亚平宁山区当主教，还是留在这儿做副主教，都还没有决定。"

"新院长物色好了吗？"

"卡迪神父接到了任命，明天就来这儿。"

"这是不是太突然了些？"

"是的。不过……梵蒂冈的决定有时候是等到最后一刻才通知的。"

"你认识新院长吗？"

"没见过面，但人们对他有口皆碑。贝洛尼主教写信称赞他是一位饱学之士。"

"神学院的师生会非常想念你的。"

"对于神学院我说不准，但我相信你一定会想念我的，亲爱的。也许你对我的想念跟我对你的同样强烈。"

"我肯定会想念你的。可尽管如此，我还是感到非常高兴。"

"是吗？我不清楚我是否也高兴。"蒙太尼里在桌旁坐下，一脸疲惫相，从表情上看不出是个即将高升的人。

"今天下午有空吗，亚瑟？"他隔了一会儿说道，"如果有空，希望你能多陪我一些时间，因为你晚上来不成。我觉得我的情绪不太好，走前我想尽可能多见见你。"

"好吧，我可以再坐一会儿。我赴约的时间是六点钟。"

"又是去开会吧？"

亚瑟点了点头，蒙太尼里急忙转换了话题。

"我想谈谈你的事情，"他说道，"我不在，你应该另找一个神父听你的忏悔。"

"待你回来，我还能继续向你忏悔吗？"

"亲爱的孩子，这还用问吗？我所说的只是我不在的这三四个月。你愿意到圣加特琳娜教堂找一位神父吗？"

"愿意。"

他们又谈了一会儿别的事情，然后亚瑟起身。

"我得走啦，神父，同学们在等我呢。"

那种憔悴的表情又回到了蒙太尼里的脸上。

"已经到时间啦？你刚才几乎把我阴郁的心情全都驱散了。好吧，再见。"

"再见。我明天一定来。"

"争取来早点，这样我就有时间单独见你。卡迪神父就要来这儿了。亚瑟，亲爱的孩子，我走后你可要当心。不要冲动之下干出鲁莽的事情。一切等我回来再说。你想不到我离开你是多么不放心。"

"不必担心，神父。眼下风平浪静，事情还要等很长时间呢。"

"再见啦。"蒙太尼里匆忙说完，接着就坐下写东西了。

亚瑟进入学生们举行小规模聚会的那个房间，第一个映入眼帘的就是他过去的伙伴——沃伦医生的女儿。她坐在窗旁的一个拐角，带着一副专注和认真的表情，正在听一位"发起人"跟她讲话——那说话者是位高个子伦巴第后生，穿一件破旧的上衣。这几个月里，她变化大、发育快，看上去已经是个成熟的年轻女子了，不过浓密的黑色发辫仍按女学生的打扮挂在背后。她穿一身黑衣，还在头上蒙了一条黑围巾，因为屋里很冷而且有风。她胸前插着一枝丝柏，那是青年意大利党的标志。那位发起人在激动地向她描绘卡拉勃里地区农民的悲惨境遇；她一声不响地坐着倾听，用一只手托住下巴，眼睛盯着地面。亚瑟觉得她就像自由女神的化身，在为毁掉的共和国沉痛哀悼（要是以朱莉亚的眼光看，她只不过是个发育过度的野姑娘，脸色灰黄，鼻子不规整，身上穿的老式衣服能短半截子）。

"詹玛，你在这里呀！"当有人把那位发起人叫到房间的另一端时，亚瑟趁机走到她面前说。

她吓了一跳，把头抬了起来。

"亚瑟！啊，我不知道你……你属于这个组织！"

"我对你的情况也不了解。詹玛，你是什么时候……"

"你不明白！"她急忙插话说，"我不是党员，只是做过一两件微不足道的事情。情况是这样的，我遇到了毕尼……你知道卡洛·毕尼吧？"

"当然知道。"毕尼是来亨支部的组织者，青年意大利党的人都知道他。

"哦，是他把这些情况告诉了我，于是我请求他允许我参加大学生的会议。那天他往佛罗伦萨给我写信……我曾到佛罗伦萨度圣诞节，你不知道吧？"

"近来我不常听到家乡的消息。"

"嗨，对啦！我在那里和赖特姐妹住在一起（赖特姐妹是她的老同学，已移居佛罗伦萨）。毕尼写信让我今天回家的路上经过比萨，好到这儿来。喂，他们要开始啦！"

这次演讲的内容是关于理想的共和国以及年轻人为了这个共和国应履行的职责。演讲人对这个题目在理解上有些模糊，可亚瑟却怀着虔诚和崇拜的心情倾听着。在这段时期，他那好奇的大脑还不具备鉴赏力。一旦接受一种精神和理想，他就囫囵吞下肚，也不考虑是否能消化得了。当演讲以及随之而至的长时间的讨论结束之后，学生开始散去，而他来到了仍坐在屋角的詹玛跟前。

"请允许我陪你一道走，詹玛。你住在哪儿？"

"住在玛利埃塔家。"

"你父亲的那位老年女管家?"

"是的。她住的地方离这儿有好长一段路呢。"

他们默默无语地走了一会儿。后来，亚瑟突然说道:"你17岁了，对不对?"

"去年10月份就满17了。"

"这我不知道。你不像别的姑娘，一长大就想上舞场那种地方。詹玛，亲爱的，我心里常常在想，你会不会成为我们的一员。"

"我也经常这样想。"

"你刚才说为毕尼做过工作，想不到你竟然认识他。"

"不是为毕尼，而是为另外一个人做过事。"

"这另外一个人是谁呢?"

"就是今晚跟我讲话的那个，他叫波拉。"

"你跟他很熟吗?"亚瑟带着一丝醋意问道。他一听到波拉的名字就窝火，他们俩曾经争着去执行一项任务，可最后青年意大利党的委员会把任务交给了波拉，说亚瑟太年轻、缺乏经验。

"我和他十分熟，我很喜欢他。他曾在来亨待过。"

"这我知道。他是在去年11月份到那儿去的……"

"就是为了解决船只的问题。亚瑟，咱们家庭出身不同，你不觉得从事那种活动你比我要安全些吗?像你们这样富有的船运之家，没有人会起疑心的。而且，码头上的每一个人你都认识……"

"嘘!说话别这么大声，亲爱的!原来，从马赛运来的那些书藏在你们家?"

"只藏了一天。哎!也许我不该告诉你。"

"为什么?你知道我是这个团体的成员。詹玛，亲爱的，你们——你和神父要是能加入我们的团体，我会再高兴不过的。"

"你的神父！他当然……"

"他有不同的想法。可我有时想象着……就是希望……我也说不清……"

"可是，亚瑟！他是个神父呀！"

"那有什么关系呢？我们的团体中是有神父的，其中的两个还在报上发表文章哩。这有什么不可以呢？神父的使命在于引导人们去实现崇高的理想和目标，我们的团体要做的不就是这些事情吗？总之，这主要是宗教道德问题，不全是政治问题。如果所有的人都配得上做热爱自由和责任心强的国民，那就谁都奴役不成他们了。"

詹玛锁紧了眉头。"在我听来，亚瑟，"她说道，"你的逻辑有些混淆不清。神父是传播宗教信条的，我看不出这跟赶走奥地利人有什么关联。"

"神父传播的是基督教，而基督是最伟大的革命家。"

"你可知道，那天我和父亲谈到了神父，而他说……"

"詹玛，你父亲是个新教徒。"

她犹豫了一会儿，然后扭过脸来用坦率的目光望着他说："好吧，咱们最好不要扯这个话题了，你一提起新教徒，就总是不耐烦。"

"我并没有不容人的意思。我认为新教徒在谈到天主教神父时，一般都显得不耐烦。"

"我想是这么回事。不管怎样，咱们对这个问题常常争论不休，不值得再争吵下去了。你觉得今天的演讲怎么样？"詹玛问。

"我非常喜欢——尤其是最后的那部分。让我感到高兴的是，他雄辩地指出应为共和国的理想生活，而不是沉湎于梦想之中。正如基督所言：'天国在你心中。'"

"我不喜欢的恰恰是那一部分。他大谈特谈我们应该思考和感受美好的事物，却始终没有具体告诉我们应当怎么去做。"詹玛说。

"关键的时刻来临时，将会有大量的工作要做。可咱们必须耐心，这些伟大的变化不是一天能够完成的。"

"一项事业花费的时间越长，就越有理由立刻动手做起。你说要配得上享受自由……你可知道还有什么人比你的母亲更配享受自由吗？难道她不是你所见到的最完美的天使一般的女性吗？她与人为善，可这有什么用呢？她终生为奴，至死方休——被你的哥哥詹姆斯夫妇欺侮、逼迫和羞辱。如果她不是那般善良和忍耐，她的境遇会好得多，他们绝不会那样待她。意大利的情况也是一样，需要的不是忍耐，而是让人们奋起保卫自己……"

"亲爱的詹玛，如果愤怒和激情能够拯救意大利，她早就获得自由了。她所需要的不是仇恨，而是爱。"

他说出最后一个字时，额头上突然泛起了红潮，接着又消退了。詹玛没有注意到这种情况。她紧皱眉头，抿着嘴唇，眼睛直视前方。

"你认为我是错的，亚瑟，"她隔了一会儿说道，"可其实我是对的，总有一天你会看到的。就是这幢房子。你进去坐坐吗？"

"不了，天太晚了。再见，亲爱的！"

他站在门口的台阶上，用双手紧紧地握住她的手。

"为了上帝和人民……"

她缓慢、庄严地说出了那句口号的后半部分："——始终不渝。"

随后，她抽回手，跑进了屋里。当房门在她身后关上时，他弯腰捡起了那枝从她胸前掉下来的丝柏。

第四章

亚瑟回住所时，浑身感到轻飘飘的，仿佛插了翅膀一样。他兴高采烈，心里没有一丝烦恼。开会的时候，有人暗示说应该着手准备武装起义了。如今詹玛成了一名同志，而他在爱着她。他们可以一道工作，甚至还可能会为了共和国的建立一道牺牲。他们的希望就要开花结果了，神父会看到的，到时候会相信的。

可第二天早晨一觉醒来，他心里平静了些，记起詹玛要回来亨，而神父将赶赴罗马。1月、2月、3月——离复活节还有漫长的三个月呢！回到家里，詹玛要是受到新教徒的影响（在亚瑟的词汇表里，"新教徒"和"腓力斯人①"是同义词）……不，詹玛跟来亨别的英国姑娘不一样，绝不会去打情骂俏、搔首弄姿，去勾引游客以及那些秃头船主；她是由不同的材料构成的。但她很可能会非常苦恼——她那么年轻，身边连个朋友也没有，和那些愚蠢的人在一起会感到极其孤独的。要是母亲还活着的话……

亚瑟傍晚到神学院里去，发现蒙太尼里正在招待那位新院长，表情既疲倦又厌烦。看到亚瑟，神父非但没有像往常那样满面生辉，脸色反倒更阴郁了。

"这就是我对你讲过的那个学生。"他生硬地介绍亚瑟说，"如果你能允许他继续使用图书馆，我将不胜感激。"

卡迪神父面孔慈祥，是个年长的神职人员，立刻跟亚瑟聊起萨宾

---

① 思想狭隘、缺乏教养的人。

查大学，态度是那样自然和亲切，显得很熟悉大学生活。他们的谈话很快就转到了大学的校规问题上，这在当时是一个人们议论纷纷的问题。这位新院长强烈谴责了校方用毫无意义、惹人生气的清规戒律不断地折磨学生的做法，亚瑟听后乐不可支。

"在引导年轻人方面我具有丰富的经验，"新院长说，"我有一个原则：没有充足的理由，对任何事情都绝不加以禁止。应该适当地考虑和尊重年轻人的人格，调皮捣蛋的人毕竟是少数。当然喽，假如老是紧勒缰绳，最驯良的马也会踢人的。"

亚瑟睁圆了眼睛，想不到这位新院长竟站在学生一边说话。蒙太尼里没有加入讨论，显然对这个话题不感兴趣。他脸上的神情十分绝望和厌烦，卡迪神父见状突然收住了话头。

"恐怕叫你听烦了，神父。请务必原谅我话太多；一谈这件事我就情绪激动，忘了别人会感到厌倦。"

"恰恰相反，我十分感兴趣。"蒙太尼里不善于说这类呆板的客气话，声调在亚瑟听来很刺耳，让人不舒服。

卡迪神父回到他自己的房间去了。蒙太尼里把身子转向亚瑟，脸上带着整个晚上都未消散的那种焦虑、郁闷的神情。

"亚瑟，我亲爱的孩子，"他慢吞吞地开口说道，"有件事我要告诉你。"

"他八成要告诉我坏消息。"亚瑟关切地望着那张憔悴的面孔，脑子里闪过这样一个念头。接着是长时间的沉默。

"你觉得这位新院长怎么样？"蒙太尼里突然问道。

这问题突如其来，亚瑟一时不知如何回答才好。

"我……我非常喜欢他，我觉得……至少……不，我不敢确定是否喜欢他。只见过一次面，很难下结论。"

蒙太尼里坐在那里，用手轻叩椅子扶手。遇到焦虑或为难的时候，他总是这个样子。

"至于罗马之行，"他又开口说道，"如果你觉得有必要……哦……你希望我留下的话，我将写信说我去不成了。"

"神父，可梵蒂冈……"

"梵蒂冈会另找别人的。我可以对他们做出解释。"

"但这是为什么？我不明白。"

蒙太尼里揩了一把额头。

"我为你感到担心，脑子里不断地闪出各种念头……再说，我没必要非得去……"

"可主教的职位……"

"唉，亚瑟！那对我有什么好处呢？如果我得到主教的职位，却失去……"

他把话说到半截停了下来。亚瑟以前从未见他这样过，心里不由得十分不安。

"我不理解，"他说，"神父，是否请你解释得再……再清楚些，你到底心里想的是什么……"

"我没想什么，只是产生了一种可怕的恐惧感。告诉我，是不是有特别的危险呢？"

"他可能是听到了什么风声。"亚瑟想起有关于秘密起义的传闻，便这样揣测到。但秘密绝不能经他的口泄露出去。于是，他仅仅问道："会有什么样的特别危险呢？"

"别问我——你该回答我的问题！"情急之中，蒙太尼里的声音有些严厉，"你是不是遇到了危险？我并不想了解你们的秘密，你只告诉我这一点就行了！"

"我们的命运都掌握在上帝的手中，神父！意外随时都可能发生。话虽如此，我不知道有什么原因能妨碍我平安无事地活着等你归来。"

"待我回来时……你听我讲，亲爱的。我把这件事交给你决断。你不必告诉我原因，只需要对我说声'留下'，我就放弃这趟旅行。这不会对任何人有害处的。你在我跟前，我会觉得你安全些。"

这种病态的想法跟蒙太尼里的性格极不相符，于是亚瑟用眼睛望着他，显得沉痛和关切。

"神父，你一定是身体不舒服吧。你当然应该到罗马去，争取彻底休息休息，把你的失眠和头痛治好。"

"好吧，"蒙太尼里打断他的话说，仿佛厌倦了这个话题，"明天上午我搭早班马车走。"

亚瑟望着他，心里感到纳闷。

"你还有事情要告诉我吗?"他说。

"没有，没有了；再没有什么了……没有重要的事情了。"神父脸上显露出一种吃惊的、近乎恐惧的表情。

蒙太尼里走了。过了几天，亚瑟到神学院的图书馆借书，在楼梯上与卡迪神父撞了个满怀。

"啊，伯顿先生!"那位新院长嚷嚷道，"我正想找你哩。请进来帮我解决个困难。"

他打开书斋的房门，亚瑟尾随他走了进去，心里暗暗涌起一股很可笑的愤怒情绪。这间可爱的书斋是他的神父神圣的私人领地，而今看见被一位陌生人侵占，似乎让他不能接受。

"我可是条可怕的书虫，"院长说，"我来神学院的第一件事就是检查图书馆。这个工作似乎很有意思，可我不明白这儿的书目是怎样编排的。"

"这儿的书目编排不健全,最近又添了许多好书。"

"能不能占用你半个小时的时间,给我讲讲编排的方法?"

他们进了图书馆,亚瑟细心地解释了书目的情况。当他起身取帽子告辞时,被院长笑着拦住了。

"不,不!不能让你这么匆匆地离去。今天是星期六,该把功课放一放了,等到星期一早晨再说。把你耽搁得这么迟了,我想留你陪我吃饭。我很寂寞,将很高兴有人做伴。"

他态度开朗、风趣,亚瑟立刻就觉得跟他在一起无拘无束。随便地闲聊了几句之后,院长问起他认识蒙太尼里有多长时间了。

"差不多有七年的光景。当时我12岁,他刚从中国回来。"

"啊,对啦!他就是去中国当传教士才出了名的。从那以后你就成了他的学生?"

"他是一年后向我传授知识的,大概就是我第一次对他忏悔的时候。自从我进入萨宾查大学,他仍继续帮助我掌握课外我想钻研的东西。他对我一直都非常好,你简直想象不来究竟有多么好。"

"我完全相信你的话。他的品格极其高尚、完美,叫人不得不仰慕。我遇见几位跟他一起在中国待过的传教士,他们对他在艰难困苦的条件下表现出的精力、勇气以及始终如一的忠诚,都称赞得无以复加。你在青少年时代能够得到这样一个人的帮助和指导,真是够幸运了。我听他说,你失去了双亲。"

"是的,我父亲在我很小的时候就死了,而母亲是一年前去世的。"

"有兄弟姊妹吗?"

"没有,只有异母兄长。我还在育婴室的时候,他们已经是生意人了。"

"你的孩提时代一定很孤独。也许正因为如此，你才更珍视蒙太尼里神父的深情厚谊。顺便问一声，他不在跟前的这段时间，你另外选好忏悔神父了吗？"

"如果到圣加特琳娜教堂忏悔的人不太多，我想去那儿找一位神父。"

"愿意向我忏悔吗？"

亚瑟惊异得瞪大了眼睛。

"尊敬的神父，我当然……是很高兴的，只是……"

"只是神学院的院长通常不接受一般信徒的忏悔？这倒是实情。不过，我知道蒙太尼里神父很喜欢你，而且依我看他对你有些不放心——要是我离开自己心爱的学生，也会这样的——他一定会希望他的同僚能引导你的精神。再说，坦率地告诉你吧，我的孩子，我很喜欢你，将很高兴尽自己的能力帮助你。"

"既然你这样说，我当然对你的引导会非常感激。"

"那么你肯从下月起，来向我忏悔？一言为定。不管哪天有时间，勤来看看我，我的孩子。"

复活节前不久，蒙太尼里被任命为伊特鲁里亚—亚平宁山中布里西盖拉教区主教的消息正式公布了。他从罗马给亚瑟写信，流露出欢快平静的心情。显然，他的沮丧情绪已然消失。"每逢假期你都应该来看我，"他写道，"而我会经常到比萨去的。即便不能遂心如愿，我还是非常希望多多见到你。"

沃伦医生也写信邀请亚瑟跟他以及他的孩子们共度复活节，免得让亚瑟回到那座如今由朱莉亚主宰着的凄凉、老鼠横行的旧宅里去。信中附着詹玛草草写就的一张简短的字条，笔迹像孩子的一样不工整，求他如有可能尽量到她家去，还说："因为我有件事情要告诉你。"更令人振奋的是，大学里的学生正在交头接耳地传播着一条消息，大家都在准备迎接复活节后即将发生的伟大事件。

所有的这一切使亚瑟陷入狂喜的期待心境中，连学生中议论的最不着边际、最不可能的事情在他看来也是很自然的，似乎在后边的两个月里就能够实现。

他计划在耶稣受难周的第四天回家，在那里度过假期的头几天；可他觉得，即将拜访沃伦家的喜悦以及将见到詹玛的欢乐不应该妨碍他进行庄严虔诚的默想，这是教会在这段时期里对所有教徒的要求。他写信给詹玛，答应复活节的那个星期一去找她。这个星期三的晚上，他是带着一颗平静的灵魂回寝室的。

他在十字架前跪下身来。卡迪神父答应过他，要在第二天早晨听他忏悔；为了这复活节圣餐式之前的最后一次忏悔，他必须长时间虔诚地祈祷，以做好准备。他合掌跪在那里，垂首回忆这一个月的情况，罗列出自己的急躁、疏忽和轻率的行为——这些小小的罪过在他洁白的灵魂上留下了微瑕。除此之外，他再也找不到别的过失；这个月他过于高兴，顾不上去多犯错误。他在身上画了个十字，站起来，开始脱衣服。

他解衬衣扣子时，一张纸片从衬衣里露出来，飘落到了地上。那是詹玛的信，他贴着脖子放了一整天。他把信捡起，展开，在那可爱的字迹上吻了一下。他隐约觉得自己的举动十分可笑，便又把信折起来，而就在这时他注意到信纸的背面有一段他以前没注意到的附言。"你可一定要尽快赶来，"附言说，"因为我想让你见见波拉。他近来住在这里，我们天天在一起读书。"

亚瑟看到了这段话，一股热血涌上了额头。

又是波拉！他到亨来干什么？詹玛为什么要跟他在一起读书呢？难道他偷运了一趟书就把她迷住啦？在元月的那次会议上就很容易能看

得出他爱上了她；所以他才那么起劲地向她宣传大道理。如今，他守在她的身边，天天跟她一道读书。

亚瑟突然把信丢开，重新跪倒在十字架前。就是这样的灵魂还准备去忏悔，准备去参加复活节圣餐礼——就是这样的灵魂还想跟上帝、跟它自己以及整个世界和平相处！这颗灵魂满怀卑鄙的妒忌和猜疑，满怀自私的怨气和褊狭的仇恨——针对的竟是自己的一位同志！他感到痛苦和羞耻，用双手捂住了脸。仅仅五分钟之前他还梦想着去舍生取义，而现在却萌生了如此卑鄙肮脏的念头！

星期四上午他来到了神学院的教堂，看到教堂里只有卡迪神父一人。他背诵过忏悔祷文之后，紧接着便供出了昨天晚上自己的灵魂堕落的情况。

"神父啊，我犯下了妒忌和愤恨的罪过，不该对一个无错于自己的人心怀可耻的念头。"

卡迪神父心里很清楚他要对付的是怎样一个忏悔者。只听他柔声细语地说："你没有把情况全部讲出来，我的孩子。"

"神父，我对他怀有基督徒不该有的念头，而他是一个我尤其需要爱戴和尊敬的人。"

"是一个和你有血缘关系的人吗？"

"我们的关系比血缘关系更为密切。"

"那是什么关系呢，我的孩子？"

"同志关系。"

"是哪一种事业上的同志关系？"

"一种伟大神圣的事业。"

一阵短暂的沉默。

"你对这位……对这位同志的愤恨以及妒忌，是因为他比你在工作上取得的成就大而导致的吗?"

"我……是的,这是部分原因。我嫉妒他的经验……他的才干。另外……我觉得……我害怕……他会把我……把我爱的那位姑娘的心夺走。"

"你爱的那位姑娘是神圣教会里的教徒吗?"

"不,她是新教徒。"

"一个异教徒?"

亚瑟十分苦恼地把双手紧紧合在一起。"是的,一个异教徒。"他重复道,"我们俩青梅竹马,双方的母亲也是朋友。我嫉妒他,是因为我看出他也爱她,还因为……因为……"

"我的孩子,"卡迪神父在沉默了一会儿之后,慢条斯理、表情庄重地说,"你还是没有把全部情况讲出来,你心灵上的负担还不止这些。"

"神父,我……"他支吾了一声,又把话停了下来。

神父一声不吭地等待他继续讲。

"我嫉妒他,因为我所在的那个团体……青年意大利党……"

"我们的党把一项我希望能完成,并认为自己特别适合完成的任务交给了他。"

"什么任务?"

"把轮船运来的一部分书……一些政治书卸下来……在镇上……找个地方藏起来。"

"你们的党把这项任务交给你的竞争对手啦?"

"交给波拉了……所以我嫉妒他。"

"他难道没有过失,因而引起了你的这种情绪吗?你就不指责他在执行任务时有疏忽之处吗?"

"不,神父,他执行任务时勇敢又忠诚,他是一位真正的爱国志士,我对他只该有爱戴和尊敬的分儿。"

卡迪神父沉思默想了片刻。

"我的孩子，如果你胸怀新的曙光，胸怀为自己的同胞完成伟大事业的理想，以及为遭受苦难和压迫的大众减轻负担的希望，那么你就要精心对待上帝的这一无比珍贵的恩赐。一切美好的东西都是上帝的恩赐，正因为有了他的恩赐才会有新事物的诞生。如果你寻找到了舍生取义的道路，找到了通向和平的道路；如果你和心爱的同志们一道把和平带给那些在黑暗中哭泣和哀痛的人们，你就要摆脱嫉妒和情欲，让你的心像祭坛一样圣火长明。别忘了，这是一项崇高、神圣的事业，而承担这种事业的一颗心必须冰清玉洁，不沾有一丝一毫杂念。这种工作和神父的工作是一样的，它不是为了女人的爱也不是为了过眼烟云般的情欲，它是为了上帝和人民，始终不渝。"

"啊！"亚瑟吓了一跳，将两手紧合在一起。他听到最后的那句口号，差点啜泣出声："神父，你代表教会恩准了我们！现在基督站在我们一边……"

"我的孩子，"神父庄严地答道，"基督把那些兑换钱币的人逐出了圣殿，因为他的殿堂应该是祈祷的场所，而他们却将其变成了贼窝。"

在一阵长时间的沉默之后，亚瑟颤抖着声音低语道："待把他们驱逐出去，意大利将成为上帝的殿堂……"

他说到这里停了下来，对方柔声说："我们的主曾宣称：'大地以及大地上的财富都是属于我的。'"

第五章

那天下午，亚瑟觉得有必要长途散步。他把行李托给一位同学照看，便以步代车向来亨走去。

空气潮湿、阴云密布，可是并不寒冷；低平原野上的景色，看起来比往常更加旖旎。脚下柔软和富于弹性的湿草，以及路边眨巴着羞怯眼睛的野春花，都给他以喜悦的感觉。在一片狭长的小树林的边缘，有只鸟儿正在一丛刺槐上筑巢，见他走过，便惊叫一声，飞快地扑棱着褐色的翅膀腾空而起。

他竭力要把思想集中在虔诚的默念上。在复活节前夕的星期五，这样做才是合适的。可他对蒙太尼里以及詹玛的思念老是干扰这一真诚的努力，最后他索性放弃了这种努力，听凭他的心去神游，去幻想即将来到的美妙、光荣的起义，幻想自己的两个偶像会在起义中扮演什么角色。神父一定是起义的领袖、使徒和先知，在他的神威面前黑暗势力将狼狈逃窜，而自由的年轻捍卫者将拜于他门下重温古老的信条和真理，赋予其意想不到的新含义。

詹玛怎么样呢？啊，詹玛将会赶赴街垒参加战斗。她是用英雄的材料铸造成的，她将成为十全十美的同志，成为令诸多诗人魂牵梦萦的纯洁无畏的圣女。她将跟他肩并肩地站在一起，满怀喜悦地投入狂烈的生与死的暴风雨中。他们可以一道赴难，也许就在胜利的时刻——毫无疑问，胜利一定会来到的。他绝不会把自己的爱告诉她——凡是可能扰乱她平和心境的话，凡是破坏他们稳固的同志感情的话，他一句都不会说。在他的心目中，她是神圣的，和供在圣坛上的祭品一样纯洁无瑕，为了解救人民，不惜焚烧自身。他算老几，怎么能闯入只知道热爱上帝和意大利的这样一颗洁白神圣的灵魂里呢？

上帝和意大利……他来到"宫殿街"时，迈入那幢阴森的大房子里，像是从云层中跌入了尘埃。朱莉亚的管家在楼梯上遇见了他，此人还是那么衣着整齐、表情平静、态度彬彬有礼，却投来非常挑剔的目光。

"你好，吉本斯。我的哥哥都在家吗？"

"托马斯先生在家，少爷。伯顿夫人也在。他们都在客厅里。"

亚瑟带着一种阴郁、压抑的心情走进了客厅。这个家真是沉闷极啦！生活的潮水滚滚而过，却始终冲击不到这块地方。这里的一切都一成不变——无论是这儿的人、全家的肖像、沉重的家具和丑陋的金银餐具、富人的那种庸俗的排场以及种种什物死气沉沉的外表，都保持着原样。就连插在黄铜花瓶里的鲜花也像是涂了色的金属花，在这温暖的春天没有一丝青春活力的涌动。朱莉亚已换上了就餐的服装，正在那被她视为生活中心的客厅里等待来宾，活似时装样片上的人，脸上挂着呆滞的微笑，一头浅黄色卷发，膝上伏着一只叭儿狗。

"你好吗，亚瑟？"她生硬地说道，把指尖伸给他让他吻了吻，然后又去抚摸叭儿狗光滑的皮毛——拿手跟狗的皮毛接触更舒服些，"但愿你身体安好，在学校里取得了令人满意的进步。"

亚瑟喃喃了几句当时所能想出的客套话，随即便陷入了尴尬的沉默。詹姆斯带着不可一世的神态，跟一位上了年纪的古板的轮船公司代理人走进来时，也没有使局面好转。后来吉本斯宣布饭菜已摆好，亚瑟这才轻轻地吁了一口气站起身来。

"我不吃饭了，朱莉亚。如果你允许，我想回自己的房间。"

"你把斋戒做得太过头了，孩子，"托马斯说，"你一定会饿出病来的。"

"哦，不会的！再见。"

亚瑟在走廊里碰见了一位使女，便叫她第二天早晨六点钟敲他的房门。

"少爷要上教堂吗？"

"是的。晚安，黛丽莎。"

他走进了自己的房间。这儿本是他母亲的寝室，在她久病期间，窗户对面的凹室被改造成了一个祈祷间。一个装着黑底座的巨大十字架安放在圣坛中央；坛前悬挂着一盏罗马小吊灯。她就是在这个房间里去世的。床边的墙上挂着她的肖像；桌上的一只瓷质花盆是她的遗物，里面放着一大束她喜欢的紫罗兰。这天离她逝世刚满一周年，那些意大利仆人没有把她忘却。

亚瑟从旅行袋里取出一幅精心包扎着的镶着框子的画像来。这是蒙太尼里的彩色铅笔肖像画，几天前才从罗马寄来。正当他解开这宝物时，朱莉亚的侍从捧着一只食盘走了进来。意大利老厨娘在盘上放了一丁点美味食品，心想亲爱的小主人吃这么一点东西不至于违反教规。这位厨娘在刻薄的新女主人来之前，曾服侍过葛拉迪丝。亚瑟只拿了一块面包，拒绝接受别的食物。那位侍从是吉本斯的一个侄子，最近才从英国来，只见他端着食盘朝外走时，意味深长地咧嘴笑了笑。在仆人们的餐室里，他已经是新教徒阵营里的人了。

亚瑟步入凹室，在十字架前跪下，为图平心静气，进入适合于祈祷和默想的状态。但他发现很难做到这一点。正如托马斯所言，他在斋戒期饿肚子饿过了头，像喝了烈性酒一样，大脑晕沉沉的。由于激动，他的后背有点儿发抖，十字架如飘浮在云雾里，在他的眼前晃动。待到把长篇的祈祷文又机械地重复了一遍，他才停止了胡思乱想，收回心进行赎罪祈祷。最后，纯粹体力上的疲倦压倒了精神上的激动、亢奋，他摆脱所有烦躁不安的念头，在平静祥和的心境中躺下入睡了。

正当他酣睡之际，响起了急切猛烈的敲门声。"哦，是黛丽莎!"他心想，懒洋洋地翻了个身。敲门声复起，他吓了一跳，睡意全消。

"少爷! 少爷!"一位男子用意大利语叫喊道，"看在上帝的分儿上，快起来!"

亚瑟跳下了床。

"什么事? 你是谁?"

"是我，吉安·巴蒂斯塔。看在圣母马利亚的分儿上，你快快起来!"

亚瑟急忙穿了衣服，将门打开。正当他困惑地呆望那位马车夫苍白、惊恐的面孔时，走廊里传了通通的脚步声和叮当的金属磕碰声，他突然意识到了究竟是怎么回事。

"是奔我来的?"他平静地问。

"是奔你来的! 啊，少爷，你快点儿吧! 有什么东西要藏的? 瞧，我可以放到……"

"没什么要藏的。我的哥哥们知道吗?"

第一个穿制服的人已经出现在了甬道的拐角处。

"已通报主人了，府上的人都惊动了。天哪，多么不幸啊——简直是倒了邪霉! 这可是复活节前夕的星期五啊! 神圣的圣人啊。可怜可怜吧!"

吉安·巴蒂斯塔潸然泪下。亚瑟趋前几步，等待着正噔噔噔地走过来的宪兵，宪兵的身后跟着一群战战兢兢的仆人，穿着各式各样临时找到的衣服。当宪兵将亚瑟团团围住时，家里的男女主人在这个奇异的队列尾端出现了，男的穿着睡衣和拖鞋，女的身穿长长的晨服，头上扎着卷发纸。

"一定是又要发洪水了，这些人正成群结伙奔向方舟①！还有一对古里古怪的野兽哩！"亚瑟望着这些奇形怪状的人们，脑子里突然想起了这样一段典故。他直想笑，只是觉得这种场合不适宜于笑才忍住了——现在应该考虑重大的事情才对。"圣母马利亚啊！"他低语一声，忙把眼光转开，免得朱莉亚头上跳动的卷发纸又会把他逗乐。

"请你对我解释一下，"伯顿先生走近宪兵长官说道，"这般粗暴地闯入私人住宅是什么意思？我警告你，除非给我一个令人满意的解释，否则我定会向英国大使申诉。"

"我想，"那军官生硬地回答道，"你可以把这视为充分的解释，英国大使当然认识这东西。"他掏出一纸逮捕证，上边标注着亚瑟·伯顿的名字，哲学系学生。把它递给詹姆斯后，他又冷冰冰地补充道："如果还需要进一步的解释，你最好去找警察局长，亲口去求他解释。"

朱莉亚从丈夫手中夺过逮捕证，匆匆一看，便向亚瑟冲过来，俨然是一个勃然大怒的上流社会的贵妇人。

"你让全家人丢尽了脸！"她尖声嚷嚷道，"这下可有好戏看啦，就让镇上的贱民们嚼舌头，盯着你瞧吧！你不是蛮虔诚的，到头来却去蹲大狱！早该料想到那个天主女教徒会养出这样的孩子……"

"你不应该跟犯人讲外语，夫人。"那位长官插话说。可朱莉亚操着英语滔滔不绝地高声叫嚷，使他的抗议声几乎让人听不见。

"我们早该料想到！又是斋戒和祈祷，又是像圣徒般默想，表面道貌岸然，背地却干这种勾当！这下完了吧！"

沃伦医生曾把朱莉亚比作一盘色拉菜，厨子把一瓶醋都倒进了菜里。这时亚瑟听着她尖刻无情的声音，觉得牙齿发酸，突然想起了那个

---

① 《圣经》中的诺亚为避洪水而造的方舟，舟中载有成对的各类动物，以便洪水退后重新繁衍生息。

比喻。

"这种话就没必要讲了，"他说，"你不用害怕丢脸——人人都知道你是完全清白的。先生们，我想你们要搜查一下我的东西吧。我没有什么可隐瞒的。"

宪兵们搜查他的房间、检阅他的信件和学校里的笔记，翻箱倒柜，而他坐在床沿上等待，激动得脸色有点儿发红，但丝毫不痛苦。这次搜查并没有令他惊慌。凡是有可能连累他人的信件他总是付之一炬，所以除了几首半革命半神秘的诗稿和两三份《青年意大利报》之外，宪兵们辛苦了半天，别的什么也没有找到。朱莉亚硬是在跟前守了很长时间，后来禁不住别人的苦劝，带着一副鄙夷不屑的神情，从亚瑟身边冲过去回房睡觉了，而詹姆斯顺从地跟在后边。

托马斯一直在屋里走来走去，努力装出一副满不在乎的样子，等他们离开后，便凑到那位军官跟前，请求允许他跟犯人说几句话。见对方点头表示同意，他就走近亚瑟，以有点儿干哑的声音低语道："唉，这件事真是棘手极啦。我感到非常难过。"

亚瑟抬起头来，脸色平静得犹如夏日的早晨。"你一直待我很好，"他说，"没有什么可难过的，我不会出事的。"

"听我说，亚瑟!"托马斯狠狠地将了一把小胡子，毅然提出了那个为难的问题，"这件事……是不是跟钱有关？如果是那样，我……"

"跟钱有关？哦，不! 怎么能跟……"

"那么就是涉及政治喽？我想也是的。喂，你可别灰心，千万不要把朱莉亚的话往心里去。她的舌头就是不饶人，如果你需要帮助——需要钱或什么的，请告诉我，好吗？"

亚瑟默默地伸出手去，托马斯握过便离开了房间，小心地装出一副漠不关心的表情，这使他的面孔比平时更加呆板。

这时，宪兵们已搜查完毕，那位负责的长官吩咐亚瑟穿上出门的衣服。亚瑟立刻照办了，可转身正欲朝外走，却突然犹豫地留住了脚步。当着这些宪兵的面，似乎不便跟母亲的祈祷室告别。

"你们能不能出去一会儿？"他问道，"你们可以看到，我是逃不了的，也没有什么东西需要隐藏。"

"对不起，把犯人单独留下是不准许的。"

"好吧，这也没关系。"

亚瑟步入凹室，跪倒在地，吻了吻耶稣的脚和十字架的底座，轻声低语道："主啊，保佑我忠贞不渝、宁死不屈。"

他站起来时，那位长官正站在桌旁观看蒙太尼里的肖像。"这位是你的亲戚吗？"他问。

"不，他是我的忏悔神父，是布里西盖拉教区的新任主教。"

那些意大利仆人们正等在楼梯上，既关切又难过。他们都爱亚瑟，这是因为他本人招人疼爱，也是看在他母亲的分儿上。大家将他围住，怀着深切的感情和悲哀亲吻他的手和衣服。吉安·巴蒂斯塔站在一旁，泪水一直淌到了他灰白的胡子上。伯顿家却没有一个人出来跟他告别。他们的冷漠更加衬托出了仆人们的亲切和同情，亚瑟逐一握那一只只伸到跟前的手时，差点儿感动得哭出声来。

"再见，吉安·巴蒂斯塔。替我吻吻那些小家伙。再见，黛丽莎。愿你们都为我祈祷；上帝保佑你们！再见，再见！"

他快速跑下楼向大门外冲去。片刻之后，只剩下了一群沉默的男人和哭哭啼啼的女人站在门前的台阶上，目送着那远去的马车。

第六章

　　亚瑟被带进了港口的那座巨大的中世纪要塞里。他觉得监狱生活是完全可以忍受的。他的囚室既潮湿又黑暗，很不舒服。不过，他是在亚波拉街的一个府第里长大的，无论是空气不流通、老鼠横行，还是腐臭味，对他来说都不新奇。囚食也很差，而且不够吃。幸好詹姆斯很快便获得了允许，从家里把生活必需品都送了来。他被单独囚禁着，虽然狱卒对他看管得并不像他所预料的那么严，但是他得不到关于他被捕原因的任何解释。尽管如此，他来到要塞时的那种平静的心情却没有改变。不准许他看书，他就把时间花在祈祷和虔诚的默想上，不急不躁地等待着事态的进一步发展。

　　一天，有位士兵打开了牢房的门锁，冲他喊道："请随我来！"亚瑟问了两三句话，都没有得到回答，听到的只是"不准说话"，后来索性听天由命，跟着士兵穿过迷宫似的一些院落、走廊和楼梯——这些地方多少都散发出霉味，最后来到了一个宽敞明亮的房间里。只见三个穿军装的人坐在一张铺着绿呢台布、堆满了文件的长桌旁，正懒洋洋地、百无聊赖地闲磕牙。他一走进来，那些人就板起面孔，换上一副办公务的表情。其中年纪最大的一位摆出浮华的派头，满脸灰白的络腮胡子，穿一件上校军服，指了指桌子另一侧的椅子，接着便开始预审。

　　亚瑟原以为会受到恐吓、侮辱和谩骂，准备表现出尊严和毅力来，而现在却感到既高兴又失望。上校铁着脸，冷冰冰地打着官腔，但态度却十分有礼貌。他按常规问了姓名、年龄、国籍和社会地位，亚瑟的回答被一一记录了下来。亚瑟正有些厌倦和不耐烦，却听上校问道：

"请问，伯顿先生，关于青年意大利党你都知道哪些情况？"

"据我所知，那个团体在马赛出版一份报纸，却在意大利发行，宗旨在于号召人民起义，将奥地利军队赶出这个国家。"

"你大概看过这种报纸吧？"

"是的，我对那种事业很感兴趣。"

"你在看报的时候，可知道你的行为是违法的？"

"当然知道。"

"在你房间里搜到的那些报纸是从哪里弄来的？"

"这我可不能告诉你。"

"伯顿先生，在这里你不许说'我不能告诉'，你必须回答我的问题。"

"如果你反对用'不能'这样的词，那就是我不愿意告诉你。"

"倘使你纵容自己，再使用这样的词语，你会后悔的。"上校说。由于亚瑟没有搭腔，他又继续说道，"我可告诉你，我们已经掌握了证据，证明你不仅仅是阅读被禁止的报纸，而且还跟那个团体有着极为密切的关系。老实交代对你是有好处的。事情终究会水落石出，你将会发现遮掩、躲避和抵赖都是无济于事的。"

"我并不希望遮掩自己。你想了解什么情况呢？"

"首先，你作为外国人，是怎么纠缠进这种事情里的？"

"对于那项事业我做过思考，凡是能找到的材料我都阅读，于是形成了自己的结论。"

"是谁劝你加入这个团体的？"

"没人劝，是我自己想加入。"

"你在耍笑我，"上校严厉地说，显然有些耐不住性子了，"不经人介绍，是无法加入一个团体的。你对谁表达过你在这方面的愿望？"

沉默。

"是否请你回答我的问题？"

"你提那种问题，我就不回答。"

亚瑟说话时阴沉着脸，心里涌起了一种奇特的、神经质的愤怒感。他这时已得知在来亨和比萨两处有许多人遭到了逮捕。虽然还不了解这场灾难的范围有多大，但他就凭已经获悉的情况，便足以令他为詹玛及其他朋友的安全牵肠挂肚了。军官们伪装出的礼貌态度，无聊乏味的口舌交锋、狡猾的问题和搪塞的回答，使得他烦躁和气恼；门外哨兵走来走去发出的笨拙、沉重的脚步声，讨厌地刺激着他的耳膜。

"哦，顺便问问，你最后一次见乔万尼·波拉是什么时候？"上校又跟亚瑟斗了几句嘴之后，这样问道，"是不是就在你离开比萨之前？"

"我不认识叫这个名字的人。"

"什么？不认识乔万尼·波拉？你当然认识他——一个高个子年轻人，脸刮得光光的。喂，他跟你可是同学呀！"

"学校里有许多同学我都不认识。"

"不过，波拉你肯定是认识的！瞧，这是他的笔迹。你看，他对你倒是够熟的。"

上校漫不经心地递给他一张纸，上面的标题是"招供记录"，后边的签名是"乔万尼·波拉"。亚瑟把目光朝下一溜，看到了自己的名字。他诧异地抬起头问道："是让我看吗？"

"你不妨读读，这跟你有关。"

亚瑟看了起来，而军官们默默地坐在那里观察着他的面部表情。这份材料像是回答一长串问题时录下的口供。波拉显然也被捕了。口供的前一部分是通常的那种千篇一律的东西，接下来是一段关于波拉怎样跟那个团体产生了联系、怎样在来亨散发违禁书报以及学生们怎样开会的简单叙述。后边有这样一段话："在我们的成员中有一个年轻的英国人——亚瑟·伯顿，他是富有的轮船主家庭的子弟。"

热血冲上了亚瑟的脸。波拉出卖了他！波拉，一个担负着发起者庄严使命的人——波拉，一个改变了詹玛的信仰并爱上了她的人！亚瑟把材料放下，呆呆地望着地板。

"看来，这份材料唤起了你的记忆吧？"上校礼貌地提示道。

亚瑟摇了摇头。"我不认识一个叫这名字的人，"他用一种沉闷、阴郁的声音把刚才的话又重复了一遍，"一定是产生了某种误会。"

"误会？算啦，简直是胡言乱语！好啦，伯顿先生，侠肝义胆和讲交情按说是非常优良的品质，但犯不着做得太过分。你们年轻人一开始都容易犯这种错误。仔细想想吧！为着一个出卖了你的人拘泥于愚蠢的形式，致使自己受连累，毁掉自己一生的前程，这样做对你有什么好处？你也看得出，他在谈到你时，并没有为你着想。"

上校的声音里隐约掺入了一丝嘲讽的语气。亚瑟惊诧地抬头望去，心里豁然明亮起来。

"谎言！"他嚷嚷了出声，"这是伪造的！从你的脸上可以看得出来，你这个懦夫……你是想陷害哪个犯人或者是想把我拖入陷阱。你这个伪造材料的骗子、流氓……"

"住口！"上校狂怒地蹦起来叫喊道，他的两位同人也已站起了身。"托马斯上尉，"他冲一位同人说道，"请按门铃叫卫兵来，把这位年轻的绅士送进惩罚室关几天。我看应该教训教训他，让他恢复理智。"

惩罚室是一间阴暗、潮湿和肮脏的地牢。亚瑟非但没有"恢复理智"，反倒被彻底激怒了。富裕的家庭使他对个人卫生非常讲究和挑剔，滑腻腻的爬满了害虫的墙壁、堆满了脏东西和垃圾的地板，以及霉烂的东西、污水和朽木发出的可怕的臭味，最初对他产生的影响足以令那位受到冒犯的军官感到满意了。他被推入囚室，身后的门就锁上了。他伸出两手，谨小慎微地向前走了三步，手指一接触到滑腻腻的墙壁，便恶心得浑身打哆嗦。他在一片漆黑之中摸索着，想找一块相比较而言略微干净些的地方坐下来。

漫长的白天在永恒的黑暗及沉寂中度过了，夜晚的情况也是一样。随着外界印象的彻底泯灭和消逝，他逐渐丧失了对时间的感觉。次日晨，当有人用钥匙开门锁，受惊的老鼠尖叫着从他身边跑过时，他吓了一跳。他突然感到一阵惊慌，心脏狂烈地跳动，耳边响起轰鸣声，仿佛他跟光和声隔绝已有数月，而不是若干小时。

门打开了，放入一线微弱的灯光——这在他看来却是如潮涌来的光——狱卒头目走了进来，手里拿着一块面包和一杯水。亚瑟趋前一步，深信这人是来放他出去的。他未及说话，狱卒头目把面包和水塞到他手里，转身一声不响地走了，重又把牢门锁好。

亚瑟在地上乱跺脚。他有生以来第一次生这么大的气。但随着一个钟点一个钟点的流逝，他对时间和地点的感觉一点点逐渐消失了。黑暗像是一种无边无际的东西，既无开始也无末端，生命对他来说已经停止。第三天的傍晚，牢门开了，狱卒头目和一位士兵出现在了门槛那儿。亚瑟抬起头，感到头晕目眩和惊慌失措，用手遮住眼睛避开那不习惯的光线，迷迷瞪瞪地不知道自己在这坟墓里待了多少个小时或多少个星期。

"请跟我来。"狱卒用冷冰冰、一本正经的声音说道。亚瑟站起身，机械地朝前走，步子古怪而不稳，像醉汉一样摇摇晃晃、跌跌撞撞。狱卒要搀扶他走上那些通向院里的陡峭和狭窄的台阶，却惹恼了他。可是，当他踏上最高的一级台阶时，突然一阵目眩，身子摇晃了一下。要不是狱卒抓住他的肩膀，他会仰面朝后倒下的。

"瞧，他马上就会好的，"一个欢快的声音说道，"他们一从那里走出来，多半都这么昏厥过去。"

又是一捧水泼到了亚瑟的脸上，他拼命挣扎，吸了口气。黑暗似乎刺啦一声破成了碎片，从他的眼前消失了。他突然清醒过来，彻底恢复了意识，将狱卒的胳膊推开，迈着近乎稳健的步子穿过走廊，攀上楼梯。他们在一扇门前停了一会儿，接着房门打开了，他还没来得及弄清自己被带了什么地方，就已经走进了灯火通明的审讯室，困惑、迷茫地望着那张桌子、那些文件以及坐在老位子上的军官们。

"啊，是伯顿先生！"上校说道，"希望咱们现在能比较愉快地谈谈。哦，你觉得黑牢怎么样？论豪华，恐怕不及你哥哥的客厅吧？嗯？"

亚瑟抬眼望着上校笑吟吟的面孔。他怒不可遏，恨不得扑到这个长着灰白络腮胡的花花太岁身上，用牙齿咬断他的喉咙。也许这种心情表现在了他的脸上，只听上校立即用一种截然不同的口气又说道："请坐，伯顿先生。喝些水吧，你太激动了。"

亚瑟把递给他的那杯水推开，将两只胳膊放在桌上，用手托住额头，努力把思想集中起来。上校密切地观察着他，以老练的目光注视着他发抖的手和嘴唇，以及他那湿淋淋的头发和蒙眬的眼睛——这说明他身体衰弱、精神紊乱。

"伯顿先生，"他隔了几分钟后说道，"咱们现在从上次中断的地方谈起。咱们之间曾有过一些不愉快，首先我不妨向你做一声明：我别无他意，只是希望能对你宽容一些。如果你能表现得规矩和理智些，我向你保证，我们不会用不必要的严厉措施对待你。"

"你想让我做什么？"

亚瑟说话的声音既强硬又气愤，与平时的语调迥然不同。

"我只想让你以诚实体面的态度，把你所知道的有关这个团体及其信徒的情况坦率地告诉我们。首先，你认识波拉有多长时间啦？"

"我一生中从未见过这个人。对他的情况我一无所知。"

"真的吗？好吧，咱们过一会儿再谈这个问题。我想你总认识一个叫卡洛·毕尼的年轻人吧？"

"从没听说过这样一个人。"

"这就太奇怪了。佛兰西斯克·奈里呢？"

"没听说过这个名字。"

"但这儿有封信是你亲笔写给他的。你瞧！"

亚瑟不经心地瞥了一眼，便把信放到了一边。

"认出这封信啦？"

"不。"

"你否认这是你写的？"

"我什么也不否认。我记不起来了。"

"你也许记得这封吧？"

第二封信递给了他，他认出这封信是他去年秋天写给一位同学的。

"不。"

"连收信人也不记得啦？"

"是的，记不起来了。"

"你的记忆力真是差得惊人哪。"

"我一直有这种缺憾。"

"真的吗？可我那天听一位大学教授说你的记忆力一点儿都不差，实际上你是相当聪明的。"

"你大概用的是警察的标准判断聪明与否，大学教授所使用的词汇别有含义。"

亚瑟说话的语调里可以明显地听出，愤怒的火焰正在他心里升腾。由于饥饿、空气污浊和缺乏睡眠，他的体力已消耗殆尽，他身上的每一块骨头似乎都在发痛。上校的声音就像石笔与石板摩擦发出的刺耳的刺啦声，刺激着他那已被激怒的神经，使他感到腻烦。

"伯顿先生，"上校坐在椅子上把身子朝后靠了靠，严肃地说道，"你又忘乎所以啦。我再次警告你，说这种话对你没有好处。你无疑已尝够了黑牢的滋味，仅就眼下而言是不愿再到那里去了。我明确地告诉你，如果你敬酒不吃，吃罚酒，我将采取激烈的措施对付你。你听着，我是有证据的——确凿的证据——这些年轻人当中有些参与了偷运违禁书报入港的活动，而你跟他们保持着联系。你能不能不要我们强迫，把你所知道的情况告诉我？"

亚瑟把脑袋垂得更低了。一种轻率、鲁莽、野性的愤怒在他心里冲撞，就像是一个活的生物。他很可能会失去自我控制，这比任何威胁都让他害怕。他第一次意识到，有教养的绅士和虔诚的基督徒心里隐藏着怎样的潜在爆发力，他对自己产生了强烈的恐惧感。

"我在等着你回答呢。"上校说。

"我无话可说。"

"你坚决拒绝回答问题？"

"我什么都不会告诉你的。"

"那么我就只得命令你回到惩罚室里去，一直等到你回心转意。如果你泥古不化，再顽抗下去，就给你戴上镣铐。"

亚瑟抬起眼来，从头到脚浑身战栗着。"悉听尊便。"他缓慢地说道，"至于英国大使能否容忍你这般戏弄一个毫无罪过的英国臣民，那得由他自己决定。"

最后，亚瑟被带回了他自己的囚室，扑倒在床上，一觉睡到了第二天早晨。他没有戴镣铐，也没有进那可怕的黑牢，但每一次审讯，都使他跟上校之间的仇恨加深一分。他在囚室想通过祈祷体面地克服邪恶的激愤，花半夜时间默思基督的耐心和仁慈，但这些都无济于事。一被带入那个空荡荡的狭长的房间，看到那张铺着呢布的桌子以及上校蜡黄的胡须，他就会受到非基督徒思想的控制，回答问题时说出刻薄的话来。入狱还不到一个月，他和上校彼此间的愤恨便不共戴天了，两人一见面就要发脾气。

这种小摩擦所造成的持续不断的压力，开始严重地影响他的精神。他知道自己正在被十分严密地监视着，并且想起了曾经听说过的一些传闻，说是监狱里暗中给犯人吃颠茄药剂把他麻醉倒，将他们的谵语记录下来，于是他渐渐变得害怕睡觉和吃东西了。夜间要是有只老鼠从他身边跑过，他会突然惊醒，吓出一身冷汗来，恐惧得直打哆嗦，幻想着有人藏在囚室里偷听他说梦话。宪兵们显然要引他上钩，让他供出一些能够牵连波拉的事情来。他非常害怕于疏忽之中落入圈套，因而精神紧张，真有暴露波拉的危险。波拉的名字不分日夜在他的耳边鸣响，甚至干扰着他虔诚的祈祷，他在数念珠时想到的不是圣母马利亚，而是波拉。但最糟糕的是，他的宗教观念和外部世界一样，一天天离他越来越远。他狂热地、顽强地要坚守住这最后的一个据点，每天花费好几个小时祈祷和默想。可他老是走神，对波拉想得越来越多，于是他的祈祷变得十分机械。

给他最大安慰的是牢里的狱卒头目。这位谢了顶的胖胖的小老头起初竭力装出一副严厉的样子，可他的善良从胖脸上的每一个酒窝里透露出来。他渐渐克服了职务上的顾虑，开始往返于囚室之间为犯人传递起消息来。

5月中旬的一天下午，这位狱卒头目走进牢里，表情阴郁、满脸怒容，使得亚瑟向他投来惊异的目光。

"喂，安里柯！"亚瑟嚷嚷道，"你今天到底怎么啦？"

"没什么。"安里柯悻悻地说。他走到小床前，揭起铺在上面的毯子——那是亚瑟的财产。

"拿我的东西做什么？是不是让我搬到别的牢房去？"

"不，你被释放了。"

"释放？什么——今天？全都放出去，安里柯？"

亚瑟激动得拉住了老人的胳膊，可对方生气地甩脱了他。

"安里柯，你怎么啦？为什么不回答我的问题？把我们全都放出去吗？"

对方仅仅轻蔑地哼了一声算是回答。

"你瞧瞧你！"亚瑟笑着又一次拉住了狱卒头目的胳膊，"跟我耍脾气不顶用，反正我是不会生气的。我想知道其他人的情况。"

"哪些其他的人？"安里柯咆哮道，突然把手中正在叠的衬衣放了下来，"大概不是指波拉吧？"

"当然是指波拉以及所有其他的人。安里柯，你这是怎么啦？"

"他可能一时出不去，那可怜的孩子让一个同志出卖啦。哼！"安里柯说完，又拿起了那件衬衣。

"把他出卖啦？一个同志？啊，真是太可怕了！"亚瑟瞪大了眼睛，眼里充满了恐惧。安里柯猛地转过身来。

"怎么？不是你干的？"

"我？伙计，你是昏了头吧？是我？"

"哦，可他们昨天审讯时是这么告诉他的。如果不是你，我就很高兴，因为我一直都认为你是个挺正派的小伙子。请随我来！"安里柯跨出囚室到了走廊里，亚瑟跟在后面，一线光亮射进了他那迷乱的大脑里。

"他们告诉波拉是我出卖了他？他们当然会那样做的！你要知道，伙计，他们也告诉过我，说他出卖了我。波拉绝不会蠢得连这种鬼话也相信吧？"

"这么说，那件事的确不是真的？"安里柯到了楼梯脚停下来，用探询的目光打量着亚瑟，而亚瑟只是耸了耸肩。

"当然是谎言。"

"这话让我听了高兴，孩子，我去把你这话转告给他。不过你要知道，他们说你告发他是出于……出于妒忌，因为你们俩爱上了同一个姑娘。"

"谎言！"亚瑟紧张得急忙把刚才的话低声又重复了一遍。一种令人瘫软的恐惧突如其来地袭上他的心头。"同一姑娘……妒忌！"他们怎么会知道……他们怎么会知道！

"等一等，孩子，"安里柯在通往审讯室的走廊里停了下来，轻声说道，"我相信你的话，但有一件事请你告诉我。我知道你是天主教徒，你是否在忏悔时说过什么……"

"没有的事！"亚瑟这次提高嗓门，几乎喊了起来。

安里柯耸耸肩，又朝前走了。"你当然是最清楚的。不过，像这样上当受骗的小傻瓜不止你一个人。眼下，比萨正为了一个神父的事情闹得满城风雨，那家伙还是你的一些朋友查出来的呢。他们印发了传单，说他是个间谍。"

他打开审讯室的门，见亚瑟丝丝不动地站在那儿目光茫然地望着眼前发愣，便轻轻将他推进了房门。

"下午好，伯顿先生。"上校和善地露出牙齿笑着说，"我以极大的喜悦对你表示祝贺。佛罗伦萨来了一道命令，让释放你。是否请你在这份文件上把你的名字签上？"

亚瑟走上前去。"我想知道,"他以沉闷的声音说道,"是谁出卖了我?"

上校笑盈盈地扬起了眉毛。

"猜不出来吗?你想一下吧。"

亚瑟摇了摇头。上校把双手一摊,文雅地摆出一个表示诧异的姿势。

"猜不出来?真的吗?嘿,是你自己,伯顿先生。别人谁会知道你的男女私情呢?"

亚瑟默默地把脸转开。墙上挂着一个巨大的木雕耶稣蒙难十字架,他游移的目光慢慢地落在了耶稣的脸上。他的眼里没有祈求,只隐约有一线纳闷的神情,不明白这位苟且姑息的上帝为什么没有用雷电惩罚将忏悔词泄露出去的神父。

"这是领回你的笔记本的收据,能签个字吗?"上校和蔼地说,"签了字,我就不必再留你了。我相信你一定急着回家呢。为了那个愚蠢的年轻人波拉的事情,我正忙得不可开交,他对基督徒的耐性可是个十分严峻的考验。对他判的刑恐怕不会太轻。再见啦!"

亚瑟签过收据,拿起自己的笔记本,在死一般的沉寂中走了出去。他随安里柯走向沉重的大门,连句道别的话也没有,便下了台阶到水边,那儿有个船夫正等着渡他过水沟。待他登上通往街道的台阶时,一个身穿布衣、头戴草帽的姑娘朝前伸着手飞跑了过来。

"亚瑟!啊,我太高兴啦……我太高兴啦!"

亚瑟把手抽回去,浑身颤抖着。

"詹玛!"他末了说道,那声音似乎不是他的,"詹玛!"

"我候在这儿有半小时了。他们说你四点出来。亚瑟,为什么这样看着我?出什么事了吧!亚瑟,你遇到什么情况啦?你停下来!"

亚瑟掉过身子沿街道慢慢朝前走了，仿佛忘记了她的存在。她被他的样子吓慌了，从后边追上来，一把拉住了他的胳膊。

"亚瑟！"

他停下来，抬起头，目光迷惘地望了望。她将自己的胳膊插进他的胳膊弯里，二人又朝前默默地走了一会儿。

"你听我说，亲爱的，"她柔声细语地开口道，"不要为那件不幸的事情把自己弄得心烦意乱。我知道情况对你是非常冷酷的，但大伙儿心里理解你。"

"哪件事情？"他问道，声音还是那般低沉。

"我是指波拉的信。"

一听到波拉的名字，亚瑟的脸痛苦地抽搐起来。

"我想你不会知道那信，"詹玛继续说道，"不过他们也许已经告诉了你。波拉一定是彻底疯啦，竟会产生那样的想法。"

"那样的想法？"

"看来，你是不知道喽？他写了一封可怕的信，说你供出了关于轮船的事情，才导致了他的被捕。简直荒谬到了极点，凡是了解你的人都看得很清，只有不了解你的人才会相信他的话。真的，我到这儿来……就是为了告诉你，我们组织里的人对那套话连一个字也不相信。"

"詹玛！可那是……那是实情！"

她退缩着慢慢离开了他，泥塑木雕似的站在那儿，眼睛圆睁，目光里阴沉沉地充满了恐惧，脸色跟她脖子上的围巾一样白。沉默似一股冰冷的潮水冲过他们的四周，将他们封闭在一个另外的世界里，与街上的人及场景隔绝开。

"是的，"他最后低声说道，"我提到了轮船的事情，还提到了他的名字……啊，上帝呀！我该怎么办呢？"

他突然清醒过来，意识到她在跟前，看见了她脸上惊恐万状的表情。是啊，她一定会以为……

"詹玛，你不明白！"他脱口说道，同时靠近她身旁，而她尖叫一声躲开了。

"别碰我！"

亚瑟猛地一下抓住了她的右手。

"看在上帝的分儿上，你听我说！那不是我的过错！我……"

"放开，把我的手放开！放开！"

随即，她将手抽了回去，展开巴掌掴了他一耳光。

他眼睛里罩上了一层迷雾。刹那间，除了詹玛苍白、绝望的面孔以及她那只拼命在棉布裙上擦来擦去的右手，他什么都看不见了。后来日光又重新出现，他四周一瞧，发现詹玛已经不见了。

第七章

亚瑟来到亚波拉街的那幢大房子前按响门铃的时候，天色早已黑了。他记得自己曾在街上转悠，可至于转到了哪里去、为了什么以及游荡了多长时间，他就不清楚了。朱莉亚的侍从打着哈欠来开了门，见他面色憔悴、脸上一丝表情也没有，不由得意味深长地咧嘴笑了笑。小少爷像个"喝醉了酒、精神恍惚"的乞丐从监狱里回来，这在他看来是个绝妙的笑柄。亚瑟向楼上走去。在二层他碰见吉本斯正下楼来，一副目空一切、寻衅刁难的神气。他胡乱道了声晚安，就想溜过去。可吉本斯要是不高兴，是不会轻易饶人的。

"主人们都出门啦，先生，"他用挑剔的目光打量着亚瑟那邋遢的衣服和蓬乱的头发说，"他们陪女主人赴晚会了，差不多要到十二点钟才回来。"

亚瑟看了看表，才九点钟。啊，太好啦！还有时间，充足的时间……

"女主人让我问你一声，看你想不想吃晚饭，先生。她还说希望你不要睡觉，因为她今晚特别想跟你谈谈。"

"谢谢，我什么也不想吃。你可以告诉她，我不睡觉。"

亚瑟上楼到了自己的房间。自从他被捕以来，这里一点儿变化都没有。他放在桌子上的蒙太尼里的肖像仍在原处，而十字架和以前一样摆在凹室里。他在门槛处迟疑了片刻，侧耳倾听，可四周鸦雀无声，显然没有人来打扰他。他轻移步走入房间，将房门拴好。

这么说，他的路走到了尽头。没有什么可操心和烦恼的，只要把讨厌、无用的意识摆脱掉，便可万事皆休。不过，这似乎是一种愚蠢、无谓的做法。

对于自杀，他还没有决定下来，其实也没有多想，这是一件非常明显、不可避免的事情。他甚至对采用哪种方法去死都没有确切的想法，只觉得要赶快结束这一切，了结和忘掉烦恼。房间里没有武器，连把小刀都找不到。不过，这倒不重要——有条毛巾就可以，或者把床单撕成布条。

窗户上方正好有一枚大钉子。这就行了，不过，那钉子必须牢靠，能经得起他的重量。他爬到椅子上把钉子晃了晃，发现不太牢靠，便又下来从抽屉里取出一个钉锤。他将钉子朝深砸了砸，正要从床上揭单子，却突然想起还没有做祷告。一个人在死之前，当然应该祈祷，每位基督徒都这样做。对于离世的灵魂，甚至还有特殊的祷告词呢！

他走进凹室，跪倒在十字架前。"万能、仁慈的上帝……"他大声开了口。可一说到这里又停了下来，再也没继续祈祷。这个世界变得的确太乏味了，再没有什么可祈求和诅咒的了。基督从未经历过这种事情，又怎么了解其中的苦衷呢？他没有上当受骗出卖别人，他只是像波拉一样被出卖了。

亚瑟站起身，按老习惯在胸前画了十字。他走到桌前，看见上面放着一封给他的信。信是蒙太尼里亲笔写的，用的是铅笔：

> 我亲爱的孩子，不能在你释放的一天见到你，我深感失望。
> 我被请去看望一个垂死的人，深夜才能回家。请你明日清早到我这儿来。草草。
>
> 罗·蒙

他把信放下，叹了一口气，觉得自己的事情对神父太残酷了。

街上的人们哈哈大笑、窃窃私语！一切都跟他活着的时候一样。周围的日常琐事，没有因为一个人的灵魂——一个活生生的人的灵魂遭到毁灭，而发生一点儿变化，全都跟从前一模一样。喷水池里水仍在进溅，屋檐下麻雀仍在啁啾，昨天是这样，明天还会这样。可是他却死了——彻底死了。

他在床沿上坐下来，两条胳膊架在床栏上，再将额头伏在上面。时间还很充足。他的脑袋痛得厉害——似乎是脑髓的正中心在作痛。一切都那么乏味和愚蠢，一点儿意思都没有……

前门的门铃猛烈地响起来，把他吓了一跳。他气喘吁吁，既痛苦又惊恐，两只手按在喉咙处。他们回来了……他坐在那里做梦，让宝贵的时间白白地流逝……现在他得看他们的脸色，听他们的恶言恶语了……得忍受他们的嘲笑和数落……只要有把刀子就好啦……

他绝望地在房间里四处张望。他母亲的针线篮子放在小橱柜里，那儿肯定有剪刀，可以用来铰断血管。不，只要时间允许，还是用床单和钉子比较牢靠。

他把床单从床上抽下来，开始手忙脚乱地撕布条。有脚步声上楼来了。不行，撕下的布条太宽，是系不牢的，而且还得打个绞索。脚步声越来越近，他也越干越快，热血在太阳穴里冲撞，在耳朵里轰鸣。再快些……再快些！啊，上帝！再有五分钟就万事大吉了！

叩门声响起。那条撕下的布条从手中落到地上，他坐着不动，屏息静听。门上的把手转动了一下，接着听见朱莉亚的声音喊道："亚瑟!"

他站起身来，喘着粗气。

"亚瑟，请把门打开，我们等着呢。"

他捡起那条撕下的布条扔进抽屉里，急匆匆将床整理平展。

"亚瑟!"这次是詹姆斯的叫声，门把手被他不耐烦地摇动着。"你睡觉了吗?"

亚瑟四处一瞟，见一切都已藏好，这才把门打开。

"我还以为你至少会听从我的请求，等我们回来呢，亚瑟。"朱莉亚怒火中烧地冲进屋说，"你好像觉得让我们在你的门前恭候半个钟点是件体面的事……"

"是四分钟，亲爱的。"詹姆斯尾随妻子的粉红色绸缎长裙踏入房间，和蔼地纠正道，"亚瑟，我认为比较合适的方式……"

"你们有什么事吗?"亚瑟打断他的话问。他站在那儿，手搭在门把手上，偷眼瞟瞟这个又瞟瞟那个，活似一只困兽。可詹姆斯过于愚钝，而朱莉亚过于愤怒，都没有留意到他的神情。

伯顿先生给妻子拿过一把椅子，自己也坐了下来，小心地把新裤子的膝部朝上拉拉。"我和朱莉亚觉得有责任跟你认真谈谈……"他说道。

"今晚不能听你们谈，我不舒服，有些头痛……改天再谈吧。"

亚瑟说话时声音古怪、模糊，神情困惑和恍惚。詹姆斯诧异地扫视了一周。

"你怎么啦?"他突然记起亚瑟来自传染病的滋生地，便关切地问，"但愿你这不是患了什么病。你看起来很像在发烧。"

"无稽之谈!"朱莉亚厉声打断了他的话，"这不过是平时的那套把戏，因为他羞于面对咱们。到这儿来坐下，亚瑟。"

亚瑟慢吞吞地走过去，在床上坐下。"怎么?"他厌倦地说。

伯顿先生咳嗽一声清清嗓门，抹抹他那已经很整洁的胡子，把精心准备好的话又从头说起:"我们觉得有责任——痛苦的责任，跟你认真谈谈你的反常行为。你不该跟目无法纪、造谣惑众、声名狼藉的人厮混在一起。我相信你也许是出于愚蠢，而非堕落……"

他停了下来。

"怎么?"亚瑟又问道。

"我不想对你太严厉，"詹姆斯继续说道，不过看见亚瑟显出厌倦和无可奈何的样子，不由自主地把语气放温和了些，"我很愿意相信你是被同伴带坏的，也愿意原谅你年纪太轻、缺乏经验，生就一副鲁莽和冲动的性格——恐怕这些是你母亲遗传给你的。"

亚瑟慢慢把目光移到母亲的遗像上，接着又收回来，却没有讲话。

"我肯定你会理解的，"詹姆斯又继续说道，"我不可能再把一个在公众面前使我们这样极受尊敬的家庭蒙受耻辱的人留在这里了。"

"怎么?"亚瑟又重复了一遍。

"哦?"朱莉亚唰地合起扇子，把它放在膝盖上，厉声说道，"除了说'怎么'，你就不能开开尊口说些别的吗，亚瑟?"

"当然，你们觉得怎么好就怎么办嘛，"亚瑟一动未动，慢声慢气回答，"无论怎么做都无所谓。"

"无所谓?"詹姆斯惊愕地又念叨了一遍，他妻子在一旁冷笑一声站了起来。

"哦，是不是无所谓? 詹姆斯，但愿你能明白从他那儿你可以得到多少报答。我早就告诉过你会有什么样的结果，去照拂一个天主教的女冒险家以及他们的……"

"嘘，嘘! 别提那事，亲爱的。"

"这一切都荒唐透顶，詹姆斯。我受够啦，再不能感情用事了! 一个私生子堂而皇之成了家里的一员……该让他知道自己的母亲是什么货色了! 咱们凭什么要负担一个天主教神父因一时风流生下的孩子? 给，你看看这个吧!"

她从衣袋里掏出一张皱巴巴的纸，隔着桌子甩给亚瑟。亚瑟把纸展开，看到是自己母亲的笔迹，上面的日期是他出生前四个月。这是母亲写给她丈夫的忏悔书，下面有两个人的签名。

亚瑟的目光顺着纸页慢慢朝下移，越过母亲那笔体不稳定的签名，落到了一个书法苍劲、熟悉的名字上——罗伦梭·蒙太尼里。他望着忏悔书发了一会儿呆，然后一言不发地把纸又折好放下。詹姆斯起身拉住妻子的胳膊说:

"朱莉亚，这就行啦。你现在下楼去吧，天不早了，我想跟亚瑟谈点儿小事。你不会感兴趣的。"

朱莉亚瞧瞧丈夫，然后又收回目光望望亚瑟，而亚瑟正默默地愣神盯着地板。

"他似乎有点儿迷乱。"她对丈夫耳语道。

待她撩起裙子走出了房间，詹姆斯小心翼翼地关上门，又坐回到桌旁自己的椅子上。亚瑟仍和方才一样纹丝不动坐着，一声也不吭。

"亚瑟，"詹姆斯以更加温和的语气说，因为朱莉亚现在不在跟前了，"把这件事说出来，让我十分遗憾。原来是可以不告诉你的。不过现在事情都过去了，看到你能坦然地对待，我真为你高兴。朱莉亚有点儿激动，女人家常常……不管怎样，我不想对你太严酷。"

他停下来想看看自己仁慈的话语产生了什么样的影响，可亚瑟连一点儿动静也没有。

"当然，亲爱的孩子，"詹姆斯隔了一会儿继续说道，"这是一件令人十分痛苦的事情，咱们最好对此能守口如瓶。当你的母亲把她堕落的情况向我父亲招认时，他可是够大度的了，没有和她离婚，只要求那个把她引入歧途的人立刻离开国境。如你所知，那个人跑到了中国去传教。待他回国后，我坚决反对你和他有任何瓜葛，可我父亲临终前却同意让他教你知识，条件是他永远不许有再见你母亲的企图。说句公道话，我必须承认他们一直到最后都忠实地履行着那一条件。那是十分悲惨的事情，可……"

亚瑟抬起头来，他的面孔没有一点儿生气和表情，就像是个蜡制的面具。

"你……你不觉得，"他口吃地轻声说，露出一副古怪、迟疑的样子，"这……这一切……非常……非常滑稽吗？"

"滑稽？"詹姆斯把椅子从桌旁推开，坐在那儿呆望着他，惊恐得没了怒气。"滑稽？亚瑟，你是不是疯啦？"

亚瑟突然把脑袋朝后一仰，疯狂地爆发出一阵大笑。

"亚瑟！"那位轮船主威严地站起身，高声喝道，"你这轻浮的样子让我吃惊。"

此时没有听到回答的话语，只听到一阵接一阵的笑声，笑得那么响亮、那么狂烈，使得詹姆斯开始怀疑这恐怕不仅仅是轻浮，情况可能会更严重。

"活像一个歇斯底里的女人。"他转过身咕哝了一句，轻蔑地耸耸肩，不耐烦地在屋里拖着沉重的脚步走来走去，"亚瑟，其实你还不如朱莉亚呢。好啦，不要再笑了！我总不能在这儿等你一夜呀。"

亚瑟对规劝和抗议全然不理会，只是"哈哈哈"笑啊笑个没完。

"荒唐！"詹姆斯终于停止了气愤的踱步，说道，"今晚你显然情绪太激动，失去了理智。你这种样子，我是跟你谈不成事情的。明天早晨吃过饭你来找我。你现在还是睡觉吧。晚安。"

他走出去，砰地将门带上。"这下又得去应付楼下的那个歇斯底里的人了。"他"嗵嗵嗵"地迈着沉重的步子离开时喃喃地说，"楼下的那个恐怕要跟我哭哭啼啼哩！"

……

疯狂的笑从亚瑟的唇边消失了。他从桌上一把抓起钉锤，猛地向十字架冲去。

随着哗啦一声响，他突然清醒了过来，站在那空荡荡的底座前，手里仍拎着钉锤，那偶像的碎片在脚下散满了一地。

他丢下钉锤。"真是太容易啦！"他说，随即把身子掉转开，"我简直是个白痴！"

他在桌旁坐下，呼哧呼哧喘着粗气，把额头伏在两只手上。片刻之后，他起身走到脸盆架前，把一盆冷水浇在头上和脸上。接着，他非常冷静地走回去，坐下来思索问题。

他蒙羞受辱，遭受痛苦和绝望的折磨，原来都是为了这样一些东西——为了这些虚伪、充满奴性的人，为了这些不会说话、没有灵魂的天神。因为一位神父欺骗了他，他竟然准备上吊。看起来，他们全都是骗子！好啦，那一切全都结束啦，他现在学聪明了。他只需摆脱掉这些害虫，重新开始生活就可以了。

码头上停泊着许多货船，藏到一艘船上溜掉不是件困难的事，他可以漂洋过海到加拿大、澳大利亚或好望角——哪里都行。只要远离这儿，去哪个国家都无所谓。至于那边的生活，他可以看情况，如果不适合他，就换个别的地方。

他取出钱包，里边只有三十三个玻里①。不过，他幸好有块好表。到时候这块表能顶点用，不管怎样，这些都不当紧，他总会渡过难关的。可是，他们一定会寻找他，这些人会倾巢而出。他们必定要到码头上询问。不行，必须为他们制造个假象，让他们相信他死了。那时，他将无牵无挂、自由自在。一想到伯顿一家四处寻找他的尸体，他便哑然失笑。这是一出多么滑稽的戏剧啊！

他取过一页纸，随便想出几句话写了下来：

　　我相信你就和相信上帝一样。上帝只是一尊泥塑像，

　　一钉锤便可砸个粉碎：你一直在用谎言欺骗我。

他把这页纸折好，注明交给蒙太尼里，随即又取过一页纸，写下了横贯纸面的一行字："到达森纳港口打捞我的尸体。"然后，他戴上帽子，向屋外走去。从母亲的遗像前走过时，他抬头望了望，哈哈一笑，耸了耸肩。她也对他撒了谎。

---

① 当时的意大利银币。

他蹑手蹑脚地穿过走廊，悄悄拉开了门闩，走到宽大、黑暗、发出回响声的大理石楼梯上，觉得底下好像有个漆黑的深坑在张着大嘴等待他。

他穿过院落，谨慎地放轻步子，唯恐惊醒睡在底层的吉安·巴蒂斯塔。在后边的柴窖里有个很小的铁栅窗，朝小河而开，离地面不超过四英尺。他记得那锈迹斑斑的铁栅有一处已断裂，只需轻轻一推便可以推出条宽缝钻出去。

铁栅栏很结实，把他的手严重擦伤，衣袖也扯破了，可这都无妨大局。他朝街上张望了一下，看不见一个人，只有那漆黑、沉寂的小河——一条丑陋的水沟夹在两道笔直、滑腻的堤岸间。他将要去的那个世界也许是个凄凉的地方，但不可能比他留在身后的这个角落更沉闷和肮脏。没有什么可后悔的，没有什么可留恋的。这儿是一个瘟疫横行、臭气冲天的小圈子，充满了可悲的谎言和愚蠢的欺骗，到处是味道难闻的水沟，浅得连个人也淹不死。

他顺着河堤朝前走，来到美第奇宫旁边的小广场上。就是在这儿，詹玛曾面带喜色地伸出两手跑上前迎接他。这道湿漉漉的台阶通向壕沟，过了那片肮脏的水面就是阴森森的要塞了。他以前倒是没留意那要塞看起来竟如此蛮横和狰狞。

他穿过狭窄的街道，到了达森纳港口，摘下帽子抛入水中。他们打捞尸体时，一定会发现这帽子的。随后，他顺着水边朝前走，为难地思索着下一步该怎么办。他必须设法藏到一艘船上，可这是一件棘手的事情。他唯一的机会就是到那道庞大、古老的美第奇防波堤上去，沿着堤走至尽头。那儿的小岬上有一家下等酒馆，也许可以找到个水手用钱买通。

可是码头的大门已关闭。怎样才能通过大门，混过海关人员的检查呢？夜间放行，并且他又没有护照，对方会索取高额贿金，而他的钱是不够的。再说，他们也许会认出他来。

他经过"四个摩尔人"的铜像时，一个人影从港口对面的一幢古老房屋后钻出，向桥这边走来。亚瑟立刻躲入群像后边黑乎乎的阴影里，于黑暗中蹲下来，从底座的拐角处小心地窥视着。

这是一个柔和的春夜，天气温暖，星光灿烂。水拍打着港湾的石堤，在台阶周围冲出一个个小旋涡，发出的声音活像人的低笑。近处有一条铁链慢慢地悠来荡去，吱吱作响。一台庞大的铁吊车矗立在黑暗之中，显得高大和悲凉。空中繁星闪烁，飘荡着珍珠似的一圈圈云朵，可天幕上印着一些戴着脚镣挣扎的奴隶那黑黢黢的身影，他们跟残酷的命运激烈地抗争，却无济于事。

那人顺着水边步履蹒跚地走过来，口中高声哼着一支英国市井小调。他显然是个水手，刚从酒馆里痛饮归来。周围再不见有旁的人。亚瑟站起来，走到了路当间。那位水手停止了哼歌，不干不净骂了一声，随即站住了脚。

"我想和你谈谈，"亚瑟用意大利语说，"能懂我的话吗？"

那人摇了摇头。"对我讲那种黑话是不顶用的。"他说道。然后，他又操起蹩脚的法语，阴沉着脸问："你到底想干什么？为什么不放我过去？"

"你到黑影里来一下，我想跟你说几句话。"

"啊！不愿意在这儿谈？却跑到黑影里去！你身上披着刀子吧？"

"不，不，伙计！你看不出来，我只是想请你行个方便吗？我会付报酬的。"

"哦，什么？看你穿戴得像个公子哥……"水手又说起了英语。这时他已经钻进了黑影里，斜倚在雕像底座的栏杆上。

"好啦，"他重新换上一口糟糕的法语说，"你想干什么？"

"我想离开这儿……"

"噢！乘船偷跑！想让我把你藏到船上？我猜想你一定是出事啦。用刀子杀人啦，嗯？就像那些外国人一样！你想上哪儿去呢？大概不会到警察局吧？"

他醉醺醺笑起来，眨巴着一只眼睛。

"你是哪艘船上的？"

"'加洛达'号——从来亨开往布宜诺斯艾利斯，去装油，回来捎皮革。它就停在那儿，"水手说着朝防波堤的方向指了指，"是艘破破烂烂的旧船。"

"布宜诺斯艾利斯……很好！能把我藏到船上吗？"

"你给多少钱？"

"不太多，因为我只有一点儿钱。"

"不行，少了五十个玻里是不行的……就这还算便宜呢……像你这样的公子哥……"

"你说我是公子哥，这是什么意思？如果你喜欢我的衣服，咱们可以换换，但除了我身上这点儿钱，再不能多给你了。"

"你还有块表呢，拿过来我看看。"

亚瑟掏出一块女用金怀表，雕花和珐琅都很精致，背面刻着"葛·伯"① 两个缩写词。这是他母亲的遗物……可现在这又有什么关系呢？

"啊！"水手飞快地瞥了一眼说道，"肯定是偷来的！让我瞧瞧！"

亚瑟把手缩了回去。"不行，"他说道，"咱们上了船，我就把表给你，

---

① 葛拉迪丝·伯顿的缩写。

在这儿可不行。"

"原来你并不像你看上去那么傻！我敢打赌，你是第一次干这种事，对吧？"

"这不关你的事。呀，巡夜的过来啦！"

他们蹲下来躲在那一组群像的后边，直等到巡夜的过去。然后，水手站起身让亚瑟跟上他，一边朝前走一边自顾自地傻笑着。亚瑟一声不响地跟在后面。

水手领着他又回到美第奇宫旁边的那个形状不规则的小广场上，在一个黑暗的角落停下来，语气谨慎但含混不清地悄声说："你等在这里。再往前走，那些当兵的会看见你的。"

"你打算怎么做？"

"给你弄套衣服来。你的袖子上沾着血，不能就这么带你上船。"

亚瑟低头看了看被窗户栅栏刮破的衣袖，上面沾着一点血迹，那是手擦破后滴下来的。显而易见，这家伙把他当成了杀人犯。唉，随他怎么想都无所谓。

过了一段时间，水手得意扬扬地转回来，胳肢窝下夹着包东西。

"换上吧，"他悄声说，"动作放快点。我必须回到船上去，那个犹太老家伙跟我讨价还价，让我磨了半个小时的嘴皮子。"

亚瑟照他的吩咐做，可刚一接触到那些旧衣服，就往后缩，心里本能地觉得厌恶。幸好衣服虽然质地粗糙，却也干净。待他身着新的装束走到亮处，水手用一双醉眼庄重地打量了一下他，严肃地点点头表示赞许。

"这就行啦，"他说，"请随我来，不要弄出声响。"亚瑟抱着换下的衣服，穿过纵横交错、蜿蜒曲折的河渠以及黑暗的窄胡同。这段区域从中世纪起就是贫民窟，来亨的居民称其为"新维纳斯"。一座座阴森森的旧宫殿零零星星、孤独地夹杂在贫寒的房屋和肮脏的院落间，两旁是臭水沟，那凄凉的样子像是要竭力保持古时的尊严，可又明知这种努力毫无指望。他知道有些胡同是小偷、刺客以及走私犯臭名远扬的巢穴，另外一些则笼罩着悲惨、贫穷的气氛。

水手在一座小桥旁停下，四周瞧瞧，见没有人，便走下一道台阶，来到狭窄的栈桥上。小桥下有一只肮脏破烂的旧船。他厉声命令亚瑟跳进船里躺下身子，而他自己也坐上船，开始向港口划去。亚瑟一动不动地卧倒在湿漉漉、漏水的船板上，躺在水手扔在他身上的衣服下，向外窥视着那熟悉的街道和房屋。

不一会儿，他们从一座桥下通过，划进了充为要塞壕沟的那部分河道。雄壮的围墙起于水中，根基很宽，往上渐窄，至顶部便成了尖塔。几个小时之前，他还觉得这些围墙无法逾越、面貌狰狞！而现在……

他躺在船的底部，低声笑了。

"别出声，"水手低语道，"把你的脑袋遮盖好！咱们快到海关了。"

亚瑟拉过衣服把头盖上。船又向前行了几码远，便在一排用铁链拴在一起的木杆前停住了。那些木杆横在河面上，堵住了海关和要塞围墙之间的狭窄河道。一位睡眼惺忪的公务员手里提着一盏灯笼走出来，在岸边俯下身子。

"请出示护照。"

水手将自己的官方证件递了上去。亚瑟被衣服闷得有点儿受不了，屏住呼吸静听着。

"半夜三更的，你回船可拣了个好时间！"海关官员嘟哝着，"我想你一定喝酒去了。船里那是什么东西？"

"旧衣服，买的便宜货。"水手拎起一件背心让他检查。那公务员将灯笼放低，弯下腰来，定睛瞧了瞧。

"我想这就行了，你可以过去了。"

他将拦河的木排升起，小船缓慢地驶入了黑魆魆、波涛起伏的海水里。行了一段路，亚瑟坐起身，把那些衣服推到一旁。

"就是这艘船，"水手默默地划了一会儿桨，然后悄声说，"跟紧我，不要吱声。"

他一边从这个黑乎乎的庞然大物的一侧爬上去，一边低声责怪身后的那个未出过海的新手笨拙。其实，亚瑟生就一副敏捷的身子骨，比大多数处于相同境况的人手脚轻巧。二人安全地上了船，小心翼翼地从一堆黑黢黢的索具和机器中间穿过，最后来到一个舱口。水手把舱盖揭开。

"到下边去！"他悄声说，"我马上回来。"

舱里不仅潮湿、黑暗，而且气味难闻得让人无法忍受。起初，亚瑟被臭生皮味和哈喇油味熏得有点透不过气，本能地向后退缩。后来，他记起了"惩罚室"，便耸耸肩膀，下了梯子。不管到了哪个地方，生活似乎都是一个样子，丑陋、肮脏，满是害虫、可耻的秘密和阴暗的角落。不过，生活毕竟是生活，他必须很好地面对它。

过了一会儿，水手手里拿着些东西走回来，亚瑟于黑暗之中看不清那是什么。

"喂，把表和钱给我吧。赶快！"

亚瑟利用黑暗做掩护，偷偷地留下了几枚硬币。

"你得给我弄点儿吃的，"他说，"我都快饿死啦。"

"我已经带来了，拿去吧。"水手递给他一个水罐、一些硬饼干和一块咸猪肉，"你听着，明天上午海关官员来检查时，你必须躲在这只空桶里。你要像老鼠一样一声不响，直至轮船驶到大海上。到该出来的时候，我会告诉你的。如果让船长看见你，你会倒霉的……就这么些！把饮料拿稳了吧？晚安！"

　　舱盖合上了。亚瑟将宝贵的"饮料"放到一个安全的地方，然后爬到一只油桶上吃咸肉和饼干。吃完后，他在脏污的地板上蜷缩起身子，没做祈祷便入睡了，这在他记事以来还是第一次。黑暗中，老鼠在他的周围跑来跑去，可无论是老鼠不停的吵闹、轮船的左右摇晃、令人作呕的臭油味，还是对明天可能晕船的担心，都没有能够使他醒来。他把这一切都抛到了脑后，把那些仅在昨天他还当作神明崇拜而现在已破成碎片、威风扫地的偶像抛到了脑后。

第二篇

十三年之后……

第一章

1846 年 7 月的一个傍晚，一些熟人在佛罗伦萨的法布里奇教授家碰头商讨未来政治活动的计划。

他们当中有几个属于玛志尼党派，非得建立一个民主共和国、一个统一的意大利，才会感到心满意足。其余的是君主立宪党人和持不同见解的自由党人。不过，大家在一点上意见是一致的，即不满于托斯卡纳公国①的审查制度。这位名教授召集这次会议，希望意见不一的各党派的代表们至少在这个问题上不要发生争吵，大家花一个小时在一起讨论。

自从庇护斯九世继位，对教皇领地的政治犯颁布著名的大赦令后，

---

① 意大利境内的诸多公国之一。

时间才过去两个星期，可由此而引发的自由主义浪潮已席卷整个意大利。在托斯卡纳公国，就连政府也显然受到了这一惊人事件的影响。法布里奇以及佛罗伦萨的另外几个名人觉得这是一个有利时机，应做出大胆的努力以改革出版法。

"当然，"当这个问题初次向剧作家莱伽提出的时候，他曾这样说道，"不修改出版法，咱们就无法出报纸，就拿不出创刊号来。按现行的审查制度，可以出一些小册子。越早动手，便能够越早实现对出版法的修改。"

此刻，他正在法布里奇的藏书室里讲解自己的理论，陈述自由主义作家目前应该采取什么样的方针。

"毫无疑问，"这些人当中有个头发灰白、说话慢声慢气的律师插言道，"从某种意义上讲，必须利用当前的形势。对于推行严肃认真的改革，这可是个千载难逢的机会。不过我怀疑出小册子是否能产生好的结果。我们的确希望能把政府争取到我们一边，可凭小册子非但争取不到政府，反而会惹恼它、吓退它。一旦当局把咱们视为危险的煽动分子，就再也没机会获得它的帮助了。"

"那你觉得应当怎么做呢？"

"请愿。"

"向大公请愿？"

"是的，要求放宽新闻出版的自由。"

坐在窗旁的一个目光敏锐、脸膛黝黑的人哈哈一笑，转过了头来。

"通过请愿，你们会大有收获的！"他说，"我还以为伦奇 ① 一案的结局足以为训，使他人不再重蹈覆辙呢。"

---

① 1845 年反对教皇的起义领袖，被托斯卡纳的大公抓住，移交给了梵蒂冈。

"我亲爱的先生，对于未能阻止伦奇的引渡，我和你一样感到难过。可其实……我不愿伤害任何人的感情，但我不得不认为，那件事情的失败主要是由于咱们内部某些人的急躁和过激造成的。我当然不愿……"

"皮德蒙特人总是这个样子，"那位脸膛黝黑的人尖刻地插话说，"我不知道有哪些地方表现得急躁和过激，除非你把我们呈上的那一连串措辞温和的请愿书也视为过激行为。在托斯卡纳或皮德蒙特，那也许算是过激行为，但在我们那不勒斯却称不上什么过激。"

"幸好，"那位皮德蒙特人说，"只有在那不勒斯才有那不勒斯式的过激。"

"好啦，好啦，先生们，不要再争了！"教授干预道，"那不勒斯的传统和皮德蒙特的传统各有千秋，可眼下咱们是在托斯卡纳，而托斯卡纳的传统是抓紧干手中的事情。格拉西尼主张请愿，而盖利反对。你是什么意见，里卡多医生？"

"我认为请愿并没有害处。如果格拉西尼拟好请愿书，我非常乐意签名。不过，我又觉得，光请愿而不采取别的行动，不会有大的成就。咱们为什么不可以既请愿又出小册子呢？"

"只因为宣传小册子会激怒政府，那时他们就不许请愿了。"格拉西尼说。

"无论怎样他们都不会允许咱们请愿的。"那位那不勒斯人站起来，走到了桌前，"先生们，你们把路走错了。向政府妥协是没有好处的。咱们必须做的事情是唤起民众。"

"说起来容易做起来难。咱们该从哪里入手呢？"

"这还要问盖利！他的第一步当然是把审查员打得头破血流。"

"不，其实我不会那样做，"盖利语气坚定地说，"你们总认为，凡是从南方来的人就一定相信刀剑，而不相信辩论。"

"喂，那你怎么看呢？嘘！请注意，先生们！盖利有一项方案要提出来。"

屋里的人原来三三两两地凑在一起各自议论，这时都聚拢到桌旁倾听。盖利连忙举起手申明："不，先生们，这不是什么方案，仅仅是一项建议。对新教皇上任后的普天同庆，我认为里面隐藏着很大危险。人们似乎觉得，他推出了一条新的方针、颁布了大赦令，我们大家——意大利的全体人民只要投入他的怀抱，他就会把我们带向洞天福地。对于教皇这种行为的赞美，我和任何人相比都不逊色——大赦是一种伟大的壮举。"

"我坚信教皇陛下会被你恭维得受不了的……"格拉西尼轻蔑地说。

"别打岔，格拉西尼，让人家把话讲完！"这次轮到里卡多干预了，"真是不可思议，你们俩就像猫和狗一样，每次一见面就咬架。你接着说，盖利！"

"我想讲明一点，"那位那不勒斯人继续说道，"教皇陛下的行为无疑是出于良好的意图，但他的改革究竟能进行到什么程度则是另外一个问题。就眼下而言的确风平浪静，意大利全境的反动分子在一两个月内会按兵不动，直至大赦令引起的激动情绪消退。但他们不可能束手就擒，让手中的权力被别人夺走。我个人认为，今年冬天过不了一半，那些耶稣会①会士、格利高里②分子和圣费迪③分子们就会起来反对咱们，玩弄阴谋诡计，把收买不了的人一网打尽。"

"很有可能。"

"那么，好吧，咱们是在这里等候，可怜巴巴地呈上几份请愿书，

---

① 天主教秘密团体，创建于1534年，效忠于梵蒂冈。

② 天主教的一个组织，反对新教皇的自由措施。

③ 旧教皇的追随者，与奥地利人勾结在一起反对民族解放运动。

直至拉姆鲁什尼①和他的狐群狗党说服大公把咱们置于耶稣会的管制之下，也许再派一些奥地利轻骑兵上街巡逻，把咱们整得服服帖帖呢，还是咱们先发制人，利用他们暂时的溃败对他们进行打击？"

"请你先讲讲，你建议怎样打击。"

"我建议着手组织宣传和鼓动，反对耶稣会。"

"实际上，就是用小册子宣战，对吧？"

"对，揭露他们的阴谋，抖出他们不可告人的勾当，号召人民起来共同反对他们。"

"可是这里没有耶稣会会士供咱们揭露啊。"

"真的没有？你等上三个月，看看会有多少吧。到那时候再想击退他们，就为时太晚了。"

"可要想真正唤起全城的人反对耶稣会，就得开诚布公；如果不开诚布公，又怎能躲得过审查呢？"

"我才不躲避呢，我要向审查制度挑战。"

"你要匿名印刷小册子？那倒是非常好，但事实是，对于秘密出版物的命运我们已经看得够多了……"

"我不是那个意思。我要公开印刷小册子，注明我们的姓名和住址。要是他们有胆量，就让他们迫害我们好啦。"

"这是一个疯狂透顶的计划，"格拉西尼嚷嚷道，"纯粹是瞎胡闹，等于把脑袋往狮子口里面填。"

"哦，你不必害怕！"盖利尖刻地打断他的话说，"我们不会让你为了我们的小册子去坐牢。"

"住嘴，盖利！"里卡多说，"这并非害怕不害怕的问题。要是对我

---

① 格利高里派的中心人物。

们的事业有利，我们大家和你一样准备去坐牢，但无谓的牺牲是幼稚的。至于我，对这项计划有一点儿修改意见。"

"哦，什么意见?"

"我认为，我们可以在不顶撞审查制度的情况下，力求谨慎地跟耶稣会做斗争。"

"不知你怎么能办得到?"

"我觉得，可以用一种隐蔽的方式把要说的话包装起来……"

"让审查员看不明白? 那你还指望无知迟钝的穷苦手艺人和工人能看出其中的含义! 这似乎不太现实。"

"马丁尼，依你看呢?"教授转身问一个宽肩膀的人，那人蓄着棕色的大胡子，坐在他的旁边。

"我觉得还是暂时不发表意见，等到掌握了更多的事实再说。这种事情得经过试验，看看会产生什么样的结果。"

"你呢，萨康尼?"

"我想听听波拉夫人怎么说。她的意见素来都是很有价值的。"

大家一起把目光转向屋里唯一的女人，她正用一只手托住下巴默默地听别人讨论。她的黑眼睛深邃、严肃，但这会儿她把眼睛抬起来，里边却明明白白地闪烁着一线欢乐的光芒。

"恐怕，"她说道，"我跟诸位的意见都不相同。"

"你总是力排众议。而且最为糟糕的是，你的见解历来都是正确的。"里卡多插言道。

"我认为，我们必须想办法和耶稣会做斗争，用一种武器不行，就用另一种。不过，仅用挑战作武器未免太软弱，躲避审查又太麻烦。至于请愿，那是小孩子的把戏。"

这时，格拉西尼表情严肃地插嘴道："但愿你不会建议采用……采用暗杀这样的手段吧？"

马丁尼捋了捋自己的大胡子，而盖利立时哧哧笑了起来。就连这位庄重的年轻女人也按捺不住微笑起来。

"请相信我，"她说，"即便我心狠手辣想做这种事情，也不至于幼稚得公开讨论。可据我所知，最厉害的武器是讽刺。一旦把耶稣会变成笑柄，使民众嘲笑他们以及他们的主张，那你就等于未经流血征服了他们。"

"这些话我相信都是对的，"法布里奇说，"但我看不出怎样才能付诸实施。"

"为什么不能付诸实施？"马丁尼问，"讽刺性作品总比严肃的作品容易越过审查上的障碍，即便必须给它遮上一层伪装，比起科学论文或经济论文，普通读者还是比较容易从表面上很荒唐的笑话里看出双关的意思来。"

"夫人，那你是建议我们发行讽刺性的小册子或试办一种滑稽小报吧？我敢肯定，审查机关是绝不会允许的。"

"这两种方法都不是我的意思。我认为，把系列的讽刺小传单，内容是诗歌也罢散文也罢，拿到街上低价卖出或者免费散发，会产生非常好的效果。如果能找到一个善于理解作品精神的聪明的艺术家，我们还可以在传单上加一些插图。"

"假如能行得通，这倒是一个绝妙的主意。不过，如果要干，就必须把事情干好。咱们需要一位第一流的讽刺作者。可这样的人到哪里去寻呢？"

"对呀，"莱伽补充道，"咱们当中的大多数人都是写严肃作品的。说句不恭敬的话，要让咱们去写幽默文章，恐怕是逼着大象跳塔兰台拉舞^①。"

"我并不是建议大家轻率地干这种不适合咱们的工作。我的想法是争取找一位真正有天赋的讽刺作家——这样的人在意大利境内一定能找得到——咱们可以为他提供所需的资金。当然,对这个人必须有一定的了解,必须让他按照咱们商定的方针创作。"

"可是,这种人到哪里去找呢?真正有天赋的作家屈指可数,而他们当中没有一个是合适的。裘斯蒂不会接受,因为他忙得不可开交。伦巴第有一两个好手,可他们只用米兰的方言创作……"

"除此之外,"格拉西尼说,"还可以用更好的方式影响托斯卡纳的民众。我认为,如果把这种有关公民自由和宗教自由的严肃问题当作小事情处理,至少会让人觉得咱们缺乏政治策略。佛罗伦萨不像伦敦那种只知道开工厂赚钱的野蛮地方,也不是巴黎那种穷奢极欲的魔窟,它是一个有着伟大历史的城市……"

"雅典也一样呀,"波拉夫人打断他的话说,"可实际上它过于呆滞,需要有一只牛虻刺醒它……"

里卡多用手猛拍了一下桌子:"嗨,怎么没想到牛虻!他最合适!"

"他是谁呀?"

"牛虻呗——费利斯·里瓦莱兹。你不记得他啦?三年前穆拉多里^②的队伍从亚平宁山上下来时,他就在队伍里。"

"哦,你是熟悉那支队伍的,对吧?记得他们到巴黎去的时候,你曾跟他们同行。"

"是的,我跟到了来亨,送里瓦莱兹上路到马赛去。牛虻不肯留在

---

① 意大利那不勒斯地区的一种轻快的民间舞蹈。

② 起义军领袖。

托斯卡纳，说起义既然已经失败，他在这里除了写讽刺文别无事情可做，所以他宁肯到巴黎去。毫无疑问，他跟格拉西尼先生不谋而合，认为托斯卡纳不是个适合嬉笑怒骂的地方。不过我几乎可以断言，既然在意大利有机会施展身手，咱们要是请他，他会来的。"

"你说他叫什么来着？"

"里瓦莱兹。我想他是个巴西人吧。不管怎样，据我所知，他在那儿居住过。他是我所遇到过的最机警的人。上天知道，在来亨的那个星期，没有一件让人高兴的事情——只要瞧瞧可怜的拉姆伯蒂尼那副样子，便足以让人心碎。可里瓦莱兹在跟前的时候，你就不由得要笑起来。他说出的荒唐话，就是一团永不熄灭的火焰。他脸上横着一道可怕的伤疤，我还记得当时为他缝刀口的情景哩。他是一个古怪的人，但我认为正是他以及他诙谐的谈吐使那些可怜的小伙子不至于灰心绝望。"

"他是不是就是那个以'牛虻'的笔名在法国报纸上发表政治讽刺文的人呢？"

"是的，发表的多为短文，以及诙谐的小品文。由于他的舌头不饶人，先是亚平宁山的走私贩子称他'牛虻'，后来他就用这个绰号作为笔名。"

"对于这位先生，我略知一二。"格拉西尼插入这场谈话说，样子不紧不慢、庄严持重。"我可不能说，我所听到的都是对他的赞誉。他无疑具有某种哗众取宠、浅薄浮夸的小聪明，但我觉得他的才华被夸张了；他也许是不缺乏勇气和胆量，但他在巴黎和维也纳的名声，让我说离纯洁还差得远呢。这位先生似乎……似乎冒过许多险，身世不明不白。据说，他是杜普雷探险队出于好心在南美热带荒原上收留下来的，他当时的那种野蛮和堕落的样子让人觉得不可思议。我坚信他对自己怎样沦落到那种地步，从未做过令人满意的解释。至于说亚平宁山区的起义，那是个不幸的事件，参加的人鱼龙混杂，这一点有目共睹。在伯伦亚处死的那些人据说只不过是些鸡鸣狗盗之徒，而许多逃掉了的人在品质上也难以经得起分析。毋庸置疑，其中是有些品质高尚的人……"

"他们当中有些人是这间屋子里一些人的亲朋好友呢！"里卡多打断他的话说，声音里一股怒气直朝上冲，"你的这种挑剔、孤高的言辞说得倒好听，格拉西尼，可那些'鸡鸣狗盗之徒'是为了自己的信仰而死，比你我截至目前所做的一切要崇高。"

"还有，下次别人再对你讲巴黎的那套老掉牙的传闻，"盖利补充道，"你可以告诉他们，就说是我的话——有关于杜普雷探险队的那件事是误传。我认识杜普雷的副手马泰尔，他把事情的原委统统告诉了我。他们看到里瓦莱兹的时候，他的确处境艰难。他曾为阿根廷共和国而战当了俘虏，后来逃跑，便乔装成各类人四处流浪，想回到布宜诺斯艾利斯去。至于探险队是出于好心才收留了他一事，纯粹是捏造出来的。探险队的翻译当时因染病回国，由于那些法国人没有一个能说当地的语言，就请他当翻译。他跟着探险队整整干了三年，一道考察亚马孙河的支流。马泰尔告诉我，如果没有里瓦莱兹的协助，他坚信他们绝对完成不了探险任务。"

"不管他是怎样一个人，"法布里奇说，"既然马泰尔和杜普雷那样的两个经验丰富的探险家都能够器重他，那他一定有出类拔萃的地方。你说呢，波拉夫人？"

"我对那件事一无所知。那些起义者途经托斯卡纳逃亡时，我在英国。不过依我看，如果那些跟他一起在荒蛮之地过了三年探险生活的伙伴以及那些和他一道起义的同志都说他好，这就是一份很好的推荐书，足以抵消许多飞短流长。"

"至于他的同志怎样看待他，是没有一点儿问题的，"里卡多说，"从穆拉多里和柴姆贝卡里 ① 一直到最粗鲁的山民，都对他很推崇。此外，他跟奥尔西尼 ② 私交甚厚。从另一方面讲，巴黎的确流传着许多关于他的令人不愉快的无稽之谈，可一个人如果不愿意树敌，他就成不了政治讽刺家。"

"我记不太清楚了，"莱伽插言道，"那些逃亡者来这儿的时候，我好像见过他一次。他是不是驼背，或腰肢弯曲，要不就是有其他诸如此类的缺陷吧？"

教授拉开写字台的抽屉，在一堆文件里翻寻起来。"我想这里还有警方对他的通缉令哩，"他说，"你们该记得，他们逃入山隘藏起来时，他们的画像曾张贴得满世界都是，那个红衣主教——那恶棍叫什么名字来着？对，叫斯宾诺拉，他还曾悬赏买他们的人头呢。"

"说起里瓦莱兹和警方的通缉，还有一段了不起的故事哩。他穿上一套旧军装，扮成一个执行任务时受了伤的士兵，脚步沉重地走在路上，说是要找自己的连队。他碰上斯宾诺拉的搜索队，甚至要求搭便车，在他们的马车上坐了一整天，给他们讲骇人听闻的故事，说他如何被叛逆者抓住带进了他们山中的匪巢，他怎样经受住了严刑拷打。搜索队的人让他看了通缉令，他就随口编出一套话来把'那个人称"牛虻"的恶魔'描述了一番。夜里，当那些人都睡着的时候，他把一桶水灌进他们的火药里，然后逃之夭夭，口袋里装满了干粮和弹药……"

"啊，通缉令找到了，"法布里奇插进来说，"'费利斯·里瓦莱兹，人称"牛虻"。年龄三十岁左右；出生地和家世不详，大概系南美人，职业是记者。矮个子，黑发，黑髯，皮肤黝黑，蓝眼睛，前额宽阔方正，

---

① 穆拉多里的战友。

② 意大利解放运动著名战士，后因谋刺法皇拿破仑三世被捕遇害。

口鼻和下巴……'啊，在这里：'特征：右脚跛，左胳膊扭曲，左手缺二指，脸上有新近砍的刀痕，口吃。'下边是一条附注：'枪法非常准，逮捕时应加小心。'"

"那个搜寻队掌握着如此详细的相貌特征，他竟能蒙混过关，实在不可思议。"

"他的成功靠的不是别的，只是大胆而已。那些人只要一起疑心，他就会完蛋。可他装出的那副推心置腹、天真无辜的样子，能够使一个人逢凶化吉。好啦，先生们，你们觉得这个建议怎么样？在座的有几位对里瓦莱兹似乎非常熟。咱们是不是去向他提出，说希望能得到他的帮助呢？"

"我认为，"法布里奇说，"不妨对他吹吹风，看他愿意不愿意考虑这项计划。"

"啊，你尽可以放心，只要是跟耶稣会做斗争，他一定会愿意的；他是我所遇到的最激烈的一个反教权的战士；实际上，他在这一点上有些过分狂热。"

"那么，你能给他写封信吗，里卡多？"

"当然可以。让我想想，眼下他在哪儿呢？我想是在瑞士吧。他是最不安分守己的人，总是东跑西颠。可是要说传单的问题……"

大家展开了一场长久和激烈的讨论。末了，当大伙儿开始散去时，马丁尼走到了那个静默的年轻女人跟前。

"我送你回家，詹玛。"

"谢谢。我正想跟你谈谈工作上的事呢。"

"通信地址出问题啦？"他低声问。

"没有什么大不了的，不过我觉得该做些更动了。这星期有两封信被邮局扣了下来。两封信都不太重要，也许是偶然出了岔子，但咱们冒不起任何风险。无论哪一个通信地址一旦受到警方的怀疑，就必须立刻更换。"

"这件事明天我来了再谈。今天晚上我不跟你谈工作，你看上去很疲倦。"

"我不累。"

"那就是你的心情又不好了。"

"哦，不，不见得是这个原因。"

第二章

"夫人在家吗，卡蒂？"

"在，先生，她正在穿衣服。请你到客厅里去，她马上就下楼来。"

卡蒂以一个真正德文郡姑娘的那种欢快、友好的态度把客人迎进了屋。马丁尼是她特别喜欢的客人。他会讲英语，当然难免带点儿外国味，但已经算说得相当不错了。他从不像有些客人惯常做的那样，一坐下来谈论政治，就高喉咙大嗓门地喊到深夜一点钟，弄得女主人很疲倦。另外，在女主人痛失爱子、丈夫生命垂危的困难时刻，他曾赶赴德文郡帮助她。自从那个时候起，这个身材高大、动作笨拙、少言寡语的男人在卡蒂的眼里便成了"家里的一员"，就跟这工夫正蜷伏在他膝上的那只懒洋洋的黑猫一样。而黑猫帕西特却将马丁尼视为屋里一件有用的家具。这位客人从不踩它的尾巴，从不把烟喷到它的眼睛里，无论从哪一方面它都觉得这个两条腿的人不喜欢制造事端。他表现出无微不至的关怀——提供舒适的膝盖让它躺在上面打呼噜，他吃饭时从不会忘记它，想到它绝不乐意在旁边眼睁睁地看着人吃鱼。他们俩之间的友谊源远流长。当帕西特还是只小猫时，有一次女主人生重病顾不上它，马丁尼便照料它，把它藏在篮子里从英国带了来。从那时起，经过长时间的相处，它坚信这个笨手笨脚的人能是个患难与共的朋友。

"瞧你们俩多舒服啊。"詹玛走进屋里说，"让人觉得这一晚你们是不打算挪窝了。"

马丁尼小心翼翼地抱起那只猫，把它从膝上移开。"我来得早，"他说，"还指望着在出发之前你能给我弄些茶点呢。今晚的人可能很多，格拉西尼不会给咱们吃美味佳肴的——那种时髦人家总是这个样子。"

"得了吧！"詹玛笑着说，"你和盖利一样坏！就是不把妻子不善于理财的罪名加在可怜的格拉西尼头上，他自己的罪名也够多了。至于茶点，马上就准备好。卡蒂特意为你做了些德文郡风味的蛋糕。"

"卡蒂是个好姑娘，对吧，帕西特？哦，你到底把这套漂亮的衣服穿上了，我还害怕你忘了呢。"

"像今晚这样热的天气，按说穿这身衣服太厚，可我毕竟答应过你。"

"菲索尔①的气温会凉爽得多，而且白色开司米毛衣穿在你身上最相称。我给你带来几朵花，配着这衣服戴。"

"这一团团的玫瑰花多么可爱，太招人喜欢了！不过，最好还是把花插在花瓶里，我讨厌把花戴在身上。"

"瞧，又是一个迷信的怪念头。"

"不，不是怪念头。我只是觉得，把花戴在一个枯燥乏味的人身上，陪他度过整整一个晚上，花儿一定会感到无聊的。"

"今晚咱们恐怕都会感到无聊的。这次聚会一定乏味得让人无法

_____

① 佛罗伦萨附近的一个城镇。

忍受。"

"为什么？"

"部分原因：凡是格拉西尼接触的东西，都会变得跟他本人一样乏味。"

"说话可别太恶毒。咱们要到他家里做客，这话说得不公道。"

"你总是对的，夫人。那好吧，我说乏味，是因为那些风趣的人有一半都不会来。"

"什么原因？"

"无可奉告。出城去啦，病啦，或因为别的什么吧。不管怎样，到会的总有两三位大使、几位博学的德国人，还有一群群常见的难以归类的游客、俄国王子、文学社成员以及法国军官。这些人我一个都不认识——当然除了那位新来的讽刺作家，他将是今晚的中心人物。"

"新来的讽刺作家？什么？是里瓦莱兹吧？可我以为格拉西尼对他很不满意呢。"

"是不满意，可既然人已到了此地，定会引起人们的议论，格拉西尼自然就想使自己的家成为新名人亮相的第一个场所。你大可以放心，里瓦莱兹对格拉西尼的不满并没有听到什么风声。不过，他也许能猜得到，因为他的脑袋瓜是很灵的。"

"我甚至都不知道他已经来了。"

"他昨天才到。嘿，茶端来了。不，你别站起来，我去拿茶壶。"

一来到这间小书斋里，他就感到无比欢乐。詹玛的友谊，她那不知不觉之中施加给他的魅力，她的坦率、朴素的同志感情，对他不太幸福的生活来说是最明快的东西。每逢觉得心情特别沮丧的时候，他下班后就来这儿和她坐坐，通常是默默无语地打量她，看她低头做针线活或斟茶。她从不过问他的烦恼，也从不用语言表达同情，但他每次都怀着一颗坚强和平静的心离开，按他自己的话说，他又可以"非常体面地熬过两个星期了"。她自己虽然并不知道，但她在安慰人方面具有出类拔萃的天赋。两年前，当他最亲密的战友在卡拉勃里亚被出卖，像猎物一样被枪打死时，也许正是她坚定的信念把他从绝望的境地里挽救了出来。

星期天的早晨，他有时便来这儿"谈公务"，所谓公务是指任何与玛志尼党内实际工作相关的事情，他们俩都是积极、忠诚的党员。在这种时候，她就成了一个完全不同的人——机智、冷静、富于逻辑性，讲话极其准确和不偏不倚。凡是仅在政治活动中见过她的人，都认为她是个训练有素、纪律性强的策划者，值得信赖和勇敢无畏，从各方面讲都是一名可以器重的党员，但有点儿缺乏生活情趣和个人情趣。盖利曾这样评价她："天生一个策划者，其智慧能顶十几个人，但仅此而已。"马丁尼所熟知的"詹玛夫人"是很难让人捉摸得透的。

"喂，你的那位'新来的讽刺家'是个什么样的人？"这时，詹玛边打开餐具柜，边回过头来望了望马丁尼问。"瞧，西萨尔①，这是给你的麦芽糖和罐头蜜饯。我不明白，为什么革命家都喜欢吃甜食。"

"其他人也喜欢吃，只是他们觉得承认出来有失体面。你是问新来的讽刺作家？那种男人让普通女人一见倾心，但你不会喜欢的。他以贩卖刻薄的语言为职业，带着一副装腔作势的样子走南闯北，屁股后面老是跟着一个美丽的芭蕾舞女演员。"

"你的意思是他的身后真有一位女演员，还是你对他感到气愤，想模仿他说刻薄话？"

"上天有眼，我不是在说刻薄话！真的有位女演员，而且对那些喜

① 马丁尼的名字。

欢浪荡美人的人来说她有沉鱼落雁的容貌。反正我是不喜欢的。据里卡多说，她是匈牙利的吉卜赛女郎，或那一种类的人吧，来自加里西亚的某家戏剧院。里瓦莱兹似乎过于厚颜无耻，逢人便介绍那姑娘，就仿佛她是他未出嫁的姨妈。"

"哦，他既然把她从家中带出来，只有这样才公道。"

"亲爱的夫人，你可以这样看，但社交界的人却不会。我觉得，介绍这样一个女人，大多数人都会感到愤慨的，因为他们明知道她是他的情妇。"

"除非他亲口这样说，否则他们怎么能知道。"

"那是明摆着的，你要是见到她，就能看得出来。不过，依我之见，就连他也没有胆量带她去格拉西尼家。"

"那家人不会接待她。格拉西尼夫人可不是个喜欢打破常规的女性。我想了解的是作为讽刺作家的里瓦莱兹，而非他的男女私情。法布里奇告诉我，已经给他写了信，而且他已经答应前来参加跟耶稣会的斗争。我上次听到的就是这么多。这星期的进展实在是神速啊。"

"我能告诉你的，恐怕再没有什么了。在钱的问题上似乎没有什么困难，这是我们料所未及的。他好像钱囊充盈，情愿无偿地工作。"

"那么他是个有家底的人喽？"

"显然是这样的。这似乎有些蹊跷——那天晚上在法布里奇家你也听到了，杜普雷探险队发现他时，他是怎样一种处境。可现在他拥有巴西矿业公司的股份，而且在巴黎、维也纳和伦敦是一个功成名就的小品文作家。他好像熟练地掌握着六七种语言，来这里并不妨碍他跟诸报社保持联系。向耶稣会开刀，不会占用他的全部时间。"

"这当然是千真万确的。该走啦，马丁尼。好啦，我还是把玫瑰花戴上吧。请稍候。"

她跑上楼去，回来时胸前别着玫瑰花，头上蒙一条西班牙黑花边长巾。马丁尼用艺术家的目光欣赏着她。

"你看起来像个女王，我亲爱的夫人，活像伟大、英明的希巴女王①。"

"看你多会挖苦人！"她笑着反驳道，"你明明知道，我为了把自己打扮成典型的社交场上的夫人已经煞费苦心了！一位地下革命者，谁愿意打扮得跟希巴女王一样？那可不是摆脱密探的方法。"

"你就是再怎么煞费苦心，也永远装不出社交场上的女人那种乏味相。不过，这说到底也是无关紧要的。即便你不会像格拉西尼夫人那样傻笑和用扇子遮脸，但你楚楚动人，密探们看到你也猜不出你心里的想法。"

"喂，马丁尼，不要再攻击那个可怜的女人啦！再吃点儿麦芽糖，把你的脾气变温和些。你准备好了吗？咱们该走啦。"

马丁尼说得很对，这次聚会果然又喧闹又乏味。文人墨客们彬彬有礼地聊天，显得非常无趣，而那群"难以归类的游客、俄国王子"在屋里窜来窜去，相互打听谁是名人雅士，竭力装出谈吐斯文的样子。格拉西尼在接待客人，言谈举止跟他的靴子一样是经过精心粉饰的，可一看见詹玛，他那冷冰冰的面孔顿时放出了光彩。他并非真的喜欢她，实际上心里还有点儿怕她，可他知道：她不来，他的客厅就会失去一种巨大的吸引力。他在自己的行业平步青云，既然钱和名都有了，他现在主要的野心是把自己的家变为开明人士和文人墨客的社交中心。他痛苦地感觉到，自己在年轻时错误地娶来的这个相貌平庸、装饰过度的小个子女人谈吐乏味、色减容销，不配做一个大型文化沙龙的女主人。每次聚

---

① 《圣经》里的人物。

会只要能把詹玛请来，他就觉得一定能成功。詹玛娴静文雅的举止使客人们心情舒畅，她的在场似乎可以驱散在他的想象中总是萦绕于家中的庸俗之气。

格拉西尼夫人亲切地迎接詹玛，附在她耳旁大声嚷嚷道："今晚你看起来真迷人！"同时用恶毒、挑剔的目光打量着那件白色的开司米毛衣。她憎恨这位女客，而她恨的正是马丁尼所爱的东西：詹玛那平静有力的性格、庄重、真诚和坦率的态度，坚定、平稳的思想，以及她脸上的那副神情。当格拉西尼夫人痛恨一个女人时，她以洋溢的热情表现出来。詹玛对她的恭维和亲热无动于衷，不费脑筋去多想。所谓的"社交活动"，在她眼里是一项极其令人厌烦和不愉快的任务，可一个革命者要是不想招致密探的注意，就必须认真地完成这项任务。她把这跟用密码写东西那种吃力的工作等同看待。她知道一个女人如果因衣饰华丽出了名，就等于具备了有价值的防护装置，能避开怀疑的目光。于是，她便细心地钻研时髦服装，就像她钻研密码译本一样。

文化界名流们正感到乏味和郁闷，听到詹玛的名字，脸上才稍有了喜色。尤其是那些激进的新闻记者，立刻都跑到长形大厅的一端，聚集在她身旁。可她是个极其富于工作经验的革命者，不允许他们把她垄断。这些激进分子她天天都可以见得到，此时当他们众星捧月般将她围住时，她温和地要他们去干自己的事情，笑吟吟地提醒他们不必浪费时间劝她弃恶从善，还有许多客人需要他们指点迷津。至于她，全力以赴跟一位英国议员交谈，因为共和党正急于想争取这位议员的同情。她知道他是位金融专家，于是先就奥地利货币制度中的一个技术性问题征求看法，引起了对方的注意，尔后巧妙地把话锋一转，谈到了伦巴第－威尼斯①的税收状况。那位英国人原以为跟她聊天会很无聊，这时却斜着眼看她，虽然害怕被这位女学者攥到手心，可是见她外表谦和、谈吐风雅，便心服口服，跟她认认真真地讨论起意大利的财政问题，仿佛她就是梅特涅②一样。后来格拉西尼领来一位法国人，说"他想问波拉夫人一些有关青年意大利党历史的情况"，英国议员便站起了身，心里迷惘不解，觉得意大利人的不满情绪也许有着比他所料想的更充分的理由。

过了一些时候，詹玛悄悄走到客厅窗外的凉台上，想在高大的山茶花和夹竹桃花丛里独自坐一会儿。屋里闷热的空气以及不停移动的人群，使她的头有点儿发痛。凉台的尽头有一排棕榈树和凤尾蕉，栽在一些大木桶里，而遮在木桶前的是一溜百合花及其他花木。这些花木形成一道严密的屏风，屏风后面有一个小小的角落，从那儿可以纵览山谷里的美丽景色。在花木之间的狭窄空地旁，在一株石榴树的枝头上点缀着一团团、一串串迟开的花儿。

詹玛躲进这个角落，希望不会有人猜到她的去处，这样她歇一歇、静一静，便可以顶得住可怕的头痛。夜晚温暖、美丽和宁静，可她刚从闷热的屋里出来，感到一些凉意，便将花边肩巾包在头上。

不一会儿，凉台上传来说话声和脚步声，把她从恍惚的状态中惊醒。她退回黑影里，希望能避开来人的目光，利用宝贵的几分钟再静一会儿，然后就重新动用疲惫的大脑去应付谈话。真是让她恼恨，那脚步声竟然在"屏风"旁停下了，格拉西尼夫人那尖厉、喋喋不休的讲话声也暂时停止了。

另一个是男人的声音，非常柔和悦耳，但美中不足的是拖着一种

---

① 维也纳会议将伦巴第和威尼斯合为一个行政区，置于奥地利的控制之下。

② 当时的奥地利首相。

古怪的喉音，也许只是在拿腔拿调，但更可能是长期致力于矫正口吃而导致的后果，总之让人听了非常不舒服。

"你说她是英国人？"那声音问，"可那分明是意大利人的名字。叫什么……波拉？"

"不错。她是可怜的乔万尼·波拉的遗孀，丈夫约四年前死于伦敦……你不记得啦？噢，我忘了……你一直过的是飘忽不定的生活，不一定对我们这个不幸的国家里所有的烈士都知道……我们的烈士多如繁星！"

格拉西尼夫人叹了口气。她总是以这种方式跟陌生人讲话，俨然是个爱国者在为意大利的悲惨遭遇难过，谈吐像寄宿学校的女学生，还稚气地噘着小嘴，效果很好。

"她丈夫死在英国！"那男的声音在重复她的话，"那么，他是个流亡者？我有点儿想起他来了，他是不是跟早期的意大利青年党有联系？"

"是的。他是1833年被捕的那批不幸的年轻人当中的一个……你还记得那次悲惨的事件吗？他是几个月之后被放出来的，后来又过了两三年，当局再次下令逮捕他，他便逃到了英国。继而就听说他在那里结了婚，这实在是件极其浪漫的事情——可怜的波拉素来是很罗曼蒂克的。"

"你说他后来死在了英国？"

"是的，死于肺结核，他受不了英国可怕的气候。就在他逝世前不久，他们唯一的孩子染上猩红热，离开了人世。很惨，不是吗？我们大家都非常喜欢亲爱的詹玛！她有点儿古板，可怜的人儿，要知道英国人总是这种样子，可我认为正是她的不幸才使她阴郁，于是……"

詹玛起身推开石榴树的枝条。她几乎无法容忍别人把她家门的不幸当作闲聊的内容，所以她走到亮处时，脸上怒容可辨。

"啊！她原来在这儿！"女主人嚷嚷道，表情镇静得令人钦佩，"詹玛，亲爱的，我正纳闷，不知你到哪里去了呢。费利斯·里瓦莱兹先生希望能和你认识一下。"

"原来这就是牛虻。"詹玛心里这么想着，带着几分好奇打量起他来。对方彬彬有礼地冲她一鞠躬，目光却在她身上溜了一遍，神情在她看来既傲慢又刁钻，像是在审讯人。

"你在这里可找到了个美……美妙的小天地，"他说着，瞧了瞧那浓密的花木屏风，"景色真……真……真够迷人的!"

"是的，是个挺不错的角落。我来这里是想吸口新鲜空气。"

"如此美丽的夜晚，闷在屋子里，似乎有点儿对不起仁慈的上帝。"女主人说着，抬起眼睛仰望群星（她眼睫毛长得漂亮，喜欢当着人炫耀）。"你瞧，先生! 我们可爱的意大利如果能获得自由，不就是人间天堂吗? 她有着这样的花朵、这样的天空，却遭受着奴役，想起来就让人肝肠寸断!"

"如此爱国的女性!"牛虻用他那柔和、缓慢的拖音喃喃道。

詹玛转过脸望了他一眼，心里有点儿吃惊，因为他无礼的嘲讽过于明目张胆，当然瞒不过任何人。可是，她低估了格拉西尼夫人对恭维奉承的欲望，只见那可怜的女人叹一口气垂下了眼睫毛。

"唉，先生，作为一个女人实在是无能为力呀! 也许总有一天我可以证实自己不愧为一个意大利人……谁知道呢? 现在我得回去尽我社交场上的义务了: 法国大使恳求我把他的被监护人介绍给所有的名人雅士，过一会儿你来见见她。她是个极其迷人的姑娘。詹玛，亲爱的，我带里瓦莱兹先生出来，是要让他看看我们这儿美丽的景色，我就把他交给你了。我知道你会照料他的，把他介绍给大家。啊，那不是讨人喜欢的俄国王子吗! 你见过他了吗? 据说他很得尼古拉皇帝的宠信，现任波兰一座城镇的军事长官——那城镇的名字让谁也念不出来……多么美丽的夜晚啊！你说是吗，王子殿下？"

她跟一位长着公牛脖子和厚重的下巴，衣服上的勋章闪闪发光的男子攀上话，滔滔不绝地絮叨着飘然而去。她那有关于"我们不幸祖国"的悲哀悼词，夹杂着"迷人"和"殿下"这样的字眼，从凉台上消失了。

詹玛一动不动地站在石榴树旁，心里为那位可怜愚蠢的女人感到难过，同时为牛虻那种趾高气扬的傲慢态度感到气愤。他望着他们远去的身影，脸上的表情激起了她的怒火。对那些可怜虫也冷嘲热讽，似乎胸襟过于狭窄。

"那就是意大利的爱国主义和俄罗斯的爱国主义，"他含着微笑对她说道，"胳膊挽着胳膊，欢天喜地结为伙伴。你比较喜欢哪一种呢？"

她微微皱起眉头，没有吱声。

"当然，"他继续说道，"这完全是个人口味问题。但要让我在这两者之间选择，我最喜欢的还是俄罗斯的爱国主义，它表现得是那样彻底。倘使俄罗斯不是依靠火药和枪弹，而是依靠鲜花和天空维持霸权，那你想想，这位'王子'能把波兰的堡垒保……保持多久呢？"

"依我看，"她冷冰冰地回答，"咱们可以各持己见，但不必去讽刺一个留咱们做客的女主人。"

"啊，对啦！我竟……竟然忘了意大利具有热情好客的传统——他们这些意大利人出奇地好客。我坚信奥地利人就是这样看他们的。是否请你坐下来谈呢？"

他瘸着腿到凉台的另一端为她搬来一把椅子，而他自己斜倚在栏杆上，立于她对面。窗户里透出的灯光明晃晃地照在他脸上，使她能够从容不迫地仔细打量它。

她大失所望。她原以为那张面孔即使不讨人喜欢，也该是醒目和感人的。可现在看来，他的外表最显著的特点则是对华美服饰的偏爱，而他那加以掩饰的蛮横神情和态度就不仅仅是一种偏爱了。至于其他方面：他皮肤黝黑，像是个黑白混血儿，虽然瘸着腿，却敏捷得跟猫一样。他的一举一动都令人奇怪地联想到黑色美洲虎。一条又长又弯的旧刀痕严重地毁坏了他前额和左脸颊的外观。他说话时一出现口吃的现象，她就注意到他的半边脸在神经质地痉挛。若没有这些缺陷，他即便给人以不安分、不舒服的感觉，也是相当漂亮的。不过，说到底这也不是张富于吸引力的面孔。

不一会儿，他又以他那种柔和、含混的声音咕噜咕噜说起了话。（詹玛越来越愤怒，心里嘀咕着："如果美洲虎会说话，而且遇到心情好的时候，说话的声音会跟他的一个样。）

"听人讲，你对激进派的报纸很感兴趣，还为他们写文章哩。"

"写是写几篇，没有时间多写。"

"啊，当然喽！听格拉西尼夫人讲，你还从事其他重要的工作。"

詹玛微微皱起了眉头。格拉西尼夫人是个愚蠢的女人，显然对这个詹玛已经开始讨厌的滑头说了些不谨慎的话。

"我的时间是很紧，"她十分生硬地说，"但格拉西尼夫人过分看高了我所干的事情，那多半都是些微不足道的小事。"

"唉，如果大家都把时间耗费在为意大利唱挽歌上，这个世界可就糟了。要让我说，跟咱们今晚的东道主夫妇经常亲近会使任何一个人变得轻佻和自私。哦，是的，我知道你要说什么……你是完全正确的，可这对夫妻的爱国主义表现得实在可笑……你准备进屋去？待在外边多么令人惬意啊！"

"我想我现在要进去了。那是我的肩巾吗？谢谢你。"

他为她拿起肩巾，站在那儿望着她，一双眼睛睁得大大的，活像溪水里的勿忘草，显得又蓝又清爽。

"我知道由于我愚弄了那个彩色蜡娃娃，你在生我的气，"他幡然悔悟地说，"可你让我怎么做呢?"

"既然你问我，那我说取笑一个智力不如自己的人是一种小肚鸡肠……哦……一种懦夫行为，就像取笑一个瘸子，或者……"

他突然痛苦地屏住呼吸，缩回身子，望了望他的跛足以及伤残了的手。可一转眼，他又恢复了自制力，爆发出一阵大笑。

"这种比喻不太公平，夫人。我们瘸子可不像她炫耀自己的愚蠢一样，喜欢当着人的面夸示我们残废的躯体。你至少得相信我们，我们自己也承认扭曲的脊背并不比扭曲的行为雅观。注意，这儿有个台阶。能挽住我的胳膊吗?"

她默默无语，尴尬地走进了屋里，他那料所未及的敏感令她困窘万分。

牛虻一打开宽敞的会客厅的门，她立即意识到自己走后这儿发生了不寻常的事情。绅士们多半都显得很生气和不自在；夫人小姐们涨红着脸，努力装出不经意的样子，全都聚集在客厅的一端；男主人抚弄着自己的眼镜，分明在把心里的火气朝下压；一小群游客站在一个角落里，兴趣盎然地望着远处客厅的尽头。显而易见，那儿发生的事情对他们来说是一种逗趣，可大多数客人却认为那是侮辱。唯有格拉西尼夫人似乎无所察觉，只见她妖冶地摇着扇子，正跟荷兰大使馆的秘书谈天说地，后者笑容可掬地侧耳倾听。

詹玛在门口停顿了一下，回过头看牛虻是否也注意到了众人不安的表情。牛虻望了望蒙在鼓里的女主人那欣喜的面孔，又把目光移向大厅尽头的一张沙发那儿，眼睛里无疑有一种邪恶的得意扬扬的神情。詹玛立刻便恍然大悟，原来他把自己的情妇以捏造的身份带到了这里，这一点除了格拉西尼夫人，谁都瞒不过去。

那位吉卜赛女郎斜靠在沙发上，被一群笑容满面的纨绔子弟和温柔得令人啼笑皆非的骑兵军官团团围住。她花枝招展，衣服分琥珀和鲜红两色，显出艳丽的东方色调，佩戴的饰物琳琅满目，在一个佛罗伦萨的文化沙龙里是非常招眼的，宛若一只热带鸟混杂在麻雀和燕八哥之中。她自己似乎也觉得不适合这种场合，便恶狠狠地绷起脸，轻蔑地望了望那些受了冒犯的夫人小姐们。她瞥见牛虻和詹玛一道走过来，急忙跳起身迎上前，滔滔不绝地说出一串错误百出的法语来。

"里瓦莱兹先生，我正到处找你呢！萨尔特柯夫伯爵想知道明天晚上你是否能到他的别墅去。那儿要举办舞会。"

"很遗憾，我不能去，就是去了也跳不成舞。波拉夫人，请允许我为你介绍，这位是绮达·莱尼小姐。"

吉卜赛女郎带着几分不屑的神态瞟了詹玛一眼，硬挺挺地行了个礼。如马丁尼所言，她的确长得很漂亮，有一种生气横溢、兽性和无知的美；她的动作非常和谐、自如，让人看起来赏心悦目。可是，她的额头低陷、狭窄，玲珑的鼻子的线条显得无情，带着些许残忍的成分。在吉卜赛女郎的跟前和牛虻交谈，詹玛心里的压抑感更加强烈了。过了一会儿，男主人走过来，求她帮他去另一个房间招待一些游客，她满口答应，心里竟奇怪地有一种如释重负的感觉。

……

"哦，夫人，你觉得牛虻怎么样？"他们深夜乘车回佛罗伦萨的路上，马丁尼问道，"他那样戏弄可怜的格拉西尼夫人，你哪儿见过如此卑鄙的行径？"

"你是指芭蕾舞女演员那件事？"

"是的。他告诉格拉西尼夫人，说那女子将成为一代名流。只要涉及的是名人，格拉西尼夫人是什么都肯干的。"

"我认为那样做不公平，也不善良，不仅让格拉西尼夫人丢乖露丑，对那姑娘也太残忍。我肯定她准感到十分不自在。"

"你和他交谈过，是吧？你怎么看他？"

"唉，马丁尼，我什么想法都没有，只觉得一看不见他就心情愉悦。从没见过那么让人讨厌的家伙。没过十分钟，他就令我感到头痛了。他活像是专门制造骚乱的魔鬼的化身。"

"我料想你就不会喜欢他。实话告诉你，我也讨厌他。那家伙滑得像条泥鳅，我可不信任他。"

第三章

牛虻的寓所处于罗马门外，离绮达住的地方不远。他显然有点儿息巴利人①的味道，房间里虽然没有过分奢华的东西，但那些小物件却显示出他对奢侈生活的偏爱，处处都布置得高雅讲究，使盖利和里卡多颇感意外。他们原以为一个在亚马孙荒原上流浪过的人在欣赏口味上一定很朴素，这时见了他一尘不染的领带、排列成行的靴子以及总是摆在写字台上的簇簇鲜花，便觉得有些诧异了。大体来说，他们跟他相处得很好。他对每个人都热情、友好，尤其是对当地的玛志尼党党员。针对这种情况，詹玛却显然是个例外——他似乎从他们第一次见面起就讨厌上了她，千方百计地躲着她。有两三次他甚至对她很粗暴，这就招来了

---

① 意大利一古都居民，以生活奢侈出名。

马丁尼对他的强烈憎恶。这两个男人之间从一开始就缺乏好感，他们的性情水火不相容，只会彼此嫌怨。在马丁尼一方，这种嫌怨很快就发展成了仇恨。

"他喜欢不喜欢我，我倒不在乎，"他一天带着恼怒的神情对詹玛说，"反正我也不喜欢他，这没有什么大不了的。可我无法容忍他对你的态度。要不是怕在党内惹起闲话，说我们先把人家请来，又跟人家吵架，我就非得跟他算账不可。"

"随他去吧，马丁尼，这些是无关紧要的。况且，说到底我也是有过错的。"

"你有什么过错？"

"他不喜欢我，是因为那天晚上我们在格拉西尼家初次见面时，我对他说了些不礼貌的话。"

"你说不礼貌的话？这简直让人无法相信，夫人。"

"当然那是无意说出来的，我感到非常抱歉。我当时说人们会取笑瘸子什么的，他以为我是冲着他来的。我根本就没有把他看成瘸子，因为他的伤残并不严重。"

"当然算不上严重喽。他的肩膀一高一低，左胳膊形同虚设，可他既非驼背也非畸形足。至于他的瘸腿，那是微不足道的。"

"不管怎么说，他当时全身发抖，脸上霍然变色。的确都怪我说话太不得体，可他那么敏感也是少见的。我想可能是有人拿他的缺陷残酷地开过玩笑。"

"依我看，八成是他冒犯了别人。那家伙表面上举止文雅，内心却有点儿凶狠，这让我十分恶心。"

"马丁尼，说这话就太不公平了。我跟你同样不喜欢他，但何必要言过其实地攻击他呢？他的举止是有些矫揉造作，让人不舒服——我想那是别人把他捧得太高的缘故——而且，那没完没了的俏皮话着实非常讨厌，可我不相信他的用心是恶毒的。"

"我不知道他用心怎样，可一个人如果嘲笑一切，就有点儿不高尚了。那天在法布里奇家辩论才让我反感呢，他把罗马城里的改革骂得狗血喷头，仿佛事事都想找出个卑鄙的动机。"

詹玛叹了口气说："恐怕在这一点上，我宁肯同意他的观点也不同意你的。你们这些好心的人满脑子装的都是灿烂辉煌的希望和企盼。你们总认为，只要有一个善良的中年绅士当选为教皇，一切问题都会迎刃而解。他只需打开监狱的大门，向周围所有的人祝福，太平盛世就会在三个月之内降临。你们似乎永远也看不到，他即便肯那样做，也无法匡时救世。错是错在事情的根本，而非这个或那个人的行为。"

"什么根本？是指教皇的世俗权力？"

"为什么要那么具体呢？那只是整个错误的组成部分。错误的根源在于：一个人不该对另一个人操持生杀大权。人与人之间不应当存在这样一种错误的关系。"

马丁尼举起双手，哈哈笑着说："到此为止，夫人。你搬出这套'唯信仰论'的大道理，我就不跟你争了。我敢说，你的祖上一定是英国的17世纪的平均主义者。况且，我是为这篇稿子而来的。"

他把稿子从衣袋里掏出来。

"又是新册子的稿件？"

"这篇愚蠢的稿子是那个讨厌的里瓦莱兹向昨天的会议呈交的。我早就知道，过不了多久就会跟他顶上牛。"

"怎么回事？实话讲，马丁尼，我觉得你对他有点儿偏见。里瓦莱兹让人感到不愉快，但他并不蠢。"

"哦，我不否认这篇东西自有一番机巧，不过你还是自己看看吧。"

文章针对至今仍在意大利涌动的狂热崇拜新教皇的浪潮进行了讽刺。跟牛虻所有的文章一样，它笔锋犀利，充满了仇恨。詹玛尽管讨厌他的风格，心里却不得不承认他的批评是公正的。

　　"我同意你的观点，这篇东西的确十分恶毒，"她放下手稿说，"可糟糕的是，这里面讲的都是实情。"

　　"詹玛！"

　　"是的，情况就是这样。你可以把那家伙看作冷血的泥鳅，可真理在他那一边。咱们没必要自欺欺人，硬说文章没写到点子上——其实它切中要害！"

　　"那么依你看，咱们应该把它印出来？"

　　"哦，那是另外一码事。依我之见，当然不能把它原封不动地付诸印刷，那会伤害和疏远每一个人，是没有好处的。但如果他愿意修改，把涉及个人攻击的部分删掉，我认为不失为一篇的确很有价值的作品。按照政治评论文讲，这是篇非常好的东西。想不到他能写这么好。他说出了必须说的话，那是咱们当中没有一个人敢说的话。这一段把意大利比作一个喝醉了酒的人，正脆弱地伏在扒手的脖子上哭泣，扒手却在掏他的钱包，真是写得棒极啦！"

　　"詹玛！这正是文章中写得最糟糕的一段！我讨厌这种对所有的事和所有的人都恶意攻击的做法！"

　　"我也讨厌，可问题不在这里。里瓦莱兹的风格让人非常不愉快，作为一个人来说，他的确很讨厌。可他说我们沉醉于游行、拥抱以及高呼仁爱、和解的口号之际，耶稣会和圣费迪分子却从中渔利，在这一点上他是百分之百正确的。昨天的会议我要是参加就好了。你们最后做出的决议是什么？"

　　"这就是我来这儿的目的：想请你去跟他谈谈，劝他把语气改得缓和些。"

"我？可我不太了解他呀，再说他也讨厌我。那么多人，为什么偏偏要我去？"

"只是因为今天没有人能去。再说，你比我们都理智，不会像我们一样跟他进行无谓的辩论和争吵。"

"我当然是不会跟他争吵的。好吧，让我去我就去，不过我可没有大的把握把事情办成。"

"只要你去做，我相信你一定能说服他。请你转告他：全体委员从文学的角度讲都很欣赏他的作品。这会让他高兴的，而且这也是实际情况。"

……

牛虻正坐在一张摆满鲜花和羊齿草的桌子旁，目光茫然地盯着地面，膝头放着一封拆开了的信。一只毛茸茸的苏格兰牧羊犬卧在他脚旁的地毯上，见詹玛在敲敲开的房门，便扬起头汪汪叫了几声。牛虻慌忙起身，生硬和礼节性地鞠了个躬。他的面孔倏忽间严肃起来，没有了表情。

"你真是太客气了，"他冷若冰霜地说，"要跟我谈话，只消言语一声，我会去找你的。"

詹玛见他明显地想拒人于千里之外，急忙说明了来意。牛虻又鞠了个躬，搬过一把椅子来放在她面前。

"委员会派我来见见你，"她开口说道，"大家对你的稿子有一些不同的看法。"

"全在我意料之中。"他笑笑，在她对面坐下，拉过一大盆菊花放在脸前挡住光线。

"大多数委员都认为，尽管这是一篇令人钦佩的文学作品，但要这么拿去发表，他们觉得有点儿不妥。他们害怕文章激烈的语气会冒犯和疏远一些人，而那些人的帮助和支持对我们的党是很有价值的。"

他从花盆里取出一株菊花，接着便慢条斯理地把白色的花瓣一片片扯下来。詹玛偶然瞧见了他纤细的右手一片片丢花瓣的动作，心里不由得感到一阵不安，因为她以前仿佛在哪儿见过那姿势。

"作为文学作品，"他以他那柔和、冰冷的声音说，"它是一钱不值的，只有对文学一窍不通的人才会欣赏它。要说它会冒犯人，那才正是我的意图哩！"

"我非常理解。问题在于你是否会冒犯不该冒犯的人。"

他耸耸肩，把一片扯下的花瓣衔在牙齿之间。"问题应该是你们的委员会把我请到了这里来究竟是为了什么？我想是为了揭露和嘲讽耶稣会。我在尽自己的能力履行职责。"

"我可以向你保证，没有人怀疑你的能力和良好的愿望。委员会只是怕得罪自由党，还害怕城里的劳动者会撤回他们道义上的支持。你的文章也许意在抨击圣费迪派，可许多读者会把它理解为对教会以及新教皇的抨击。按照政治上的策略，委员会认为这是不可取的。"

"我现在开始明白了。只要抨击的是委员会目前所讨厌的神父，我就可以畅所欲言。可一涉及委员会敬爱的神父，'真理就必须像条狗一样关在狗窝里；一旦教皇的利益受到威胁……则把真理打入十八层地狱'，[①] 是啊，那个弄臣说的话是正确的。而我干什么都可以，就是不愿意当弄臣。当然，我应该尊重委员会的决定，可我还是认为委员会分散

----

① 莎剧《李尔王》中，弄臣所说的一段话。

了注意力，只留神两翼，却不顾中间还有个蒙……蒙太……尼里主……主教大人。"

"蒙太尼里？"詹玛重复道，"我不明白你的话。你是指布里西盖拉教区的主教吗？"

"是的。你要知道，新教皇刚刚升他做了红衣主教。我这儿有一封关于他的信，愿意听听吗？写信的人是我在边界那边的一个朋友。"

"教皇辖地的边界吗？"

"是的。信是这样写的……"他把詹玛进屋时他拿在手中的那封信捡起来，开始大声朗读，突然变得结巴得厉害。

"'你……你很快……很快就能荣……荣幸地见……见到我们……最……最阴险的敌人红……红衣主教罗伦梭·蒙太尼……尼里，他就是布列西……盖……盖拉教区的主……主教。他……'"

他念到此处停了下来，隔了一会儿才又继续念下去，这次念得非常慢，调子拖得让人受不了，却不再结巴了。

"'他打算在下个月到托斯卡纳去，肩负着为人调停的使命。他将先在佛罗伦萨布道，在那儿停留三个星期左右，然后前往赛纳和比萨，再经由皮斯托亚返回罗马格纳教皇辖区。他表面属于教会中的自由派，而且跟教皇以及费莱蒂红衣主教私交甚厚。格利高里教皇当权时，他是个失宠的人，被放逐到亚平宁山的一个与世隔绝的小教区。而今他突然红了起来。当然，他跟国内任何一个圣费迪分子一样，实际上是受耶稣会操纵的。他这次的使命，是耶稣会的几个神父交给他的。他是教会里最杰出的一个布道者，喜欢玩弄阴谋诡计，和拉姆勃鲁斯契尼大主教一个样。他致力于唤起民众对教皇的热爱，使其长盛不衰，同时吸引公众的注意力，直到大公爵在耶稣会的代表准备呈交的计划书上签字。计划书具体什么内容，我却无法探悉。'再往下，信中又说：'我不知道蒙太尼里是否明白他被遣往托斯卡纳的意图，或者他是否受了耶稣会会士的愚弄。他若非非同一般的老奸巨猾，就是天下第一号大傻瓜。怪就怪在：据我所知，他既不收贿赂又不纳情妇——这种情况我前所未见。'"

牛虻把信放下，半闭着眼睛望着詹玛，分明在等着她说话。

"你能肯定你的那个通风报信的人提供的情况是准确的吗？"詹玛过了一会儿问道。

"是指蒙……蒙太……蒙太尼里大人那洁身自好的私生活吗？不能肯定，我的朋友也不能肯定。你该注意到，他有一句保留……保留的话：'据我所知……'"

"我不是指那个，"她冷冰冰地打断他的话说，"而是指那项使命。"

"写信的人是完全可以信赖的。他是我的一位老朋友，也是我 1843 年的同志，他的地位为他收集这类情报提供了得天独厚的条件。"

"是梵蒂冈的一个官吏。"詹玛脑子里飞快闪过这样一个念头，"原来你有这种关系？我早就猜到是这么回事。"

"当然，这是一封私信，"牛虻继续说道，"你知道，信中的情报得要你们委员会的成员保密。"

"这是不用说的。至于稿子的事，我是否告诉委员会，说你同意做一些修改，把语气变得缓和一些，或者……"

"夫人，你不觉得一做修改，在使激烈的语气趋于缓和的同时，也可能会破坏这篇'文学作品'的美吗？"

"你是在征求我个人的看法，可我来这儿是为了表达整个委员会的意见。"

"这就是说，你……你不同意整个委员会的意见？"牛虻把信放入衣袋，此刻身子前倾，带着一种急切、专注的神情望着她，面容跟刚才截然两样，"你认为……"

"如果你想知道我个人的看法……我在两点上跟大多数人意见不一致。从文学的观点看，我一点儿也不欣赏这篇文章，可我认为它忠实地反映了事实，而且在策略上是明智的。"

"这就是说……"

"我非常赞同你的观点：意大利正在被幻象引入歧途，这种狂热的欢乐情景最终可能会使意大利陷入可怕的泥沼。我衷心地希望能把这话公开地、大胆地说出来，就是冒犯和疏远我们目前的一些支持者也在所不惜。可是委员会里的大多数人都持相反的意见，我作为一个委员，不便坚持个人的观点。而且我的确觉得，如果这种话非说不可，也应该说得温和些、隐讳些，不要采用这篇文章里的语气。"

"你能不能稍候一下，让我把手稿再看一遍？"

牛虻拿起稿子逐页浏览，不满地皱起了眉头。

"是的，你说得果然一点儿不错。这东西写得像是音乐茶座里的滑稽短剧，而不是政治讽刺文。可是怎么写才为恰当呢？写得太正统，大众看不出名堂；要是不够恶毒，他们又会说乏味。"

"你不觉得，如果过于恶毒，也会变得乏味吗？"

他以刺人的目光飞快地瞥了詹玛一眼，放声大笑起来。

"看来，夫人是属于那种一贯正确的非常厉害的人啊！如果我走上邪路，变得很恶毒，是不是最终会跟格拉西尼夫人一样乏味呢？苍天，多么糟的命运啊！你不必皱眉头，我知道你不喜欢我。好吧，我现在谈正事吧。实际情况是这样的：假如我删去对个人的攻击，而文章的大体部分不变，委员会将会非常遗憾，认为没有担负起责任。如果删去政治的真理，只把攻击的矛头指向党的敌人，不涉及别人，委员会将会把文章捧到天上，你我却清楚它是不值得付印的。这是一个非常微妙的玄学上的问题：或者印刷不讲价值，或者讲价值不印刷。哪一种选择较为理想？依你之见呢，夫人？"

"我认为你不必非得做这样的选择。我相信，如果你删去对个人的攻击，即便大多数委员不以为然，但委员会一定同意印刷。我认为这样做，文章会大有用武之地。不过，你得把恶毒的语调收敛起来。你写出东西来，想让读者理解其中的深奥实质，不必一开始先摆出架子吓唬他们。"

牛虻叹口气，无可奈何地耸了耸肩膀。"我投降，夫人。不过有个条件：这次你剥夺了我嘲讽的权利，下一次我必须行使这种权利。那位洁身自好的红衣主教驾临佛罗伦萨时，我愿意怎么恶毒就怎么恶毒，无论你还是你的委员会都不能横加干涉。那是我的权利！"

他说话的声音极其柔和，却又极其冷酷。只见他把菊花从花盆里取出，高高地举起，透过那半透明的花瓣观看太阳光。"他的手抖得多么厉害呀，"詹玛见他手中的花晃动不已，心里暗忖，"真像是喝醉了酒！"

"这件事还是跟委员会其他的人谈谈吧，"她起身说道，"我不知他们会持什么样的看法。"

"那么你怎么看呢？"牛虻也站起了身，斜倚在桌子上，把菊花贴在脸上。

詹玛犹豫了片刻。这个问题勾起了她对不幸往事的回忆，令她心情沮丧。"我……我讲不清楚，"她最后说道，"许多年之前，我知道他的情况。那时他只不过是个普通神父，兼任我们那个省神学院的院长。从一个非常熟悉他的人那儿，我听说了许多关于他的事情，从未耳闻他干过坏事。我相信，至少在那些岁月，他确实是一位极为出色的人。但那是很久以前的情况了，他也许现在已经变了。腐朽的权力使许多人走向堕落。"

牛虻从花束上抬起头，表情坚定地望着她。

"不管怎样，"他说，"如果蒙太尼里大人本人不是恶棍，那他就是恶棍手里的工具。无论他属于哪一种情况，对我以及我在边界那儿的朋友都是一样的。拦路虎也许具有天底下最善良的意图，但还是必须把它从路上踢开。对不起，夫人！"他瘸着腿走过去打开房门，好让她出去。

"非常感谢你的来访，夫人。我去叫辆车吧？不需要？好吧，再见！比安卡，请你把厅堂的门打开。"

詹玛走到街上，心里千思万想。"我在边界那边的朋友"——他们是什么人？怎么踢开拦路虎呢？如果只是句讽刺的话，那他眼里为什么凶光毕露呢？

第四章

蒙太尼里大人于10月的第一个星期抵达佛罗伦萨。他的到来在全城掀起了一股小小的浪潮。他是一位著名的传教士，是经过改革的教皇制度的代表，人们热切地期盼他阐述"新教条"以及爱与和解的福音，医治意大利的忧患。红衣主教吉兹被任命为罗马国务秘书，取代万人痛恨的拉姆勃鲁斯契尼，使公众的热情空前高涨，而蒙太尼里正是一个推波助澜的人物。他那一丝不苟、洁身自好的私生活在天主教的显贵中极为罕见，引起了民众的重视，因为人民对高级神职人员的敲诈勒索、贪污腐化及骄奢淫逸已司空见惯，认为这几乎是他们一贯的属性。而且，他布道的天赋的确超群。他声音甜美，人格颇具吸引力，无论何时何地都成绩斐然。

格拉西尼又跟往常一样，千方百计想把这位新来的名人请至家中，可蒙太尼里并不是个容易捕获的猎物。对所有的邀请，他都礼貌但坚决地谢绝，声称自己身体不好，而且时间安排得很满，既无精力也无闲暇步入社交场。

"格拉西尼夫妇真是一对不择荤素的宝贝！"一个晴朗但寒冷的星期天的上午，在穿过西格诺里亚广场的时候，马丁尼轻蔑地对詹玛说，"红衣主教的马车驶到跟前的时候，你注意到格拉西尼那副点头哈腰的样子没有？不管是谁，只要被人们所谈论，就是那对夫妻推崇的对象。我从未见过如此热衷于追逐名流的人。去年8月追的是牛虻，现在又追蒙太尼里。但愿主教大人对他的捧场感到满意，跟他一道捧场的还有好些个投机分子呢。"

他们刚才在大教堂听蒙太尼里传经布道，那儿被热心的听众挤得严严实实，马丁尼害怕詹玛的头痛复发，不等弥撒结束便劝她出来了。下了一个星期的雨，这是第一个阳光灿烂的上午，他趁机提出到圣尼科罗旁边斜坡上的花园里散步。

"不，"她回答，"如果你有空，我倒很想散散步，不过不是到山坡上去。咱们沿着阿诺河的河堤走走；蒙太尼里从教堂回去要路过那儿。我跟格拉西尼一个样……我想瞻仰一下那位名人的风采。"

"可你刚刚才见过他呀。"

"那是隔着老远看的。教堂里人山人海，马车经过时他又是背朝着咱们。现在只要不远离这座桥，就一定能把他看个清清楚楚……你知道，他就住在阿诺河的堤岸旁。"

"你怎么突然心血来潮，非得瞻仰蒙太尼里呢？对于出了名的传教士，你素来是不闻不问的呀。"

"我关心的不是出了名的传教士，而是他这个人。我想看看他跟我最后一次见他相比变化有多大。"

"那是什么时候？"

"亚瑟离开人世两天后。"

马丁尼关切地望了她一眼。这时，他们已经来到了阿诺河的堤岸旁，詹玛目光茫然地凝视着水面，脸上呈现出一种马丁尼不愿看到的表情。

"詹玛，亲爱的，"他过了一会儿说道，"你打算让那件不幸的事情纠缠你一生吗？在17岁的年龄，人人都会犯错误的。"

"可并不是每一个人都在17岁的时候害死过自己最亲密的朋友。"她精神萎靡地回答，并且把胳膊架在桥梁的石栏杆上，低头望着河水。马丁尼没再作声——每逢她处于这种心境的时候，他几乎害怕跟她讲话。

"一看到河水，我就不由得回忆起往事。"詹玛慢慢抬起头望着他的眼睛说，接着浑身神经质地微微颤抖起来，"咱们朝前走吧，马丁尼，站着不动还怪冷的。"

他们默默无语地过了桥，沿着河边朝前走。隔了一会儿，她又张口说了话："那个人的声音是多么美啊！里面含着一种东西，那是我在别人的声音里从来没有听到过的。我坚信，他的感召力有一半都靠的是这个秘密。"

"他的声音的确很奇怪。"马丁尼赞同地说。他紧紧抓住这个话题，想使她忘掉由河水勾起的可怕回忆。"除过有一副好声音，他差不多是我所见到过的最出类拔萃的传教士。但我认为，他之所以具有感召力，还有更深奥的秘密。那就是他那与几乎所有的其他高级神职人员截然不同的生活态度。在整个意大利教会里面，除了教皇本人，不知你还能不能找到一个像他那样享有洁白无瑕名声的高级神职人员。记得去年在罗马格纳的时候，我路过他的教区，亲眼看见剽悍的山民们冒雨恭候，只是想看一眼他或摸摸他的衣服。他在那儿几乎被当作圣人尊崇，在一向痛恨穿法衣的教士的罗马格纳人中间有如此高的声誉，是件了不起的事情。有一个老农民是我生平见到过的最典型的走私贩子，我对他说人民好像非常热爱他们的主教，而他说：'我们并不爱主教，因为他们都是骗子，我们爱的是蒙太尼里大人。从来没人听说他撒过一次谎，或者干过一桩缺德的事。'"

"我在想，"詹玛半自言自语地说，"不知他知道不知道人们这样看待他。"

"怎么会不知道呢？你认为那不是真的？"

"据我所知，与实情不符。"

"你是怎么知道的？"

"因为是他告诉我的。"

"他告诉你的？蒙太尼里？詹玛，此话怎讲？"

她把遮在前额上的头发朝后捋了捋，转过身面对着他。他们又一次停下了脚步。马丁尼倚在栏杆上，而她用伞尖在人行道上慢慢地画着线条。

"马丁尼，你和我已经是这么多年的朋友了，可我从没把有关亚瑟的真实情况告诉你。"

"用不着告诉我了，亲爱的，"他急忙插话说，"我已经全知道了。"

"是乔万尼告诉你的？"

"是的，那是在他临死之前。一天夜里我陪他坐，他就对我讲了。他说……詹玛，亲爱的，既然咱们说了起来，那我索性实话实说了……他说你老是为那件事情伤心，他求我好好待你，不要让你想那事。亲爱的，我也许没能办得到，但我尽了全力——我确实尽力了。"

"这我是清楚的。"她温情地说，把眼睛抬起了片刻，"要不是有你这样一位朋友，我的情况一定很糟。可是……乔万尼没有跟你讲过蒙太尼里大人的事吧?"

"没有。我不知道蒙太尼里和那事有什么关系。乔万尼告诉我的是关于那个间谍的前前后后,以及……"

"以及我捆了亚瑟一耳光,随后他就投河自尽的事情。那么,我就对你讲讲蒙太尼里的事情吧。"

他们折回身,向那座桥走去,因为红衣主教的马车将要经过那里。詹玛说话时,目不转睛地眺望着河面。

"当年的蒙太尼里还是个教士。他在比萨神学院任院长,亚瑟进了萨宾查大学以后,他常给亚瑟讲授哲学知识,陪他一道读书,二人相互间感情很深,不像教师和学生的关系,倒更似一双情侣。亚瑟甚至对蒙太尼里走过的地方也充满了崇拜之情。记得有一次他告诉我,说他如果失去他的'神父'——他一直那样称呼蒙太尼里——他宁肯跳河自尽。唉,至于后来间谍的事情,你已经知道了。第二天,我父亲和伯顿兄弟——那是亚瑟的异母兄长,两个极令人憎恶的家伙——用了整整一天的时间在达森纳港湾打捞亚瑟的尸体;而我独自一人坐在房间里,思索着自己的所作所为……"

她停顿了一会儿,随后又继续说道:"晚上,父亲走进我的房间对我说:'詹玛,好孩子,请你下楼来,我想让你见个人。'我们走到楼下,只见组织里的一个学生正坐在客厅里,脸色煞白,浑身颤抖。据他陈述,乔万尼在从牢里送出的第二封信中说他们从狱吏口中得知了卡迪的事情,知道亚瑟在忏悔时中了圈套。记得那位学生当时对我说:'既然搞清了他是无辜的,至少对咱们也是个安慰。'我父亲拉住我的手,希望能安慰我。那时他不知道我捆亚瑟耳光的事。后来我回到自己的房间,独自在那儿坐了一整夜。次日早晨,父亲又跟伯顿兄弟一起到港湾打捞,希望能在港湾里找到亚瑟的尸体。"

"始终没找到，是吧？"

"是的，一定是被水冲进大海里了，可他们总怀着一线希望。我正独自坐在房间里，女仆上来说有位'可敬的神父'前来拜访，她说我父亲去了码头，神父便走了。我知道一定是蒙太尼里，于是便从后门冲出去，在花园门口撵上了他。我对他说：'蒙太尼里教士，我想跟你说句话。'他停下脚步，默默地等我的下文。啊，马丁尼，你真是没见那张面孔——在后边的几个月里我久久难以忘怀！我对他说：'我是沃伦医生的女儿，来这儿是想告诉你，害死亚瑟的凶手是我。'我把事情一五一十地对他讲了，他似一尊石头雕像般立在那里听着。一直等我讲完，他才说：'让你的心平静下来吧，我的孩子。凶手是我，而不是你。我曾经欺骗了他，被他发现了。'随后，他走出了大门，再没有说一句话。"

"以后的情况呢？"

"他以后的情况我就不知道了。当天晚上听说他晕倒在街头，被人抬到了码头附近的一户人家。这就是我所了解的全部情况。父亲为我操尽了心，当我把实情告诉他时，他便停止营业，立即带我到英国去，免得我听到不好的消息忆及往事。他唯恐我也投水自尽，我觉得有一次我的确差点儿走那条路。可后来发现父亲得了癌症，这才清醒过来——除了我，没有人伺奉他。他辞世后，我又忙于照料弟妹，直至我大哥有力量抚养他们。再下来就是和乔万尼交往。你该知道，我们抵达英国时，几乎害怕见到对方，因为我们之间横着那可怕的回忆。他认为他也有过错——他从狱中写了那不幸的信，于是捶胸顿足地后悔不已。我相信，实际上正是我们共同的痛苦使我们结合在了一起。"

马丁尼满脸含笑地摇了摇头。

"在你那一方面，情况也许是这样，"他说，"可乔万尼自从第一次见到你，就打定了主意。记得他初访来亨返回米兰后，就对我一个劲地夸你，弄得我一听到那个英国姑娘詹玛的芳名就头痛。我想我当时很恨你。啊，车来啦！"

马车驶过那座桥，停在阿诺河堤岸旁的一幢大房子前。蒙太尼里靠在坐垫上，仿佛累得顾不上聚集在门口想瞻仰他风采的那帮狂热的群众了。大教堂里他脸上的那种富于灵感的表情已消失殆尽，暴露在阳光之下的是操劳过度的皱纹。他下了马车，显得忧心忡忡、老态龙钟，拖着沉重和疲倦的步子，精神萎靡地走进了屋里。詹玛掉转身，缓慢地向桥那儿走去。有一会儿的工夫，她的脸上似乎也挂着蒙太尼里的那种无精打采、万念俱灰的表情。马丁尼默默地走在她身旁。

"我常常在纳闷，"她犹豫了一下，然后开口说道，"不知他讲的欺骗指的是什么。有时我觉得……"

"觉得什么？"

"哦，事情非常蹊跷，他们俩之间有着异乎寻常的相像之处。"

"哪两个？"

"亚瑟和蒙太尼里呗。注意到这种现象的不止我一个。而且，那家人的关系有点儿神秘。伯顿夫人，即亚瑟的母亲，是我所认识的一个最善良的女性。她和亚瑟一样，脸上有一种超尘脱俗的神态，我相信他们母子在性情上也是相似的。可她总是显得有点儿惊恐，活像一个被追踪的罪犯，那家的儿媳妇待她还不如一条狗。另外，亚瑟跟伯顿家的那些庸俗之辈相比有着霄壤之别。当然，小的时候我并没留意，可后来回想起来，就难免常常纳闷，不知亚瑟究竟是不是伯顿家的人。"

"他大概是发现了母亲的什么秘密——那很可能是导致他寻短见的原因，和卡迪事件根本无关。"马丁尼插言道。此时此刻他只能想出这样的话安慰对方。詹玛摇了摇头。

"在我掴他耳光之后，你要是见到他那副面孔，马丁尼，你就不会这样看待了。蒙太尼里说的话也许是真的——很有这种可能——但我的责任也不可推卸。"

他们又朝前走了一段路，双方都没有说话。

"亲爱的，"马丁尼终于开口说道，"如果世界上有卖后悔药的，那咱们为过去的错误思前想后也值得。可情况并非如此，所以过去的就让它过去吧。这是一件悲惨的事情，但那可怜的小伙子至少得到了解脱，比起那些活着的流亡者和坐牢的人还是算幸运的。你我该考虑的是活人，没有权利为死人痛不欲生。要记住你们国家的雪莱所说的话：'过去属于死神，未来属于你自己。'趁未来还在你手中，好好利用它吧，不要一心只想着自己很久以前可能干过伤害别人的事，而应着眼于现在能怎样帮助别人。"

由于热情迸发，他握住了她的手。但听到身后传来一个柔和、冰冷、拖着腔的声音，他便猛然把詹玛的手丢开，退了回去。

"蒙太尼……蒙太尼里大人，"那个声音慢吞吞地喃喃道，"毫无疑问是无可挑剔的，我亲爱的医生。实际上，他似乎过于卓尔不群，不适合这个世界，应该客客气气地送他到另一个世界去。我敢肯定，他到了那里，一定能像在这儿一样引起轩然大波。可能……可能有许多因循守旧的鬼魂还从未见过诚实的红衣主教这样的人物。鬼魂最喜欢猎奇……"

"你怎么知道？"里卡多医生的声音问，语气里带着难以掩饰的愤怒。

"是从《圣经》上看来的，亲爱的先生。如果福音书是可信的，那就连最可敬的鬼魂也喜欢寻找千奇百怪的共同点。譬如诚实和红……红衣主教——这在我看来就是千奇百怪的共同点，让人很不舒服，就像把虾和甘草相提并论一样。啊，马丁尼先生，还有波拉夫人！雨后的天气十分美好，对吗？你们也去听那位新……新来的萨伏纳罗拉①布道啦？"

马丁尼霍然转过身来。牛虻嘴里叼着支雪茄，扣眼里插一朵温室里的鲜花，冲他伸出一只纤巧的手，手上很讲究地戴着手套。阳光在他那一尘不染的靴子上闪闪发光，同时从河水上折射回来照在他笑吟吟的脸上，这让马丁尼觉得他的瘸腿不似往常那么严重，但神态却比往日狂妄。他们俩握手时，一个显得和蔼可亲，另一个却悻悻含怒。这时里卡多在一旁猛不丁地嚷嚷道："恐怕波拉夫人身体欠佳！"

詹玛脸色苍白，在帽檐遮出的阴影里几乎呈青灰色，脖子上的帽带抖个不停，分明是由于心脏的激烈跳动而引起。

"我要回家了。"她声音微弱地说。

他们叫了辆马车，马丁尼和她一道上了车，要把她安全送回家。牛虻俯身为她拉起那罩在车轮上的披风时，突然抬眼望了望她的脸；马丁尼见她朝后一缩，神色好像有些惊恐。

"詹玛，你怎么啦？"马车上路后，马丁尼用英语问，"那个恶棍对你说了些什么？"

"什么也没说，马丁尼。不怪他，是我自己吓……吓了一跳……"

"吓了一跳？"

"是的。我好像觉得……"她用一只手捂住了眼睛，马丁尼默默地等她恢复自制力。这时，她的脸色渐渐恢复了正常。

"你是完全正确的，"她最后转过身来，用平素的那种声音对他说道，"回忆可怕的往事非但没用，而且是有害的。那会影响一个人的神经，使这个人幻想出种种不可能的事情来。咱们再也不谈那个话题了，马丁尼，不然我每见到一个人，就会幻想着他像亚瑟。这是一种错觉，好似

---

① 佛罗伦萨的著名传教士。

大白天做噩梦。刚才，那个讨厌的花花公子走过来时，我竟然把他当成了亚瑟。"

第五章

　　牛虻的确擅长树立私敌。他是 8 月份到佛罗伦萨来的，截至 10 月底，邀请他前来的那个委员会里便有四分之三的人跟马丁尼看法相同了。牛虻对蒙太尼里的野蛮攻击，甚至把崇拜他的人也惹恼了。盖利对这位机警的讽刺家的一言一行起初都持拥护的态度，这时也神情悲痛，承认不该寻蒙太尼里的麻烦。他认为正派的红衣主教是为数不多的，遇到了就应待之以礼。

　　看来，在暴风骤雨般的漫画和讽刺诗文面前只有一个人保持着坦然自若的态度，那就是蒙太尼里本人。按马丁尼的话，似乎不值得耗费精力去讽刺一个以不惊不怒的态度处事的人。据城里的人风传，蒙太尼里一日跟佛罗伦萨的大主教一道进餐，在屋里发现一篇牛虻撰写的对他本人进行激烈人身攻击的讽刺文，从头到尾看了一遍，然后把文章递给大主教说："写得很巧妙，不是吗？"

　　一日，城里出现了一种传单，标题是"天使报喜①之谜"。即便作者省略掉他那广为人知的签名标记——一只张开翅膀的牛虻，就凭那激烈犀利的风格，大多数读者也能毫不迟疑地指出他是何人。文章采用的是对话的形式——托斯卡纳代表圣母马利亚，而蒙太尼里则是报喜的天使，手拿洁白的百合花，头戴用象征着和平的橄榄枝编成的花环，宣称

---

① 指天使加布里埃尔通知圣母马利亚，说她将生育耶稣。

耶稣会会士将要降临。整篇文章充斥着含沙射影的人身攻击和极为猥亵的指桑骂槐，所有佛罗伦萨的人都觉得这篇讽刺文既不大度又不公道，可人们还是捧腹大笑。牛虻那一本正经的荒唐话里有一种无法抗拒的东西，只要看了他的讽刺文章，连那些最不赞成、最不喜欢他的人也会跟他最热烈的拥戴者一样笑个前仰后合。这种传单的语气虽然令人厌恶，却在全城公众的心里留下了痕迹。蒙太尼里的个人威望非常高，任何讽刺文章，不管写得有多么巧妙、意图有多么恶毒，按说都无法撼动他，可是在一段时间里，一股逆流泛起，情况对他有点儿不妙。牛虻知道在哪些地方叮咬，狂热的人群虽然仍聚集在红衣主教的府前观看他上下马车，但欢呼和祝福声中常常混杂有"耶稣会的走狗！"和"圣费迪的奸细！"这种晦气的叫喊。

不过，拥护蒙太尼里的大有人在。牛虻的短文出台两天后，教会的一家重要报纸《教友报》登出了一篇题为"答《天使报喜之谜》"的精彩文章，署名为"教会之子"。此文针对牛虻的造谣中伤和诬蔑毁谤为蒙太尼里热烈地辩护。匿名作者首先极其雄辩和无比热忱地阐述了有关普天下之人和睦相处以及与人为善的信条，指出新教皇便是这一福音的传播者，最后向牛虻提出挑战，让他证实自己的哪怕是其中的一条观点，同时庄严地劝告公众不要相信一个卑鄙的诽谤者。这篇文章作为匠心独运的辩论文是很有说服力的，作为文学作品也很有价值，这两点都大大高出一般水平，所以在城里引起了许多人的注意，但是对于作者的身份，连报社的编辑也揣测不出。文章很快就以小册子的形式进行转载，而那位"匿名辩护人"成了佛罗伦萨每一家咖啡馆的热门话题。

牛虻做出了反应，猛烈地抨击新教皇及其支持者，尤其是抨击蒙太尼里，以谨慎的言辞暗示读者，说那篇歌颂蒙太尼里的文章很可能是他本人授意写的。对于这一点，那位匿名辩护人又在《教友报》上撰文，愤怒地矢口否认。在蒙太尼里滞留于佛罗伦萨的后面一些日子里，两位作者的激烈论战吸引了公众的一多半注意力，使得这位著名的传教士就不太惹人注目了。

自由党的一些党员规劝牛虻不要以恶毒的腔调攻击蒙太尼里，但得到的答复却不尽如人意。牛虻只是和蔼地笑笑，有点儿口吃地慢吞吞回答道："先生们，你们真……真是太不公平了。我对波拉夫人让步时，曾提出过条件，现在应该允许我尽情地嬉笑怒骂。这是我们的契约所规定的。"

蒙太尼里于10月底返回罗马格纳他自己的教区，临离开佛罗伦萨之前，他做了一次告别性的布道，中间提到了这场论战，措辞温和地责怪双方的作者态度都太激烈，请求自己的那位不知名的辩护士树立以宽厚待人的榜样，结束这场既无益处又不体面的论战。次日，《教友报》登出了一则告示，说"教会之子"尊重蒙太尼里公开表达的愿望，情愿退出论战。

主动权转到了牛虻手上。他发行了一份传单，声称蒙太尼里的那种基督徒的逆来顺受的态度解除了他的敌意，使他回心转意，还说他恨不得伏在他所遇到的这第一个圣费迪分子的脖子上洒几滴和解的眼泪。他在结尾处说："我甚至情愿拥抱我的那个匿名的挑战者，如果读者们能像我和主教大人一样，能明白其中隐含着什么样的意思，他们就会相信我的改变是诚心诚意的。"

11月下旬，牛虻向文学委员会宣称他要到海边去度两个星期的假。看起来他似乎去了来亨，但里卡多医生隔不多久也到了那里想跟他谈谈，可找遍全城也不见他的踪影。12月5日，在教皇的领地内，沿亚平宁山脉一线的各个地区，爆发了极端激烈的政治示威游行。于是，大家纷纷猜测起牛虻突然心血来潮要在隆冬时节去度假的原因。待骚乱平定之后，牛虻回到佛罗伦萨，在街上碰见里卡多时，和颜悦色地对他说："听说你到来亨找我了，可我当时正在比萨。那可真是座美丽的古城，非常像世外桃源。"

圣诞周的一个下午，牛虻到阿拉格罗斯城门附近里卡多的寓所去参加文学委员会的一个会议。与会的人很多，他迟到了一会儿，待他抱歉地鞠躬微笑进了屋，那儿似乎已座无虚席。里卡多起身要到隔壁的房间为他搬椅子，却被他拦住了说："不用费心了，我就坐这儿挺好。"他走到詹玛座椅旁边的一个窗前，在窗台上坐下来，把脑袋懒洋洋地靠在百叶窗上。

他低头笑吟吟地望着詹玛，半眯缝着眼睛，带着神秘莫测的神态，那表情活像列奥纳多·达·芬奇① 肖像画里的人物。这使詹玛内心对他本能的不信任感，深化成了一种不可理喻的恐惧感。

大家讨论的提案：是否应该发行小册子阐述委员会对托斯卡纳饥荒的看法以及应采取什么样的救济措施？这件事有点儿难以决断，委员们又像平素一样产生了很大的分歧。比较激进的一派，其中包括詹玛、马丁尼和里卡多，主张强烈地呼吁政府和公众立即采取适当的措施救济农民。温和的一派，其中自然包括格拉西尼，则害怕语气过于激烈，非但说服不了政府，反而会把他们激怒。

"先生们，使人民立刻得到救济，自然是非常良好的愿望。"格拉西尼扫视一周，瞧了瞧那些脸红脖子粗的激进分子，带着一种四平八稳、悲天悯人的神态说，"我们当中大多数人都对不可能得到的东西抱有幻想，假如按你们提议的那种语气开始呼吁，政府很可能会不闻不问，待饥荒真正来到时才实施救济。如果我们能说服政府调查一下庄稼的状

---

① 意大利文艺复兴时期的著名画家。

况，倒是一种预防措施。"

坐在炉子旁边一个角落里的盖利一跃而起，驳斥自己的老对手说："一种预防措施——是啊，我亲爱的先生，可如果饥荒真的来到，便容不得我们这般从容不迫地预防了。等不到我们实施救济，恐怕已饿殍遍野了。"

"我很想知道……"萨康尼开始发言，可是被几个人的声音打断了。

"大声点儿，我们听不清！"

"街上的吵闹声那么聒耳，当然听不清。"盖利烦躁地说，"那扇窗户关上了吗，里卡多？说话的人连自己的声音都听不清咧！"

詹玛回头瞧了瞧。"关上了，"她说，"窗户关得很严。我想一定是玩杂耍的或什么的从街上路过。"

喊声、笑声、丁零零的铃声以及咚咚的脚步声，一阵阵从街上传来，里面还掺杂着一个管弦乐队讨厌的吹奏声和一面大鼓无情的击打声。

"这些日子在所难免，"里卡多说，"圣诞节期间就必须准备着听喧闹声。你说什么来着，萨康尼？"

"我说我很想知道比萨和来亨那边对这件事是怎么看待的。里瓦莱兹刚从那边回来，也许能告诉我们一些情况。"

牛虻没吱声。他凝视着窗外，好像没听见方才的话。

"里瓦莱兹先生！"詹玛唤道。她是唯一坐在他跟前的人，见他仍不作声，便俯身向前碰碰他的胳膊。他慢慢转过脸来，她看到那张面孔是凝固的，僵死得令人感到害怕。一时间，那就像是一张死人的脸，过了一会儿嘴唇才怪模怪样、毫无生气地翕动起来。

"是的，"他低声说，"是一班玩杂耍的。"

她的第一个冲动就是挡住他，免得招来其他人好奇的目光。她并不清楚他中了什么邪，却觉得他的整个身心此时此刻都沉浸于可怕的幻觉和遐想之中。她急忙立起身，站到他与众人之间，将窗子打开，仿佛要朝外看。除过她以外，没有人看见他的这副面孔。

此刻正有一个跑江湖的马戏班子从街上走过，里面有骑毛驴的卖艺人，也有穿着五颜六色衣服的幽默演员。戴着面具参加节日欢庆的群众嘻嘻哈哈、推推搡搡，和马戏班里的小丑相互取笑及抛纸带，还把小袋的糖果朝女丑角的怀里扔。那女丑角坐在车上，用俗丽的装饰物和羽毛把自己打扮得花枝招展，额头上挂着几绺假卷发，涂得红艳艳的嘴唇上泛起一丝微笑。车后跟着一长串形形色色的人物——街头流浪儿、乞丐、翻筋斗的小丑以及沿街叫卖的小贩。他们挤来挤去，冲着一个人又是叫骂又是喝彩，由于那人挟裹在汹涌澎湃的人潮里，詹玛起初没看见。但随后她便一清二楚地看到那是个又矮又丑的驼背，古里古怪穿着丑角的衣服，戴着纸帽子，身上挂着铃铛。他显然属于马戏班，以丑陋的鬼脸和扭曲的躯体给人逗乐。

"街上有什么好看的?"里卡多走近窗前问道，"你们好像看得津津有味。"

他有点儿奇怪，不明白他们怎么会只顾看一个跑江湖的马戏班子，让全体委员候在一旁。詹玛转过身来。

"没什么可看的，"她说，"只不过是个杂耍班子。他们闹哄哄的，我还以为是别的什么呢。"

她一只手搭在窗台上站在那儿，突然感到牛虻那冰冷的手指动情地把她的手捏了一下。"谢谢你。"他悄声低语道，随后关好窗户，又在窗台上坐了下来。

"先生们，"他以他那种做作的腔调说，"恐怕我打断了诸位的讨论。我在看……看杂耍表演;那场面很……很有意思。"

"萨康尼在请教你一个问题，"马丁尼态度生硬地说。他觉得牛虻的行为是一种荒唐的装腔作势，令人气恼的是詹玛也竟然不顾分寸地跟他学，这不像平素的她。

牛虻解释说自己到比萨"只是度假"，根本不了解那里人的情绪。随后他立即慷慨激昂地大发议论，先讲农业的前景，继而谈小册子的问题。他滔滔不绝地讲下去，直把大伙听得烦透了心。他似乎对自己的声音有一种狂热的兴趣。

会议结束时，委员们起身离开，里卡多来到了马丁尼跟前。

"能留下来陪我吃饭吗？法布里奇和萨康尼已答应不走了。"

"谢谢，可我想送波拉夫人回家去。"

"你真的担心我回不了家吗？"詹玛立起身披上肩巾问道，"他当然会留在你这儿的，里卡多医生。他整天深居简出的，换换环境对他有好处。"

"假如你允许的话，我愿意送你回家，"牛虻插进来说，"我也走那个方向。"

"如果你真走那个方向……"

"我想今晚你不会有空来这里闲坐吧，里瓦莱兹？"里卡多为他开门时问道。

牛虻哈哈笑着回头望了望说："问我吗，亲爱的伙计？我要去看杂耍！"

"真是一个古怪的人，对街头卖艺的有一种奇怪的感情！"里卡多回来招呼其他的客人时说。

"依我看，那是一种伙伴间的感情，"马丁尼说，"如果我见过卖艺的人，那家伙就是其中一个。"

"要是仅仅如此也就好啦，"法布里奇表情严肃地插话说，"倘若他是个卖艺的，恐怕也是个危险分子。"

"怎么危险？"

"哦，我不喜欢他所热衷的那种观光旅行。要知道，这已经是第三次了。我才不相信他到比萨去了呢。"

"他其实进山去了，我想这差不多是公开的秘密，"萨康尼说，"他仍跟他在萨维格诺起义中认识的那些走私贩子保持着联系，对此他并不否认。这样，他自然要利用他们之间的友情，把传单运过教皇领地的边界。"

"听我讲，"里卡多说，"这正是我要跟你们谈的问题。我认为，我们何尝不可以请里瓦莱兹负责我们自己的偷运工作，皮斯托亚印刷厂的经营，让我觉得效率是非常差的。他们运传单的方式太幼稚，总采用卷在雪茄烟里那一套。"

"截至目前，这方法不是挺好嘛！"马丁尼不服气地说。他见盖利和里卡多老把牛虻当作学习的楷模，不由得有些心烦，觉得这个"装模作样的冒险家"没来给大家做榜样之前，一切事情照样进行得很顺利。

"截至目前是挺好，也让我们满意，因为我们没有更好的方法。可你知道，许多人遭到了逮捕，许多传单已被没收。我坚信，如果让里瓦莱兹为我们做这种工作，此类现象便会减少。"

"你怎么会有这种想法呢？"

"首先，走私贩子把咱们视为初入此道的人，或者容易哄骗的蠢蛋，而里瓦莱兹则是他们的私交，很可能还是他们的领袖，为他们所尊敬和信赖。有一点你可以相信：亚平宁山的走私贩子不愿为咱们做的事情，要换上萨维格诺的起义者，他们就甘心效力了。其次，咱们中间没有一个人像里瓦莱兹那样了解大山。别忘了，他曾经逃亡于山中，对走私贩子的路径了如指掌。走私贩子即便想骗他，也没有那个胆，即使有胆量骗他，也骗不过他。"

"那么，根据你的建议，咱们应请他全盘负责边境那边的印刷品——分发、投寄和藏匿等，还是只请他帮咱们把东西运过边界？"

"哦，至于投寄的地址以及藏匿的地方，咱们掌握的他可能已经全都知道，还有许多他知道的，咱们可能还不掌握。我觉得在这方面，咱们教不了他多少东西。要说分发工作，当然得酌情而定。依我之见，关键的问题是如何偷运过边界。只要东西能安全抵达波洛尼亚，散发出去是比较简单的。"

"在我这一方面，"马丁尼说，"我是反对这种方案的。首先，尽管说他如何如何干练，但那只是推测。咱们并没有实际见过他干偷运工作，不知他在危急关头是否能不乱方寸。"

"嗨，这一点你根本不用怀疑！"里卡多插话说，"萨维格诺起义的历史证明，他是能保持镇静的。"

"其次，"马丁尼继续说道，"根据我对里瓦莱兹的那点了解，要把党的全部秘密托付给他，我是不放心的。我觉得他既轻浮又做作。把党的秘密运送工作让一个人全权掌握，是件严重的事情。法布里奇，你是怎么想的？"

"如果我只有你这几条反对意见，"教授答道，"我一定会全部收回，因为里瓦莱兹这个人的确有里卡多提到的那些资格。至于我，对于他的勇敢、诚实和冷静都丝毫不怀疑。而且我们有充分的证据表明，他熟悉大山和山里的人。可是，有一点我却想不通。他到山里去，恐怕不仅仅是为了偷运小册子。我怀疑他有别的目的。当然，这仅仅是怀疑，仅在咱们之间说说。我觉得他可能跟某个秘密团社有瓜葛，也许还是个极端危险的团社呢。"

"你指的是哪一个——是'红带会'吗？"

"不对，是'短刀会'。"

"'短刀会'！可那是一群亡命之徒呀，大多是既没有受过教育又缺乏政治经验的农民。"

"参加萨维格诺起义的人也是这种情况，可他们推举受过教育的人做领袖，这个小团社可能也有这样的领袖。别忘了一个众所周知的现象：罗马格纳的那些比较爆裂的团社里，大多数成员都是萨维格诺起义中的幸存者，他们觉得自己力量太薄弱，不能以公开起义反抗教会，便转而采用暗杀手段。他们势单力薄，操不起枪杆子，于是就用短刀代替。"

"但你怎么认为里瓦莱兹跟他们有瓜葛呢？"

"我不是认为，而仅仅是怀疑。不管怎样，我想最好先把事情搞清楚，然后再把偷运的工作托付给他。如果他同时脚踩两只船，会给咱们党带来极其严重的伤害。他那样只会毁掉党的名声，而他本人一无所获。这件事咱们以后再谈吧。我要告诉你们一个罗马方面的消息。据说那儿将指定一个委员会负责起草地方自治法案。"

第六章

詹玛和牛虻沿着阿诺河的堤岸默默地走着。牛虻好像失却了口若悬河的狂热劲儿。自从离开里卡多家，他几乎连一句话也没说，而詹玛对他的沉默感到由衷的高兴。她跟他在一起总是觉得尴尬，今天跟平常相比尤为如此，因为他在委员会开会时的古怪举动使她感到十分困惑。

走到乌菲兹宫的门前，他突然停下脚步，身子转向她："你累了吗？"

"不累。怎么啦？"

"今天晚上不太忙吧？"

"不忙。"

"我想求你一件事，请你陪我走走。"

"到哪儿去？"

"没什么具体的地方，你愿意上哪里都可以。"

"但这是为什么呢？"

他迟疑了一下。

"我……我不能告诉你……至少，这是很难说的。但如果你有空，请你陪我一会儿。"

他突然把目光从地面上抬起，她看到他的眼神非常古怪。

"你一定有心事。"她温和地说。他从别在扣眼里的花朵上扯一片花瓣，一点点把它撕碎。他出奇地像一个人，可那是谁呢？那个人的手指也爱做这种事情，手势也是这么急促和神经质。

"我心情烦闷，"他低头盯着自己的手，用一种难以听得清的声音说，"我……今晚不想一个人待着，你愿意陪我一下吗？"

"当然可以，不过还是请你到我的住所坐坐吧。"

"不，请你陪我到餐馆吃点儿饭。西格诺里亚广场上就有一家。请不要拒绝。很好，你答应啦？"

进了餐馆，他点了菜，可自己的那一份却几乎不动，闷着头一声不吭，把面包在桌布上搓碎，不安地抚弄着餐巾的边缘。詹玛感到十分不自在，后悔起初不该答应跟他来。沉默让人越来越难堪，可对方似乎忘记了她的存在，所以她不好开口讲话。最后，他突然抬起头说道：

"想看杂耍表演吗？"

她诧异地呆视着他。他怎么会突然想起要看杂耍表演呢？

"你以前看过吗？"她还没来得及回答，他又问道。

"没有，我想是没看过。我觉得那没什么意思。"

"其实非常有意思。我认为，不看杂耍就无法了解人民的生活。让咱们再回到阿拉格罗斯城门那里去吧。"

他们赶到那儿时，卖艺人已在城门旁架起了帐篷，刺耳的提琴声和咚咚的大鼓声表明演出已经开始。

这是一种最粗俗的娱乐形式。几个小丑、幽默演员和走钢丝的，还有一个纵马钻铁圈的骑手和那个浓妆艳抹的女丑角。再加上一个迟钝、愚笨和做出各种怪动作的驼背，这就代表马戏班子的全部阵容了。幽默节目从大体上看并不粗俗或讨厌，却缺乏生气、陈旧不堪，从头到尾都单调得让人提不起精神。观众之所以大笑和鼓掌，是因为托斯卡纳人讲究礼节的天性。他们真正能够欣赏的似乎唯有驼背的表演，但那在詹玛看来也没什么诙谐或巧妙的。驼背只是不停地扭曲自己的身体，做出令人讨厌的怪相，观众看了就学样取笑。有的把孩子放在肩头，让小家伙们也欣赏一下"丑人儿"。

"里瓦莱兹先生，你真的认为这很有意思？"詹玛转过脸对牛虻说，而牛虻站在她旁边，用胳膊搂住一根支帐篷用的木柱。"在我看来……"

她把话打住了，默默地观望着他。除了她在来亨自家花园门口见到的蒙太尼里的那张脸，她还从未看见过一个人的面部表情会如此深不可测、绝望和痛苦。她望着他，心里想到了但丁笔下的地狱。

过了一会儿，驼背被一个小丑踢了一脚，便翻个筋斗，像个古怪的肉球一样滚到了圈外。两个小丑之间展开了对话，这时牛虻才仿佛如梦方醒。

"咱们走吧？"他问，"你还想看下去吗？"

"还是走吧。"

他们离开帐篷，穿过深绿色的草地向河边走去。有一会儿的工夫，两人都没有说话。

"你觉得那表演怎么样？"牛虻隔了一会儿问道。

"我觉得很是枯燥乏味，有个节目让我感到十分不愉快。"

"哪个节目？"

"哦，就是那些做鬼脸和扭曲身体的表演呗。难看死啦，里面没有任何幽默之处。"

"你是指驼背的表演？"

她没忘记他对涉及自己身体缺陷的话题特别敏感，所以对这一娱乐节目避而不谈，可现在他既然自己问起来了于是她便答道：

"是的，我一点儿也不喜欢那个节目。"

"那可是人们最爱看的呀。"

"大概是这样的，可糟也糟在这上面。"

"因为它缺乏艺术性？"

"不……不对，那全套节目本来就没有艺术性。我的意思是……那种表演太残酷。"

"残酷？你是说对驼背太残酷？"

"我的意思是……那个人自己当然无所谓；毫无疑问，那对他只是一种谋生的方式，就像马戏团演员或女丑角表演一样。可这种现象让人感到痛心。这是耻辱，是一个人的堕落。"

"他不见得就比没干这一行时更堕落。我们当中的大多数人都是堕落的，只不过形式不同罢了。"

"对。可这个……你大概会觉得是荒谬的偏见，可我认为人体是神圣之物，我不愿意看到它受到不恭敬的对待，把它变得遭人厌恶。"

"而人的灵魂呢？"

他突然站住了，一只手扶在堤岸的石头栏杆上，用眼睛直视着她。

"灵魂？"她也停下来，诧异地望着他重复道。

他猛然用一种充满了激情的姿势伸出手来。

"你难道从未想到过，那个不幸的小丑也有一颗灵魂——一颗活生生、拼命挣扎的灵魂，被禁锢在那个扭曲的躯壳里，被迫做它的奴隶吗？你对一切都表现出慈善心肠，去可怜那个穿着小丑服装、挂着铃铛的躯体，可你难道从未想到过，那颗悲惨的灵魂赤裸裸的连块遮羞布都没有吗？想一想吧，它在那些观众面前冷得瑟瑟发抖，被耻辱和痛苦所窒息，感到他们的嘲弄像鞭子一样抽打在身上，他们的笑声似滚烫的烙铁烧灼着它赤裸的皮肉！想一想吧，它在众人面前是那样可怜无助，四处张望着想找大山帮忙，大山却不肯掩盖在它身上，想向岩石求助，岩石则无心把它遮挡；它羡慕老鼠，因为老鼠可以钻进地洞里躲藏。别忘了，灵魂不会说话，没有声音可以呐喊，只好忍受、忍受、再忍受。唉，我这是在胡说八道！你为什么不笑呢？你简直没有幽默感！"

詹玛慢慢地转过身去，在死一般的沉寂中沿着河岸朝前走去。这整整一个傍晚，她始终没想到把他的烦恼——不管是什么样的烦恼——与杂耍表演联系起来；他刚才突发的感慨把自己内心世界的情景朦朦胧胧暴露给了她，而她顿生怜悯之心，却找不出一句话来对他说。他走在她身边，脸却掉转开，望着河水。

"我想让你明白，"他突然说道，同时冲着她转过脸来，一副不可一世的神气，"我刚才说的每一句话都是凭空想象。我喜欢幻想，但我不愿意让人们把它当回事。"

詹玛没作声。他们默默地继续向前走。途经乌菲兹宫的门口时，他横穿马路，朝着一团靠在栏杆上的黑乎乎的东西俯下身去。

"怎么回事呀，小家伙？你为什么不回家去？"他问道。她从来没听他用这种温柔的声音说过话。

那团东西蠕动了一下，呜咽着低声回答了句什么。詹玛走过去查看，见是一个六岁左右的小孩，衣服又破又烂，蹲在人行道上，像一只受惊的野兽。牛虻弯着腰，用手抚摸着他那乱蓬蓬的脑袋。

"你说什么？"他问道，同时把身子弯得更低了，去细听孩子那难以分辨的话语，"你应该回家睡觉去。小孩子夜里不能待在外边，你会冻僵的！把手伸给我，像男子汉一样跳起来！你住在哪里？"

他抓住那孩子的胳膊想把他拉起来，可那孩子尖叫一声，慌忙躲闪开了。

"喂，你怎么啦？"牛虻问道，同时在人行道上跪下身子，"啊，夫人，你瞧这儿！"

孩子的肩头和衣服上沾满了血迹。

"告诉我，发生了什么事？"牛虻爱怜地又问道，"是摔倒了吗？不是？有人打你啦？我猜想就是这回事！谁打的？"

"我叔叔。"

"啊，是吗？什么时候？"

"今天上午。他喝醉了酒，我……我……"

"你碍他的事啦……对吗？小家伙，大人喝醉的时候，你不该妨碍他们，不然他们会不高兴的。夫人，对这个可怜的小孩儿，咱们该怎么办呢？到亮处来，乖孩子让我瞧瞧你的肩膀。用你的胳膊搂住我的脖子，我不会弄疼你的。这就对啦！"

牛虻抱起男孩，穿过马路，把他放在宽宽的石头栏杆上。然后，他掏出一把小刀来，灵巧地割开那只已经撕破的衣袖，并且将胸口架住孩子的脑袋，而詹玛在一旁扶住孩子受伤的胳膊。小家伙的肩膀严重擦伤，胳膊上也有一道深深的伤痕。

"伤得很厉害，够你这么一个小人儿呛的。"牛虻说道，同时用自己的手帕包扎伤口，免得让衣服擦来擦去的，"他用什么东西打的？"

"铁锨。我去问他要一个索尔多①，想到街角的店里吃碗粥，他就用铁锨劈我。"

牛虻哆嗦了一下身子。"啊！"他轻声说，"伤口很痛，是吗，小家伙？"

"他用铁锨劈我……我跑开了……我跑开了……因为铁锨劈上了我。"

"你就一直在街上转悠，连饭也没吃？"

那孩子没答话，只管呜呜咽咽哭起来。牛虻把他从栏杆上抱在怀里。

"别哭啦，别哭啦！马上一切都会好的。不知是不是能叫到车。恐怕所有的马车都到戏剧院等座去了，今晚那里有精彩的表演。夫人，我很抱歉，把你拖累了这么久，可……"

"我很愿意跟你一道去。你也许会需要人帮把手呢。你觉得自己能把他抱那么远的路吗？他很沉吧？"

"哦，我可以抱得动，谢谢你。"

在戏剧院门口，他们发现只有几辆马车候在那里，而且都有包的主了。戏院散了场，大多数观众也已离开。墙头海报上以大字印着绮达的名字，她演的芭蕾舞节目。牛虻让詹玛等他一会儿，随后便走到演员的出入口那儿，跟一位值班员搭讪。

"莱尼小姐走了没有？"

"没有，先生。"那人答道，同时呆呆地望着眼前的景象—— 一位衣冠楚楚的绅士怀里竟抱着一个衣衫褴褛的街头小叫花子，"莱尼小姐这就出来了，她的车正在等她。哦，她出来啦！"

绮达倚在一位青年骑兵军官的胳膊上走下楼来。她看上去美丽极

---

① 意大利铜币。二十个索尔多等于一个里拉。

了，夜礼服上罩一件火红色鹅绒大衣，腰间挂一把鸵鸟毛大扇子。来到门口，她突然停下来，从军官的胳膊弯里抽出手，神情诧异地走到牛虻跟前。

"费利斯！"她压低声音嚷嚷道，"你怀里抱的是什么东西？"

"这是我在街上捡到的小孩儿。他受了伤，还饿着肚子，我想尽快把他弄回家。到处都叫不上车，所以我想用你的车。"

"费利斯！你不能把一个讨人嫌的小叫花子往你的房间里弄！叫个警察来，把他送到收容所里去，或别的什么适合他的地方。你总不能把全城的穷孩子都……"

"他受了伤，"牛虻重复着刚才的话，"如果有必要，明天送他进收容所，眼下我得先照料他，给他点儿东西吃。"绮达反感地皱了皱眉头，"你竟让他把头贴在你的衬衫上！你怎么能这样呢？他脏得很！"

牛虻突然怒火迸发，抬头横了她一眼。

"孩子在饿着肚子，"他凶煞地说，"你是不知道挨饿的滋味吧？"

"里瓦莱兹先生，"詹玛走上前来插话说，"我住得很近。咱们把孩子送到那儿吧。如果还是找不到车，就留他在我家里过夜。"

牛虻飞快地转过身来问："你不介意？"

"当然不介意。晚安，莱尼小姐！"

那吉卜赛女郎不自然地鞠个躬，生气地耸耸肩，复又勾起那位军官的胳膊，撩起裙裾，冲过他们身旁走向那辆双方争着坐的马车。

"如果你愿意，里瓦莱兹先生，我让车再拐回来接你和这孩子。"她在门阶上停顿了一下说。

"很好，让我把地址留下。"牛虻走到人行道上，把地址给了马车夫，然后又抱着孩子回到詹玛身边。

卡蒂正在等女主人回家，听了发生的事情，便跑去取热水及其他必需品。牛虻将孩子放在一把椅子上，跪在他身旁，巧妙地剥下那褴褛的衣衫，接着用温柔、熟练的手为他清洗和包扎伤口。他给孩子擦完澡，正把一条暖和的毯子往他身上裹，詹玛手中端着只盘子走了进来。

"你的病人准备好吃饭了吗？"她问道，同时冲那个新来的小客人嫣然一笑，"他的这顿饭是我亲手做的。"

牛虻站起来，把脏衣服卷到一处。"你的房子恐怕被弄得乱七八糟了，"他说，"这堆烂玩意儿，最好赶快扔到火里去，明天我给他买新衣服穿。家里有白兰地吗，夫人？我想让他喝一点儿。如果你允许的话，我要把我的手洗一洗。"

那孩子一吃完饭，立即躺在牛虻的怀里睡着了，蓬乱的头靠在他雪白的衬衣上。詹玛在帮卡蒂整理这乱糟糟的房间，此刻傍桌坐了下来。

"里瓦莱兹先生，你必须先吃点儿东西再回家——晚饭你就没吃什么，而且现在天也非常晚了。"

"如果方便的话，我想按英国的方式 ① 喝杯茶。很抱歉，害得你这么晚睡不成觉。"

"别客气！没什么。快把孩子放到沙发上，别累着了你。稍等一下，让我在坐垫上铺块布单。你打算把他怎么办？"

"明天吗？查一查他除了那个野蛮的酒鬼之外，还有没有别的亲戚。如果他别无旁的亲戚，我想我得采纳莱尼小姐的建议，送他进收容所。也许，最仁慈的做法是在他脖子上绑一块石头，把他沉到河里去，可这会给我带来让人不愉快的影响。睡熟啦！你这可怜的小倒霉蛋，没有能力保护自己，远不如一只迷途的猫！"

当卡蒂把茶盘端进来时，那孩子睁开眼坐了起来，露出一副惶惑

---

① 饮茶时，客人不必坐到桌旁。

的神情。接着他认出了牛虻，扭动身子下了沙发，披着毯子磕磕绊绊地走过来跟牛虻依偎在一起，因为他已把牛虻视为自己理所当然的保护人。他此时精神焕发，变得喜欢盘根究底了，指着牛虻那只拿着一块蛋糕的伤残的左手问道："那是什么？"

"嗨，蛋糕呀！我觉得你已经吃够了，还是等到明天再吃吧，小人儿。"

"不对，是那个！"小家伙伸出手，摸了摸牛虻的几根断了的指根以及手腕上的大疤痕。牛虻放下了手中的蛋糕。

"啊，那个！跟你肩上的伤是一种情况——是一个比我强壮的人打的。"

"当时痛得厉害吗？"

"哦，说不清楚——不见得比别的伤痛到哪里去。好啦，回去睡你的觉吧，深更半夜的不要问这问那了。"

马车来到时，那孩子又睡着了。牛虻没叫醒他，轻轻抱起他出了房间向楼梯走去。

"今天在我看来你就是一个助人为乐的天使，"他在门口停下来对詹玛说道，"但我认为不该让这一点在以后妨碍咱们痛痛快快地争吵。"

"我并不想跟任何人争吵。"

"哦，可我想。没有了争吵，生活会让人无法忍受。唇枪舌剑的争吵是生活的乐趣，比看杂耍要有趣！"

说完，他抱着熟睡了的孩子下楼去了，一路上顾自低声笑着。

第七章

元月第一个星期里的一天，马丁尼发出了一些请帖，让大家参加文学委员会每月一次的例会，从牛虻那儿得到的答复却是用铅笔写成的潦潦草草几个字："非常遗憾，不能赴会。"马丁尼有点儿恼怒，因为请帖上已注明"有要事相商"。牛虻的这种满不在乎的做法让他觉得有些无礼。另外，这一天之内就收到三封报告坏消息的信，而且又刮起了东风，所以马丁尼情绪沮丧，脾气很坏。开会时，里卡多医生问他："里瓦莱兹没来吗？"他满脸不高兴地说："没来。他手头似乎有更重要的事情，来不成，或者他不想来。"

"实话讲，马丁尼，"盖利愤慨地说，"你差不多是佛罗伦萨成见最深的一个人。你只要反对哪个人，他做的每件事就都是错的。里瓦莱兹拖着病身子怎么能到这儿来呢？"

"谁告诉你他病啦？"

"你不知道吗？他已经卧床四天了。"

"他患的是什么病？"

"不清楚。他原本在星期四和我有个约会，却因病耽搁了。昨晚我去看他，可听说他病得不能见人。我想里卡多会照料他的。"

"我一点儿风声都没有听到过，今晚我去瞧瞧，看他需要什么。"

第二天早晨，里卡多来到了詹玛的小书斋里，脸色显得非常苍白和疲倦。詹玛正坐在桌旁，对着马丁尼念出一长串单调的数字，后者一手拿放大镜，一手握一支削得很尖的铅笔，在一本书的纸页上做细小的记号。詹玛做了个手势，让他不要出声。里卡多情知写密码时不可打扰，于是在她身后的沙发上坐下，哈欠连天，昏昏欲睡。

"2，4；3，7；6，1；3，5；4，1，"詹玛用机器一样单调的声音朝下念着，"8，4；7，2；5，1；这一句完啦，西萨尔。"

她把一枚扣针扎在纸上标出停顿的位置，这才转过身来。

"早晨好，医生。你看上去很憔悴。身体还好吧？"

"哦，身体倒是挺好，只是累得不行。我陪着里瓦莱兹遭了一夜的罪。"

"陪里瓦莱兹？"

"是的，我陪了他一个通宵，现在得到医院招呼病人了。我来这里，是想看你能不能找个人伺候他几天。他的状况糟透了。我当然会竭尽全力的，可眼下的确抽不出空来。我说派个护士去，他却死也不肯。"

"他得的是什么病？"

"哦，情况非常复杂。首先……"

"首先，你用过早餐了吗？"

"用过了，谢谢。毫无疑问，里瓦莱兹的神经过于紧张，使他的病情趋于复杂化。但主要的病因是旧伤复发，都怪当初医疗伤口时太掉以轻心了。总之，他的健康已到了崩溃的边缘。我想他的伤口是在南美战争中落下的，肯定在当时没有得到精心治疗。战场上的医疗条件可能非常恶劣和简陋，他能活下来就算很幸运的了。不过，他的伤有慢慢转成炎症的倾向，任何小小的刺激都可能引起发作……"

"很危险吗？"

"不，不危险。一旦发作，主要的危险是病人会不顾一切地吞服砒毒。"

"肯定是疼得很厉害吧？"

"简直可怕极了，真不知他怎么受得了。昨天夜里我不得不用鸦片麻醉他——对于一个神经质的病人我不愿采用这种方法，可总得为他止痛呀！"

"我想他的神经太紧张了。"

"紧张得厉害，可他的勇气令人佩服。昨天夜里，他只要不是痛得死去活来，那镇定的劲儿还是蛮惊人的。不过到了最后，我还是对他采用了下策。你猜猜，他熬了有多长时间？整整五个通宵！除了那个愚蠢的女房东，没有一个人在跟前。而那女房东睡起觉来，就是房塌了也不会醒的。即便能叫醒，她也不顶一点儿用。"

"可那个芭蕾舞女演员哪儿去了？"

"对呀，这岂不是咄咄怪事吗？他硬是不准她靠近他，对她有一种病态的恐惧感。总而言之，他是我所遇到的最难捉摸的人，完全是一个矛盾的综合体。"

里卡多掏出怀表，心事重重地看了看说："到医院去得迟到了，可这也是迫不得已啊！这一下，助理医生得独立开诊了。要是早一些知道他的病情就好了，不该让他一夜一夜地拖。"

"可他到底为了什么不让人捎个信来呢？他该知道咱们不会丢下他不管的呀。"马丁尼插嘴说。

"医生，"詹玛说，"昨天夜里你真该派人来叫我们，省得把你累成这个样子。"

"我亲爱的夫人，我原打算去叫盖利，可里瓦莱兹一听便像发了疯一样，我也就不敢叫了。我问他愿意把哪个人请来，他却似吓破了胆一般把我打量了一会儿，然后抬起双手捂住眼说：'别告诉他们，他们会笑我的！'他好像沉湎于某种幻想之中，看到人们在嘲笑什么，而具体是什么我却无从得知，因为他口里一直在讲西班牙语。患了病的人有时会说出一些离奇古怪的事情来。"

"现在谁跟他在一起?"詹玛问。

"除了那个女房东以及女仆,没有旁的人。"

"我马上到他那儿去。"马丁尼说。

"谢谢你,晚上我再过去看看。你可以在大窗户跟前的桌子抽屉里找到一张写好的处方,而鸦片放在隔壁房间的架子上。如果疼痛再次发作,就给他服一剂——不能多给。无论如何不能把药瓶放在他能够得着的地方,否则他可能会服下过量的鸦片。"

马丁尼进入阴暗的房间时,牛虻急忙把头扭了过来,冲他伸出一只滚烫的手,拙劣地模仿着自己平素那种玩世不恭的腔调说:

"啊,马丁尼!来这里,是为了那些校样吧。我昨天晚上没参加会,你现在骂我也没用。实际上,我身体不舒服……"

"别提开会的事了。我刚才见到里卡多啦,来这儿是想知道能否帮点儿忙。"

牛虻把脸沉得像块石板一样。

"啊,真的!太麻烦你啦,但你不值得跑这一趟。我只是有点儿不适罢了。"

"情况我都听里卡多讲了。他守了你一个通宵,这我都知道了。"

牛虻恶狠狠地咬住嘴唇。

"我的情况很好,谢谢你,不需要帮忙。"

"好吧,那我就到另一个房间里去,也许你情愿一个人待着。我把那扇门开着,需要时就喊我。"

"请不必费心啦,我的确不需要人帮忙。你在这里只会白白浪费时间。"

"胡扯!"马丁尼粗鲁地打断他的话说,"讲这种话骗人又有什么用呢?你以为我没长眼睛?你安静地躺着别动,能睡着你就睡。"

他到了隔壁的房间,让房门开着,坐下身来看书。隔了一会儿,他听见牛虻烦乱地翻动了两三次身子。他放下书,侧耳静听。那边静了一会儿,接着又是一阵辗转反侧。随后便听见牛虻急促和沉重的喘息声,因为他正咬紧牙关想把呻吟声压下去。马丁尼回到了病房。

"我能为你做些什么呢,里瓦莱兹?"

无人回答。他走过去,到了病榻旁。牛虻像鬼一样脸色铁青,盯着他瞧了瞧,一声不语地摇摇头。

"我再给你一剂鸦片,好吗?里卡多吩咐过,要是疼得太厉害,就让你服鸦片。"

"不,谢谢你,我可以再忍一会儿。用不了许久,疼痛或许会加剧。"

马丁尼耸耸肩,在病榻旁坐了下来。他默默地观察了一个小时,这段时间像永无止境似的。随后,他站起身,把鸦片取了来。

"里瓦莱兹,我不能再让你这样下去了。即便你能煎熬得住,我也受不了啦。你必须把这药服下去。"

牛虻一声不吭地把药服了下去。然后,他转过脸去,合上眼睛。马丁尼又坐了下来,听着他的呼吸逐渐变得深沉和均匀。

牛虻已精疲力竭,一旦睡去,是不容易醒来的。他一连数个小时,躺着纹丝不动。从白天直到夜晚,马丁尼来查看了好几次见他那一动不动的躯体除呼吸之外,再没有一点儿生命的征兆。那张面孔苍白无色,最后使马丁尼突然心生恐惧:是不是给他的鸦片剂量太大了呢?那条受过伤的胳膊放在床单上,马丁尼抓住胳膊,轻轻地想把沉睡的牛虻摇醒。这样一来,未系扣的衣袖向后滑去,露出一片深深的可怕伤痕,从手腕到胳膊肘全都布满了。

"这些伤疤刚落下来的时候，他的胳膊一定非常好看。"里卡多的声音在他身后说道。

"啊，你终于来啦！你瞧瞧吧，里卡多，这个人难道会长眠不醒了吗？大约十个小时前我让他服了一剂鸦片，自那以后他连肌肉都没有动一动。"

里卡多俯下身子听了听。

"没事儿，他的呼吸很正常。这只是由于过度疲倦造成的。他折腾了一夜，当然会睡得这么死。天亮前可能还有一场发作，希望能有人守在这里。"

"盖利会守在这里的。他派人捎了话，说他十点钟来。"

"现在已快到十点了。啊，他醒过来了！去让女仆把肉汤热一下。轻点——轻点，里瓦莱兹！好啦，好啦，你不必奋起战斗，朋友，我可不是大主教！"

牛虻吃了一惊，显出畏缩和恐惧的神情。"轮到我了吧？"他用西班牙语仓皇地说，"那我就叫人们乐一乐。我……啊，我没看到是你，里卡多。"

他四周瞧瞧，以一只手捂了下额头，仿佛有些惶惑似的。"马丁尼！哦，我以为你已经走了呢。我肯定是睡过去了。"

"你睡了十个小时，像童话故事里的睡美人一样。现在你得喝点儿肉汤，然后再睡你的觉。"

"十个小时！马丁尼，你当然不会一直守在这里吧？"

"我一直在这儿，我还害怕给你服的鸦片太多了呢。"

牛虻顽皮地瞥了他一眼。

"没那么幸运！真是那样，委员会开会时你们不是会安宁一些吗？你到底想干什么，里卡多？求求你，就不能让我安静安静吗？我可不愿让医生横挑鼻子竖挑眼。"

"好吧，你把这肉汤喝下去，我可以不找你的碴儿。可是，过一两天我还要来，给你做个彻底检查。我想你已经挺过了最难的一关。现在你的气色不那么惨不忍睹了。"

"啊，我很快会没事的，谢谢。那是谁……盖利吗？今天晚上好像所有的仁人义士都聚集在了我这儿。"

"我是来守夜的。"

"鬼话！我不需要任何人守夜。你们都给我回家去。即便我的病再发作，你也帮不上忙。我不愿持续不断地服鸦片。这种东西服上一次就够了。"

"恐怕你是对的，"里卡多说，"但你的这种决定不一定容易坚持到底。"

牛虻笑着望了他一眼说："别担心！我要是对这种玩意儿上瘾，那我早八辈子就是瘾君子了。"

"不管怎样，不能把你一个人丢在这里，"里卡多干巴巴地回话说，"盖利，你跟我到另一个房间去一下，我有话对你说。晚安，里瓦莱兹，我明天再来看你。"

马丁尼跟在他们后边出房间时，听到牛虻在轻声叫他的名字，并冲他伸出一只手来。

"谢谢你。"牛虻说。

"唉！哪里的话！快睡觉吧。"

里卡多离开后，马丁尼在外间屋又待了一会儿跟盖利谈话。等到他打开前门的时候听见有辆马车停在了花园门外。只见一个女子的身影下了车，沿着小径走过来。那是绮达，显然是刚参加完晚会回来。他取下帽子，站立一旁让她过去，然后出了门走入那条通往帝国山丘的黑胡同里。隔了一会儿，那扇花园大门吱扭一声响，有人迈着急促的脚步沿着胡同撵了上来。

"请等一下!"绮达说道。

他回过身去迎她时，她却猛然收住了步子，随后顺着篱笆慢吞吞地朝他走来，将一只手拖在身后。拐角处孤零零地挂着一盏路灯，他借着灯光瞧见她低垂着头，好像有些窘迫或者羞怯。

"他怎么样?"她头也未抬地问。

"比今天上午好多啦。他差不多睡了一整天，现在看起来不那么无精打采了。我觉得险情已过。"

她仍旧把目光盯在地上。

"这次发作很厉害吗?"

"依我看，不能比这更厉害了。"

"我想也是这样的。他每次不许我进屋，就说明他病得很厉害。"

"他常常像这样发作吗?"

"那得根据……不太有规律。去年夏天在瑞士他还好好的，可冬天我们到了维也纳，情况就糟了。他一连数日都不许我接近他。他病的时候不愿让我守在跟前。"

她抬起头望了望，又垂下眼睑继续说道:

"他觉得快发作的时候，总是以这样或那样的借口打发我去跳舞、听音乐会或什么的。然后他就把自己反锁在房间里。我常常溜回来坐在门外，可他一旦知道就勃然大怒。狗要是叫几声，他会把狗放进屋，但绝不放我进去。我觉得他更关心的是狗。"

她的语气里蕴含着一种奇特、阴郁的不愤情绪。

"哦，但愿他的病再也不要发作得这么厉害了，"马丁尼和善地说，"里卡多医生正在为他认真地治病，也许还能根除呢。不管怎样，经过治疗，他的病情眼下减轻了。不过，下一次你最好即刻通知我们。如果我们早一些时候知道，他就可以少吃许多苦头。再见！"

他把手伸了出去，可她急忙做了个拒绝的手势，向后一缩身子。

"我不明白你为什么愿跟他的情妇握手。"

"当然，随你的便了。"马丁尼尴尬地说。

绮达突然顿起脚来。"我恨你们！"她叫喊道，并且用一双像燃烧的炭火一样的眼睛盯着他，"我恨你们所有的人！你们来这里跟他谈政治，他允许你们通宵达旦陪着他，还允许你们给他吃止痛药，我却连从门缝里看他一眼都不敢！他是你们的什么人？你们有什么权利把他从我的手中抢走？我恨你们！我恨你们！"

她呜呜咽咽伤心地哭将起来，回身冲进花园，当着他的面砰的一声关上了门。

"老天哪！"马丁尼一边顺着胡同朝前走去，一边自言自语道，"那姑娘在真心爱着他！好一桩离奇古怪的风情案……"

第八章

牛虻的病体恢复得很快。第二个星期的一天下午，里卡多发现他穿着一件土耳其式睡衣躺在沙发上跟马丁尼和盖利闲聊。他甚至说要下楼走走，里卡多听了仅仅付之一笑，问他想不想先穿越峡谷去非索尔旅游一趟。

"你可以拜访格拉西尼夫妇换换心情，"里卡多又挖苦地说，"那位贵妇人见到你一定会很高兴，尤其是现在你脸色苍白，显得很有意思。"

牛虻把双手握在一起，摆了个悲剧性的姿势。

"哎呀！我怎么没想到这一点！她会把我当作意大利的一位义士，跟我大谈爱国主义。我应该假戏真做，告诉她我在地牢里被大卸八块，后又东拼西凑在了一起。她一定很想知道我在那个过程中有什么样的感受。里卡多，你认为她不会相信？我可以拿我的印第安匕首跟你医疗室里的那瓶绦虫打赌，她肯定会对我编造的弥天大谎信以为真。我的赌注是很大方的，你最好接受吧。"

"谢谢，我不像你那样喜欢凶器。"

"哦，绦虫和匕首一样凶残，随时能害死人，而且远不如匕首漂亮。"

"但很不凑巧，我亲爱的朋友，我不想要匕首，只想要绦虫。马丁尼，我得赶快走了。你负责管理这个任性的病人吗？"

"我只负责到三点钟。我和盖利到时候要去圣米涅多，波拉夫人将守在这里，等我回来接替她。"

"波拉夫人！"牛虻以一种惶恐的语气念叨道，"喂，马丁尼，这绝对不行！绝不能让一位夫人为我以及我的疾病牵肠挂肚。再说，让她坐哪里呢？她绝不愿意到这屋里来。"

"你是从什么时候穷讲究起礼节了？"里卡多大笑着问，"老伙计，波拉夫人是我们全体的护士长。自从穿短裙的时候起，她就开始照顾生病的人啦，而且比我所认识的任何一个护士都干得出色。还说她不愿进你的房间呢！啧，你要是指格拉西尼的那个女人还可以！马丁尼，如果是波拉夫人啦，我就不用留处方了。哎呀，已经两点半啦，我得走了！"

"喂，里瓦莱兹，在她来之前，把你的药吃下去。"盖利端着一只药杯走近沙发说。

"又是该死的药！"牛虻已到达康复期的阶段，正是让忠实的护士头痛的时候，"我已经不痛了，为什么还要让我服这种可怕的东西？"

"只因为我不愿让你旧病复发。波拉夫人来后，你要是发作起来，她就得给你服鸦片，这绝对不合你的心意。"

"我的好……好先生呀，疼痛要发作，是阻挡不住的。它又不是牙……牙痛，能用你的烂药水吓退。这种药水治我的病，宛若用玩具水枪救火。不过，我想你是非得达到目的不可。"

他用左手接过药杯。盖利一看见那些可怕的疤痕，又想起了以前的话题。

"顺便提一下，"盖利说道，"你怎么落下这许多疤？是在战场上吧？"

"喂，我不是告诉过你，那是在秘密地牢里发生的事情……"

"是啊，可那套故事适合格拉西尼夫人听。说真的，这些伤大概是在跟巴西人交战时落下的吧？"

"不错，那时负了些伤，后来在荒蛮区域狩猎，又干过这样那样的事情，伤疤就多了。"

"啊，对啦，你指的是科学探险途中发生的事情。你可以扣上你的衬衣，我的话问完啦。看来，你在那地方有过一段激动人心的经历呀。"

"哦，当然喽，生活在荒蛮的国度里，冒险是在所难免的。"牛虻轻描淡写地说，"而且不见得每次冒险都让人感到愉快。"

"话又说回来，我还是不明白你怎么落下许多疤痕，除非是跟野兽恶斗过——就拿你左臂上的一片疤痕为例吧。"

"哦，那是在打美洲狮的时候落下的。是这样的，我当时开了枪……"

有人敲响了门。

"屋里不乱吧，马丁尼？不乱？那你把门打开。这真是太让你费心啦，夫人。请原谅，我就不起来了。"

"你当然不该起来，我来这儿又不是做客。西萨尔，我稍微来早了点儿。我想你们也许急着走呢。"

"我可以再待一刻钟。请允许我把你的外套放到另一个房间去。是否把篮子也提过去?"

"当心点儿,里面有新鲜鸡蛋,是卡蒂今天早晨从奥列佛多山弄来的。里瓦莱兹先生,这几朵圣诞玫瑰是送给你的。我知道你喜欢鲜花。"

她在桌旁坐下来修剪花茎,把花插进一只花瓶里。

"喂,里瓦莱兹,"盖利说,"把你刚刚开了个头的那个打美洲狮的故事给我们讲完。"

"啊,好啊!夫人,盖利正在问我在美洲的那段生活,我在告诉他,我的左臂是怎样弄得伤痕累累。事情发生在秘鲁。当时我们涉过一条河追猎一只美洲狮,我冲着那野兽开了一枪,却哑了火,原来弹药被水浸湿了。美洲狮自然没有等着我把故障排除,结果我就负了伤。"

"那一定是段妙趣横生的经历。"

"啊,还不赖!有痛苦当然就会有欢乐。不过,总体来说,那是一种灿烂的生活。就拿抓大毒蛇为例……"

他喋喋不休地把奇闻趣事一桩桩道来,忽而讲阿根廷战争、巴西探险以及狩猎中的宴席,忽而又讲怎样跟野人或猛兽遭遇。盖利就像小孩子听童话故事一样兴致勃勃,还不时地打断他的讲述,提些问题。他具有那不勒斯人的那种易受感染的天性,喜欢一切动人心魄的东西。詹玛从篮子里取出活来,一边低头忙于编织,一边默默地听着。马丁尼眉头紧皱,烦躁不安。他觉得牛虻那样夸夸其谈地讲述奇闻趣事,有点儿恬不知耻。他上个星期目睹了牛虻是怎样以惊人的毅力忍受着肉体上的痛苦,尽管不由得对他肃然起敬,可他打心眼里不喜欢牛虻以及他的一举一动和为人处世。

"那一定是一种辉煌的生活!"盖利带着羡慕的心情,天真地感叹道,"真不明白你怎么舍得离开巴西。有了那样的经历,再到别的国家去,一定觉得平淡乏味!"

"我认为,在秘鲁和厄瓜多尔的那段时光是最幸福的,"牛虻说,"那的确是山清水秀的地方。当然,天气是非常热的,尤其是厄瓜多尔的沿岸地区,让人有点儿熬不住。可那儿的风景之秀丽,超出了人们的想象。"

"我认为,"盖利说,"野蛮国度里的那种自由自在、无拘无束的生活,比任何景色都更令我向往。在那里,一定能感受到自身的价值和人性的尊严,在我们拥挤的城镇里却永远也感受不到。"

"是啊,"牛虻回答道,"那是……"

詹玛把目光从编织物上抬起,望了他一眼。他霍然飞红了脸,打住了话头。接着便是短时间的沉默。

"该不是又犯病了吧?"盖利关切地问。

"啊,不是那回事,多亏你给我吃了我曾诅……诅咒过的止……止痛药。马丁尼,你是不是该出发啦?"

"是的,走吧,盖利,不然会迟到的。"

詹玛随在他们俩后边出了房间,不大一会儿端来一碗牛奶冲鸡蛋。

"请你把这吃下去!"她以温和的命令语气说,然后又重新坐下来做活计。牛虻顺从地按她的吩咐做了。

足足有半个小时,二人谁都没话说。后来,牛虻以非常低的声音说:"波拉夫人!"

詹玛抬头望去。牛虻正在用手扯毛毯上的饰穗,眼睛低垂着。

"你不相信我刚才讲的是实话。"他说道。

"我丝毫不怀疑你在编造谎言。"詹玛平静地说。

"一点儿不错,我一直在扯谎。"

"你是指打仗的事吗?"

"指所有的一切。我压根儿就没参加过那次战争。至于探险的经历，当然我的确冒过几次险，那些故事多半是真实的，但那并不是我负伤的原因。你既然看穿了我的一个谎言，我索性把其他的也招供。"

"扯那么多的谎，你就不觉得太浪费精力了吗？"她问，"依我看，不值得那样做。"

"有什么办法呢？你知道，你们英国有句俗话：'不提问题，就听不到谎话。'我并不喜欢哄人，可人家问我怎么变成了残疾人，我总得回答呀。在讲述原因时，我索性编造出一些动听的情节来。你也看到了盖利多么高兴。"

"你宁愿取悦盖利，也不愿以实情相告？"

"讲实情！"牛虻抬起头来，手里握着已经撕下的毛毯饰穗，"你让我对那些人讲实情？我宁愿先把我的舌头割掉！"随后，他又显得有些窘迫和难为情，慌忙说道，"我从未给任何人讲过实情，不过，如果你愿意的话，我可以讲给你听。"

詹玛默默地放下了手里的活。这个冷酷、神秘、讨人厌的男人，突然要对自己不太了解而且不大喜欢的一个女人吐露心中的秘密，这在她看来着实可悲可叹。

随之而至的是长时间的沉默，这使她抬起了头来。只见他把左胳膊支在旁边的桌子上，用那只伤残的手遮住眼睛。她注意到他的手指神经质地绷得紧紧的，手腕上的疤痕一跳一跳。她走上前，轻轻地唤了声他的名字。他猛然吃了一惊，把头抬了起来。

"我忘……忘了……"他结巴着道歉说，"我正……正要给你讲……"

"是讲导致你残废的事故或别的什么原因。不过，如果会给你带来烦恼的话……"

"事故？啊，对，我负了重伤！不过，那不是一次事故，而是被一根拨火棍打的。"

她诧异地呆呆望着他。他用一只发抖的手把头发朝后捋了捋，笑吟吟地抬头瞧着她。

"你不愿坐下来吗？请你把椅子朝跟前挪挪。很遗憾，我不能为你效力。说真的，现在想起来，当时要是里卡多为我治伤，他一定会把我的伤势看作珍贵的宝库。他对破碎的骨头有着真正的外科医生所独具的爱好，而我觉得那一次我身上凡是能打碎的部件全都碎了——除了我的脖子。"

"还有你的勇气，"詹玛轻声插话说，"也许你把勇气是列在不能打碎的东西里的。"

他摇了摇头。"不对，"他说道，"我的勇气是跟我身上别的部件一道胡乱修补起来的。当时，它被击得粉碎，和一只破碎的茶碗一样。最糟糕的正是这一点。啊，我刚才讲拨火棍的事哩。那是……让我想一想，那是大约十三年前在利马的时候。我曾对你说过，秘鲁是一个充满欢乐的国家，可是对于像我当时那样身无分文的人来说，就不那么美好啦。我去过阿根廷，后来又前往智利，大部分时间是在漂泊和忍饥挨饿中度过的。最后，我在一条运牲口的船上当帮手，从瓦尔帕莱索一路抵达了智利。在利马找不到工作，我就下码头碰运气——你知道，那些码头处于卡利欧海港。当然喽，所有的船港都有水手们聚会的乌七八糟的场所。过了一些时候，我被一家赌馆雇去当仆人。我得煮饭，在弹子台上计分，给水手们以及他们的女人端茶送酒，或做其他诸如此类的事情。那不算十分好的工作，但我很高兴，因为至少有饭吃，还可以看到人类的面孔和听到人类的说话声。你也许认为那不是什么优越之处，可我当时刚刚患过黄热病，曾一个人孤独地躺在一座凄凉的废弃草棚的外间屋里，那情景让我心有余悸。一天晚上，一个醉醺醺的印度水手在赌馆里寻衅闹事，因为他一上岸就把钱输了个精光，正没处撒气，老板命令我把他赶出去。当然，如果我不想丢掉饭碗，不想饿死，就得服从命令。可是，那个水手的力气是我的两倍——我那时还不满 21 岁，又患过热病，身体弱得跟猫一样。再说，他手里还拿着根拨火棍。"

他停顿了一会儿，偷眼瞧瞧詹玛，然后又继续讲述道：

"显而易见，他意在一下子结果了我。可是他的活干得有点儿粗糙，没有把我全部的部件都砸碎，使我得以苟延残喘。"

"哦，可是旁的人呢？他们就不能出面干涉吗？难道他们都怕一个印度水手不成？"

牛虻抬起头来，迸发出一阵大笑。

"旁的人？那些赌徒和赌馆里的人吗？唉，你不明白！我是他们的奴仆——他们的财产。他们自然要站在一边看热闹。在那儿，这种事情是惹人开心的快乐游戏。说来也的确让人开心，只要你自己没有充当游戏里的玩物就行。"

詹玛不寒而栗。

"那么，最后怎么样了呢？"

"这我就讲不出许多情节了。通常情况下，一个人在经历过那种事情之后，几天内是记不得什么的。碰巧附近的船上有个外科医生，人们大概发现我还没死，就把他请了来。他凑合着把我缝了起来——里卡多似乎认为他缝得非常糟糕，可这也许是同行间的妒忌吧。总之，待我清醒过来时，一位土著老妪出于基督徒的慈悲之心收留了我。听起来很离奇，是吧？她常常蜷缩在茅屋的角落里抽黑烟斗，一个劲朝地上吐痰，自顾自地哼歌。不过，她的心肠是蛮好的，说我尽可以安安静静地死去，没有人会打扰我。可我抵触情绪很强烈，做出了活下去的选择。挣扎着活下去是件非常难的事情，有时我觉得花那么大的力气着实得不偿失。不管怎么说，那位老妪的耐心是很惊人的；她留我在她的茅屋里躺了……有多长时间呢？……将近四个月。我时常像疯子一样说胡话，有时还似发怒的熊一般凶狠。我当时疼得死去活来，可我的脾气由于小时候过分娇生惯养被宠坏了。"

"后来呢?"

"哦，后来吗……我挣扎起身，悄悄走掉了。不要以为我是体贴那个可怜的女人，不忍心接受她的恩惠，其实我早已麻木不仁了。我溜走，只是因为我再也无法忍受那个地方。你刚才还谈到我的勇气，你是没见我当时的那个样子！每天傍晚，约莫在黄昏时分，是我痛得最厉害的时候。下午，我独自一人躺在那里，观望着太阳渐渐西沉——啊，那是你无法理解的！如今我一看见日落，心里就感到不舒服！"

长时间的沉默。

"哦，后来我满世界乱跑，想看看是否能找个活干——再在利马待下去，我会被逼疯的。我一直流浪到库斯科市，而那里……真的，我不知道自己为什么要把这些前尘旧事讲给你听，这些陈芝麻烂谷子甚至让你取笑都没劲儿。"

詹玛抬起头，用深沉和恳切的目光望着他。

"请别这样讲话。"她说。

他咬紧嘴唇，又扯下了一条毛毯饰穗。

"还要我说下去吗?"他隔了一会儿问道。

"如果……如果你愿意的话。恐怕回忆过去对你是件可怕的事情。"

"你以为我闭口不谈就是忘记了吗？那样更糟。不过，你不要以为我久久难忘的是事情本身。其实，我忘不了的是我曾丧失了自控力。"

"我……我觉得，我不太明白你的话。"

"我是说，我的勇气曾经到了尽头，最后我发现自己竟然是个懦夫。"

"每个人的忍受力自然都是有限度的。"

"是的。一个人一旦达到过那种限度，说不定还会故态复萌。"

"你是否能告诉我，"她犹豫地问，"你怎么会在 20 岁的时候独自一人流落到那里？"

"经过非常简单：在这个古老的国家里，我原先过着优裕的生活，后来便离家出逃了。"

"为什么？"

他又爆发出一阵急促和刺耳的笑声。

"为什么？大概是因为我是一个不知天高地厚的初生牛犊吧。我在一个极度豪华奢侈的家庭里长大，备受娇惯宠爱，于是乎我就认为这个世界是用粉红色的棉絮和糖衣杏仁做成的。后来有一天，我发现一个我所信赖的人欺骗了我。喂，你怎么这样吃惊！怎么回事？"

"没什么。请你继续讲吧。"

"我发现自己中了别人的计，相信了一个谎言——当然，这是很平常的事情。可是正如我说过的，我那时太年轻和自负，恨不得让撒谎的人下地狱。于是我逃离了家，一头扎入南美逐浪沉浮，口袋里没有一文钱，不会讲一句西班牙语，除了一双白嫩的手和爱花钱的习惯，再无一点儿谋生的本钱。结果，我自然而然栽进了真正的地狱，矫正了我对假地狱的想象。那一栽可是栽得狠啊——整整熬了五年，杜普雷探险队来后，才把我救了出来。"

"五年！啊，太可怕啦！你没有朋友吗？"

"哼，朋友！"他说着，恶狠狠地冲她转过身来，"我从来就没有过一个朋友！"

随即，他似乎对自己的激烈态度有点儿难为情，急忙又说道：

"你可不要把我的话太当真。我大概把情况极度夸张了。其实，头一年半的情况并非太糟。我年轻力壮，日子过得还是挺好的，一直到那个印度水手在我身上留下印记为止。自那以后，我就找不到工作了。说来也神奇，拨火棍只要挥舞得当，就会变成威力无比的武器，没有人愿意雇用一个瘸子。"

"你都干些什么活？"

"找到什么活就干什么。有一段时间，我替甘蔗园里的奴隶干杂活。为他们搬搬运运或什么的。但好景不长，那些工头一见到我就把我撵开。我的腿瘸得厉害，走路走不快，而且搬不动重物。那个时候，我的炎症（或者叫别的什么讨厌的病名）经常地发作。"

"过了些时候，我跑到银矿那儿找活干，但一无所获。那些经理一听说我想当工人，便笑破了肚皮，矿工们则对我拳打脚踢。"

"怎么会那样呢？"

"哦，大概是出于人的天性，他们欺我只能用一只手还击。最后，我忍无可忍，就踏上了流浪的道路，漫无目的地四处漂泊，希望能找点儿事做。"

"流浪？拖着那条瘸腿？"

牛虻抬起头，突然可怜巴巴地憋住了呼吸。

"我那时还饿着肚子。"他说。

她把头稍稍偏转开，用一只手托住下巴。他沉默了片刻，随后又开了口，但声音越压越低。

"唉，我在路上走啊走啊，直到差点儿发疯，却什么结果也没有。进入厄瓜多尔境内，那儿的情况更是恶劣。有时我为人家补锅——我是一个挺不错的补锅匠，有时为别人跑跑腿或清理猪圈，有时我则……唉，我也不知道都干了些什么。后来有一天……"

那只放在桌子上的纤巧、棕色的手突然紧紧地攥了起来，詹玛抬起头关切地瞥了他一眼。他的脸侧对着她，她可以看见他的太阳穴上有一根血管在急促地乱跳，似铁锤在击打。她俯身向前，把一只手温柔地搭在他的胳膊上。

"不用再继续讲了，可怕的往事不堪回首。"

牛虻迟疑地盯着她的手，摇摇头，便又从容地讲了下去：

"后来有一天，我碰上了一个跑江湖的杂耍班子。你该记得那天晚上看的杂耍——对，就是那种东西，只不过更粗俗些、更下流些。而且，里面当然会有斗牛的节目。杂耍班子在路边搭起帐篷准备过夜，我到他们的帐篷前行乞。当时天气很热，我又饿得半死，所以……我在帐篷门口昏过去了。那个时候我就像喜欢把胸脯束得紧紧的寄宿学校的女学生一样，有一种突然昏厥的习惯。他们把我抬进帐篷，给我喝白兰地和吃东西，等等。后来……第二天早晨，他们要我留下……"

又一阵停顿。

"他们想要一个驼背或者一个畸形人，供孩子们抛橘子皮、香蕉皮或什么的，以博一笑……那天晚上你看见那小丑了……我担任了两年那样的角色。

"于是，我就着手学艺。我的身体还不够畸形，但他们弥补了不足，为我安上一个假驼背，还最大限度地利用这只脚和这条胳膊……好在当地人并不挑剔，很容易满足，只要有个活人供他们折磨就行了……小丑的衣服也起了很大作用。

"唯一的困难就在于我常常生病，无法演出。有时经理发起脾气，在我旧病发作的情况下仍逼我上场。我觉得，观众最喜欢的就是这样的夜晚。记得有一次，我演到半截就痛昏了过去……待我清醒过来，观众已把我团团围住，又是嘲笑，又是喊叫，还用东西砸我……"

"别讲啦！我再也受不了啦！看在上帝的分儿上，你停下来吧！"

詹玛站起来，用双手捂住耳朵。牛虻住了嘴，抬头看见她眼里闪着晶莹的泪花。

"糟糕，我真是个十足的白痴！"他压低声音说。

她走开去，站在窗前向着外边眺望了一会儿。待她转回身来，牛虻正斜倚在桌上，用一只手遮住眼睛。他显然忘记了她的存在。于是，她一声不吭地在他身旁坐了下来。沉默了好长一段时间，她才慢慢地说道：

"我想问你一个问题。"

"什么问题？"他一动不动地说。

"你为什么没有结束自己的生命？"

他带着沉重的表情诧异地抬起了头。"没想到你会提这样的问题。"他说，"那我的工作怎么办？谁能为我完成呢？"

"你的工作——啊，我明白了！你刚才还声称自己是懦夫呢！既然你经历了那样的磨难，还矢志不渝，你就是我所遇到的最勇敢的人。"

他又遮住了眼睛，激情满怀地将她的手紧紧握住，一阵似乎永无止境的沉寂笼罩在他们周围。

突然，一阵飞泉鸣玉般的女高音从楼下的花园里传来，唱的是一首不含韵律的法国歌：

喂，皮埃罗！跳吧，皮埃罗！
跳一会儿吧，我可怜的让诺！
舞蹈和欢乐万岁，
我尽情享受美丽的青春！
如果我哭泣或我叹息

如果我忧容满面——

先生，这只是给你开个玩笑。

哈！哈，哈，哈！

先生，这只是给你开个玩笑。

一听到歌声，牛虻立刻把手从詹玛那儿抽回来，轻轻地呻吟一声，身子向后缩去。詹玛用双手抓住他的胳膊，紧紧地按住，就像对待一个正在接受外科手术的病人一样。待歌声一落，花园里又传来一阵欢笑和鼓掌声。牛虻抬起头，那眼神就像是一只遭受折磨的野兽。

"不错，是绮达，"他慢吞吞地说，"那是她和她的军官朋友们。那天晚上，在里卡多未来之前，她就想进这房间。要是让她碰碰我，我一定会发疯的！"

"可她并不知道，"詹玛低声反驳道，"她也想不到，她会使你难过的。"

花园里又爆发出一阵笑声。詹玛起身打开了窗户。只见绮达头上风骚地缠着一条镶着金边的围巾，手中高举着一束紫罗兰，正站在花园小径上，而三个年轻的骑兵军官你争我抢，想把紫罗兰拿到手。

"莱尼小姐！"詹玛叫道。

绮达的脸沉了下来，像布了一层雨云，"夫人？"她转过身来，抬起眼睛说道，显出一副轻蔑的样子。

"能让你的朋友说话小声点儿吗？里瓦莱兹先生身体很不舒服。"

那吉卜赛女郎扔掉了手中的紫罗兰花束。"都滚吧！"她厉声对那几位惊慌失措的军官呪喝道，"你们让我心烦，先生们！"

她慢步出门到了街上。詹玛将窗户关好。

"他们走啦。"她冲着牛虻说。

"谢谢。这样麻烦你，让我……我很过意不去。"

"算不上麻烦。"她的声音有些迟疑，立刻就被他听出来了。

"但是……"他说，"你的话没说完，夫人。你的心里还有个'但是'没有说出口。"

"如果你能看透人人的心，那你可不能为自己看到的东西感到生气。事情当然与我无关，可我不明白……"

"不明白我为什么嫌恶莱尼小姐？只有当……"

"不，我不明白你既然嫌恶她，为什么还要跟她同居。我觉得这是在侮辱她，侮辱一个女人和……"

"一个女人！"他刺耳地笑起来，"那就是你所谓的女人？夫人，纯粹是开玩笑！"

"这不公平！"她说，"你没有权利当着别人的面这般说她，尤其是当着另一个女人的面！"牛虻把脸扭开，睁大眼睛躺在那里，望着窗外西沉的太阳。詹玛放下百叶窗，关上护窗板，不让他观看落日，然后在另一扇窗前坐下，又拿起了编织活。

"你想把灯点亮吗？"她隔了一会儿问道。

他摇了摇头。

当天色黑得看不清东西的时候，詹玛卷起编织物放进篮子里。她叠着双手坐了一会儿工夫，默默地观察着牛虻纹丝不动的身影。朦胧的暮色罩在他的脸上，似乎减弱了那种冷酷、嘲讽和自负的神情，却加深了他嘴角处悲哀的皱纹。詹玛心潮起伏，浮想联翩，她父亲为纪念亚瑟竖起的一尊石头十字架形象逼真地出现在她的回忆里，那上面刻着一行铭文：

惊涛骇浪淹没了我。

在鸦雀无声的静寂中，一个小时过去了。最后，她起身轻手轻脚出了房间，回来时端着一盏灯。她迟疑了片刻，以为牛虻已经睡着。当灯光落在他的脸上时，他却转过了身来。

"我给你煮了杯咖啡。"她把灯放下说。

"先搁一会儿吧。"他说，"是否请你到这儿来一下？"

他握住了她的双手。

"我一直在思考问题，"他说，"你是完全正确的，我把自己的生活搅得乱七八糟。可你别忘了，一个男人并非每天都能遇见值得……爱恋的女人。我曾潦倒困顿，害怕……"

"害怕什么？"

"害怕黑暗。有时我不敢单独过夜，必须有样活着的、实在的东西在我身旁。我怕外界的黑暗，那里有……不，不！并非如此，那只是微不足道的地狱——我真正怕的是内心的黑暗，那里没有哭泣声或咬牙的声音，只有沉寂……沉寂……"

他的眼睛发直。她仍一动不动，几乎屏住了呼吸，直至他又开始讲话。

"这一切对你都很神秘，是吗？你不明白——多亏了你不明白。我的意思是说，我如果孤身一人生活，很可能会发疯……如果可以的话，不要把我想得太坏。我根本不是你也许把我想象成的那种邪恶之徒。"

"我不能替你做出判断，"她答道，"因为我没受过你那样的磨难。不过……我也陷入过困境，只不过形式不同罢了。我认为……我敢肯定……如果你是出于对某样东西的恐惧，去干一件的确很残酷、不公道或小肚鸡肠的事情，那你过后一定会懊悔的。还有——如果你在这件事上栽了跟头，我要是你，就会以为全盘皆输，该诅咒上天和死去。"

他仍旧握着她的双手。

"请你告诉我!"他无比温柔地说,"你这一生是否干过实实在在残酷的事情?"

她没有回答,却垂下脑袋,两大滴泪水落在了他手上。

"告诉我!"他激动地低语道,把她的手握得更紧了,"告诉我!我已经把我心里的痛苦全都倒了出来。"

"干过……干过一次……那是在很久以前。他是我在这个世界上最爱的人。"

紧握着她的手的那两只手剧烈地抖动起来,却没有松开。

"他是一位同志,"她继续说道,"我听信了一种诽谤他的谣言——那是警方编造的司空见惯的谣言。我把他当作叛徒,捆了他一耳光。他走后就投水自尽了。事隔两天之后,我发现他完全是无辜的。这段回忆也许比你的回忆更为痛苦。如果做过的事情可以取消,我情愿砍掉我的右手。"

他的眼里闪现出一种她以前从未见过的稍纵即逝的危险神情。他猛然偷偷地低下头,吻了她的那只手。

她向后缩去,一脸惊慌的神情。"别这样!"她可怜地嚷道,"请你以后不要再这样了!你真让我伤心!"

"你以为你就没有伤过那个你害死的人的心吗?"

"我……我害死的人……啊,西萨尔在大门口,他终于来啦!我……得走啦!"

马丁尼进屋时,发现牛虻独自一人躺在那儿,旁边放着一杯未动过的咖啡。牛虻显出一副倦怠、无精打采的样子,嘴里顾自骂着脏话,仿佛他尝了咖啡,一点儿也不满意似的。

第九章

几天之后，牛虻的脸色仍然十分苍白，腿比平时瘸得更厉害了，他走进公共图书馆的阅览室，要求借蒙太尼里红衣主教的布道文集。正在远处一张桌旁看书的里卡多抬头瞧了瞧他。他非常喜欢牛虻，可就是不能容忍他一点——莫名其妙地对别人进行邪恶的人身攻击。

"你是不是在准备炮弹，打算进攻那个可怜的红衣主教？"他便有些气愤地问。

"我亲爱的朋友，你怎么总……总……是以为人家有恶毒的动机？太没有基督徒的风度了。我这是为新……新报纸写篇评论现代神学的文章。"

"什么新报纸？"里卡多皱起了眉头。一部新的出版法即将问世，而反对党正在筹办一份激进杂志，以使全城人震惊，这大概已是公开的秘密。但在形式上，这仍然是个秘密。

"当然是'骗子公报'或者'教会纵览'喽。"

"嘘！里瓦莱兹，咱们别打扰别的读者。"

"哦，那你就攻读你的外科学，那是你的学科。让我……我钻研神学，这是我……我的学科。我并不想干涉你对碎骨的研究，尽管我在这方面比你知道的多得多。"

他坐下来开始看布道文集，表情全神贯注。一位图书管理员走到了他的跟前。

"里瓦莱兹先生！我想你参加了杜普雷探险队，勘探过亚马孙河的支流吧？也许你愿意帮助我们解决一个难题。一位女士向我们借有关那次探险的记录，而那一套记录正在装订。"

"她想了解些什么？"

"只想了解探险队哪一年出发以及何时经过厄瓜多尔。"

"于 1837 年秋季从巴黎出发，1838 年 4 月经过厄瓜多尔。我们在巴西滞留了三年，曾到过里约①，于 1841 年夏季返回巴黎。那位女士想了解各次发现的日期吗？"

"不，谢谢，仅此而已。我都记下来了。帕波，请把这页纸给波拉夫人拿去。非常感谢，里瓦莱兹先生。很对不起，麻烦你了。"

牛虻靠到椅背上，困惑不解地皱了皱眉。詹玛要这些日期干什么？当他们经过厄瓜多尔时……

詹玛手中拿着那片纸回到了家。1838 年 4 月……亚瑟是在 1833 年 5 月死的。五年的时间……

她在屋里来回踱起了步。这几天她夜难成寐，出现了黑眼圈。

五年的时间……"极度豪华奢侈的家庭"……他发现一个他所信赖的人骗了他……

她停下来，举起手捧住头。啊，这简直不着边际……这是不可能的……这是荒谬的……

可是，当年在港湾里打捞尸体时，打捞得是何等辛苦！

五年的时间……他被印度水手打伤时，"还不满 21 岁"……这么说，他逃出家门时一定是 19 岁。他不是说过"一年半……"这样的话吗？他的那双蓝眼睛以及激动不安摆弄手指的姿势是怎么回事呢？他为什么对蒙太尼里如此刻薄？五年……五年……

---

① 里约，即里约热内卢。巴西旧都，新都为巴西利亚。

她要是能知道他的确已淹死……她要是见到了他的尸体，那她的旧伤痕总有一天会不再疼痛，陈旧的回忆将不再使她感到恐惧。也许再过二十年，回首往事时，她就不再躲躲闪闪了。

她念念不忘自己所做过的事情，整个青春都蒙上了阴影。日复一日，年复一年，她跟可怕的悔恨情绪做着顽强的斗争。她总是提醒自己将来还要有工作干，她总是闭上眼睛，捂住耳朵，想忘掉过去那久久不散的魔影。日复一日，年复一年，死者尸体漂入大海的幻象一直在纠缠着她。她无法按捺心里的痛苦，大声叫喊道："我害了亚瑟！亚瑟死啦！"有时她觉得负担太重，自己已无法支撑。

而现在，就是送掉半条命，她也情愿承受以前的负担。如果是她害死他，那也是熟悉了的悲痛。她把这种悲痛已忍受了多年，现在不至于被压垮。可是，假设她不是把他逼入了水中，而是逼到了……她坐下身，用双手捂住眼睛。由于他的死，她的一生变得惨淡无光！但愿她给他带来的不是比死亡更糟糕的后果……

她狠下心来，坚定地一点点回味着他过去可怕的生活。他的过去情形逼真，仿佛她亲眼所见、亲身经历过一般。裸露的灵魂那无奈的战栗，那比死还要难受的嘲笑，孤独人那种恐惧感，以及残酷难熬的慢性痛苦。一切都是那样栩栩如生，就好像她曾经也在那肮脏的印第安茅屋里，坐在他的身旁，就好像她曾经跟他一道在银矿、咖啡园以及可怕的杂耍表演场上遭受过磨难……

杂耍表演……不，她至少得把那幅情景驱赶开。坐在这里想象那场面，足可以使人发疯。

她拉开了写字台的一个小抽屉。里面放着几件个人纪念品，都是她舍不得销毁的。她并不喜欢收藏惹人感伤的小东西，她的天性中也有脆弱的一面，但她硬压不住，便把这些玩意儿保留了下来。她很少允许自己看它们。

此刻，她把这些东西一件件取出来，里面有乔万尼给她写的第一封信，有他死时手里拿着的花朵，有她的孩子头上的一绺卷发以及她父亲坟头上的一片枯叶。抽屉的深处放着一张亚瑟十岁时候的小照片——他现存的照片也就这么一张了。

她手拿照片坐下来，望着那充满稚气的漂亮的脸，望着望着，活生生的亚瑟的脸便跃然出现在她眼前。这张面孔的各个局部都是多么清晰啊！嘴角那敏感的线条，那诚恳的大眼睛，以及那天使般纯洁的表情——它们都铭刻在了她的记忆中，仿佛他昨日才撒手西去。慢慢地，泪水涌上来模糊了她的双眼，看不清那张照片了。

唉，她怎么会产生这种念头！这样一个纯洁、超然的人竟然在悲惨、痛苦的生活中煎熬，即使梦中想起，也是一种亵渎。上帝肯定给了他一些慈爱，让他在青年时结束了生命。他就是化为乌有也比活下来变成那个牛虻强上一千倍——那个牛虻系着无可挑剔的领带，满口暧昧的俏皮话，摇动着刻薄的舌头，还收芭蕾舞演员作情妇！不，不！这完全是可怕、愚蠢的胡思乱想。她无端幻想，只会使自己空怀悲哀。亚瑟已经死了。

"我能进来吗?"门口有人低声问。

她吃了一惊，照片从手中掉落在地。只见牛虻一瘸一拐地走过来，把照片捡起来交给她。

"你吓了我一跳!"她说。

"很抱——抱歉。我来也许打扰你了?"

"不，我只是在翻一些旧东西。"

她犹疑片刻，然后把照片又递给了他。

"你觉得这张面孔怎样?"

他看照片时，她仔细观察他的脸，就好像他的表情可以决定她的生死。然而，她只看到了一种否定的、挑剔的表情。

"你给我出了个难题，"他说，"这张照片已经不清楚了，而且小孩的脸历来都是难以判断的。不过，依我看，这孩子长大一定是个倒霉蛋。他最明智的办法是压根儿不要让自己长大。"

"为什么？"

"你看看这下嘴唇的线条。这说明他的天性：把痛苦就当痛苦，将错误视为错误。天下容不得这样的人，这世界需要的是只顾工作、缺乏感情的人。"

"像不像你所认识的哪个人呢？"

他更细心地看了看照片。

"不错，多么奇怪的一件事啊！当然像，非常像。"

"像谁？"

"蒙太尼……尼里主……主教。我倒是很想知道，冰清玉洁的主教大人是不是有侄子呢？我能问问照片上是谁吗？"

"这是我那天跟你讲的那个朋友小时候拍的照片——"

"就是你害死的那个？"

她不由自主地一缩身子。他在用那个可怕的字眼时，显得是多么轻描淡写、多么残酷无情啊！

"是的，是我害死的那个——假如他真的死了的话。"

"假如？"

她用眼睛盯着他的面孔。

"有时候我是有疑心的，"她说，"尸体一直没找到。他也许逃离家门，就像你一样去了南美洲。"

"但愿不是这样。那会让你心里留下一段糟糕的回忆。我曾经进……进行过激烈的战斗，被我送上黄泉路的也远不止一个人。可是，如果我心里想着自己曾把一个活……活人送到了美洲，我会睡不安稳的……"

"那么你是否认为，"她朝他跟前靠靠，抱着双手，打断他的话问道，"如果他没有死……如果他也经历了你那样的生活，他就永远不会回来，把过去一笔勾销吗？你认为他永远不会忘记吗？别忘了，我也付出了代价。你看！"

她把额头上浓密的波浪似的头发往后一掠。乌黑的头发里，露出宽宽的一绺白发。

长时间的沉默。

"我觉得，"牛虻慢条斯理地说道，"死去的最好让他死去吧。忘记过去固然是件棘手的事，但是如果让我处在你那位死去的朋友的位置上，我宁肯永……永远安息。还魂的幽灵毕竟是丑陋的。"

她把照片放回抽屉，将桌子锁好。

"这是残酷的信条，"她说，"现在咱们说点儿别的吧。"

"我到这儿来，如果可以的话，是想跟你谈件小事——这是私下的谈话，是关于我所酝酿的一项计划。"

她将一把椅子拉到桌旁，坐了下来。

"你对正在拟定的出版法有何感想？"他开口道，平素口吃的现象此刻消失得无影无踪了。

"我有何感想？我想不会有多大价值，但半块面包总比没有面包强。"

"毫无疑问。那么，你是打算为这些好人准备开办的一份报纸效力喽。"

"我想这样做。开办报纸总有大量实际的工作要干——印刷、安排发行，还有——"

"你还要把自己的聪明才智像这样浪费多久？"

"为什么是'浪费'？"詹玛问道。

"浪费就是浪费。你明明知道自己的智力要比大多数跟你一道工作的人高得多，你却偏偏听凭他们分派你做常规性的苦工作和杂活。论知识，你远远胜出格拉西尼和盖利一筹，就好像他们是小学生一样。然而，你却活似印刷厂的学徒，坐在那儿为他们看校样。"

"首先，我并不是把全部时间都花在看校样上；其次，我觉得你把我的智力夸张化了。我的智力根本不像你想的那样冒尖儿。"

"我压根儿就没觉得你的智力冒尖儿，"他不动声色地回答，"可我认为你的见解是坚实牢固的，这一点要重要得多呢。在委员会召开的那些无聊的会议上，总是由你指出每个人逻辑上的弱点。"

"这话对其他人就不公道了。例如，马丁尼的思维逻辑性就很强，而法布里奇和莱伽的能力也毋庸置疑。还有，格拉西尼对意大利统计学的知识大概比国内任何一个官员都强。"

"这并不能说明多少问题。不过，咱们还是暂且不谈他们的能力了。关于你的事实：你既然有这样的天赋，就可以做比目前更重要的工作，担任比目前责任性更强的职务。"

"我非常满意自己的境况。我所做的工作也许价值并不很大，但大家都在做力所能及的事情。"

"波拉夫人，你我对这种谦虚和恭维的把戏表演得太过火了些。请你诚实地告诉我，你是否意识到自己用尽心血所干的工作，是比你差的人也能够胜任的呢？"

"既然你逼着我回答——是的，但仅局限于某种程度。"

"那你为什么还要让这种情况持续下去呢？"

没有回答。

"你为什么让它持续下去呢？"

"因为……我别无选择。"

"此话怎讲？"

她抬起头向他投来责备的目光。"你这样逼问未免有些残酷和欠公道。"

"可是，反正你要告诉我原因的呀。"

"如果你非要追根问底，那么……我的生活已支离破碎，我现在对真正的工作已力不从心，大概只配做一头革命的老黄牛，干些党内艰苦的工作。起码，我是自觉自愿的，因为那些苦活总得有人去干。"

"当然得有人干，可是却不能由同一个人一直干下去。"

"也许，我适合干那种工作。"

他半眯起眼睛望着她，一副高深莫测的样子。不一会儿，她抬起了头。

"咱们又回到了老话题上。本来是要谈正经事的嘛。让我告诉你吧，你说我能干这样那样的事情，是无济于事的。目前，我绝不会那样做。不过，我可以协助你斟酌你的计划。是什么样的计划呢？"

"你怎么先声称我提建议是无济于事，后又问我有什么设想。我的计划是请你以实际行动协助我，而不仅仅是斟酌。"

"让我听听，然后咱们再商量。"

"请先告诉我，你可曾听说过威尼西亚省正在酝酿一场起义。"

"自从大赦以来，我别的倒没听说过，净听人讲酝酿起义和圣费迪分子的阴谋什么的。我恐怕对这两种消息都持怀疑态度。"

"就大数情况来说，我和你是一样的。可我现在所说的是脚踏实地、认认真真地准备工作，准备的是一次全省规模的反对奥地利人的起义。在教皇领地——尤其是在四大教省——许多青年志士都在暗中准备，他们要奔赴威尼西亚省，作为志愿军参加起义。我听罗马格纳的朋友讲的……"

"请你告诉我，"詹玛插话道，"你敢肯定你的那些朋友可以信赖吗？"

"十分肯定。我跟他们有私交，还跟他们一起工作过。"

"这么说，他们也是你的那个'团体'里的成员？恕我直言，对于秘密团体传来的消息之准确性，我总是有些怀疑。我觉得那习惯……"

"谁说我是'团体'里的人？"他厉声打断她的话问。

"没人说过，是我自己猜的。"

"啧！"他朝椅背上一仰，皱起眉头打量着她，"你是不是历来都喜欢猜测别人的私事？"他隔了一会儿问道。

"我经常猜。我善于观察，而且习惯把各种现象综合起来。我说这话，是让你遇到不想让我知道的事情，应该当心些。"

"我倒不介意你知道，只要你不传开就行。我想这件事还没有……"

詹玛仰起头，显得既诧异又有点儿生气。"你的确没必要担心！"她说道。

"当然，我知道你是不会对外人讲的。但我想，也许对你们党内的成员……"

"党的原准则是相信事实，而不是我个人的猜想和幻想。我自然没对任何人提过这事。"

"那你猜过没有，我属于哪个团体？"

"希望……你可不能对我的直率感到生气，是你自己扯开了这话头。你知道……希望不是属于'短刀会'。"

"为什么抱这希望呢？"

"因为你适合干更出色的事情。"

"咱们都适合干比自己所从事的更出色的事情。这又转回到你自己的回答上。不管怎样，我并非属于'短刀会'，而是属于'红带会'。那是一个比较稳固的团体，工作也比较认真。"

"你指的是行刺工作吗？"

"那只是其中的一种。行刺自有一番大用途，但必须行之有效、组织严密和以宣传做后盾。而这正是我不喜欢'短刀会'的原因。他们认为一把刀子就能解决天下所有的困难——这是错误的。它固然能解决许多问题，但并非全部。"

"你真的相信它可以解决难题？"

他惊奇地瞧了瞧她。

"当然，"她继续说道，"它是可以暂时消除由于一个阴险的奸细或可恶的官吏的存在而造成的实际困难，但它是否在解决了一种困难后，又会导致更严重的困难，这就是另一问题了。我觉得这就像寓言中所讲的那样：将一个鬼清除出家门，又会进来七个新鬼。每一次暗杀只会使警察更加凶狠，使民众更习惯于暴力和野蛮，乃至最后，社会状况也许会比以前更糟。"

"依你之见，革命爆发时，将会出现什么样的新情况呢？你以为到那个时候，民众就不必去习惯暴力了吗？战争毕竟是战争呀。"

"不错，可公开的革命是另一码事。那只是人们生活中的一个瞬间，是我们为了社会的进步不得不付出的代价。毋庸置疑，那时将发生可怕的事情，每次革命都必须如此。然而，那是些孤立现象，是一特殊瞬间的特殊情况。不问青红皂白的暗杀之所以可怕，是因为它会变成一种习性。民众一旦习以为常，他们对人命的神圣性就会感觉模糊。我到罗马格纳的次数不多，但根据对当地人的些许观察，我产生的印象：他们已经养成或正在养成机械的暴力习惯。"

"即便这样，也总比机械地服从和妥协习惯强。"

"我并不这样认为。所有的机械性习惯都是恶劣的盲从，而这种习惯还很凶残。当然，如果你把革命者的工作仅仅视为迫使政府做出某些明确的让步，那么，你一定会觉得秘密团体和短刀是最得力的武器，因为政府最怕的莫过于这二者了。可是，如果你跟我一样，认为迫使政府让步本身并非目的，而只是实现目的之手段，认为我们真正需要改革的是人与人之间的关系，那你就得变换你的工作方法。使无知的民众习惯于流血的场面，绝对不能提高他们对人命的价值观。"

"那他们对宗教的价值观呢？"

"我不知道。"

他笑了笑。

"我觉得，咱们的分歧是在灾难的根源这一点上。你认为灾难的根源在于不重视人命的价值。"

"不如说是不重视神圣的人性。"

"随你怎么说吧。依我看，咱们的混乱和错误的最大根源似乎是被人们称之为'宗教'的心理病症。"

"你是指具体的某个宗教吗？"

"啊，不！这仅仅是外部的症状。真正的病源是所谓的心理宗教倾向。那是一种病态的欲望——树立一种偶像顶礼膜拜，跪下来冲着某样东西叩头——不管是耶稣、佛陀还是图图树^①，都是没有区别的。当然，你不会同意我的看法。你也许是无神论者、不可知论者，或随你是什么的吧，可我在五码以外就能感觉到你的宗教气质。不过，谈这些是没有用的。你说我把行刺仅仅看作消灭贪官污吏的手段，那你是完全错

---

① 某些黑人部落的神树。

了——最为重要的是，它是一种破坏教会的威信和教育人民把教会代理人看作害虫的手段，而且我认为是最好的手段。"

"待你如愿以偿，唤醒了人们心中沉睡的野性，去向教会发泄时，那你就……"

"那我就完成了使我的生存产生价值的工作。"

"这就是你那天谈的工作?"

"不错，正是。"

她不寒而栗，将身子扭开去。

"你对我感到失望啦?"他微笑着抬起头说。

"不，不全是。我觉得……我有点儿害怕你。"

过了一会儿，她转过身来，以平素的那种一本正经的声音说：

"这是毫无益处的讨论。咱们的立足点差异太大。我这边相信的是宣传，宣传，再宣传。如果可能的话，举行公开的起义。"

"那就回过头谈谈我的计划吧；它与宣传有关，但涉及更多的是起义。"

"是吗?"

"就像我跟你说的那样，许多志愿者正从罗马格纳出发，进入威尼西亚参加起义。我们还不知道起义何时爆发，也许要到秋天或者冬天。但是亚平宁山区的志愿者必须武装起来，做好准备，这样他们接到命令后就能直接奔赴平原。我负责为他们把武器和弹药偷偷运进教皇领地……"

"等一等。你怎么会跟那个团体在一起工作呢? 伦巴第和威尼西亚的革命党人都是拥戴新教皇的呀。他们支持开明的改良，与教会中的进步运动步调一致。像你这样一个'毫不妥协'的反教会人士怎么能和他们上一条船?"

他耸了耸肩膀。"只要他们履行己任，他们就是找个布娃娃玩玩，又于我何妨呢？当然，他们会把教皇当成一个傀儡领袖。如果起义筹备工作步入正轨，我又管这些干什么呢？我觉得，打狗用什么样的棍子都行，只要能使人民反抗奥地利人，什么样的呐喊都可以。"

"你想让我做什么？"

"主要是协助我偷运武器。"

"但我怎么能干得了呢？"

"你恰恰是最能够胜任的人。我考虑要在英国购买武器，可把它们运回来有许多困难。从教皇领地的任何一个港口运进来都是不可能的。必须通过托斯卡纳这一带，再穿过亚平宁山区。"

"这样就要越过两道边境，而不是一道。"

"对，但是走另一条路连一点儿指望都没有。你总不能把大批的货物运进一个没有贸易往来的港口呀。而且你也知道奇维塔·怀克港的全部船舶，大概也就是三条划艇和一条渔船。只要我们把东西运过托斯卡纳，我就可以打通教皇领地的边境。我的人熟悉山里的每一条道路，而且我们有许多地点可以隐藏。货物必须由海路到达来亨，而这是我面临的一大困难。我与那里的走私贩子没有来往，我相信你有办法。"

"容我考虑五分钟。"

她向前欠欠身，胳膊肘支在膝上，手托着下巴。沉默片刻之后，抬起头来。

"对于这方面的工作，也许我能有些用处，"她说，"但是我想先问你一个问题，然后咱们再接着说。你能不能向我保证，这事与任何行刺或者任何暗杀都没有关系？"

"那当然了。我绝不会让你参加你所不赞成的活动，这一点自不用说。"

"你什么时候要我给你一个确切的答复?"

"没有多少时间可耽搁了,不过我可以给你几天时间做决定。"

"下个星期六晚上有空吗?"

"让我想想……今天是星期四,有空。"

"那么你到这里来。我把这事再考虑一下,最后给你个答复。"

第二个星期的星期天,詹玛把一份报告书呈递给了玛志尼党佛罗伦萨支部委员会,说她想从事一件特殊的政治工作,几个月内不能履行截至目前她一直为党担负的责任。

这消息令一些人感到诧异,但委员会没有加以反对。多年来,党内的人都知道她的判断是可以信赖的。委员们一致认为,如果波拉夫人采取了一个出人意料的步骤,那可能是有充分理由的。

对于马丁尼,詹玛坦率直言,说她正帮助牛虻搞些"边境工作"。她认为应该把这些情况告诉老朋友,免得他们之间产生误会,或因出现猜疑和秘密而感到痛苦。她觉得自己必须以此证明对他的信任。听罢她的话,马丁尼不置可否,但她看得出,这消息不知为什么深深地伤害了他。

他们坐在她家的晾台上,目光掠过一片红色的屋顶向菲索尔方向眺望着。马丁尼沉默良久,然后站起身开始来回踱步,两只手插在口袋里,嘴中吹着口哨——这是他心情烦乱的一个明显标志。她坐在那里对着他瞧了一会儿。

"西萨尔,你在为这件事心烦,"她最后说道,"非常抱歉,让你感到这样不愉快。但是,在我看来这是正确的事情,我才决定了下来。"

"我并非是为这件事,"马丁尼闷闷不乐地回答,"对此我一无所知。一旦你同意去做这事,那么它可能就是对的。我信不过的是那个人。"

"我想你是误解他了。在深入了解他之前，我也信不过他。他远非完人，但是他的优点比你想象的要多得多。"

"很有可能。"有一段时间，他默不作声地来回踱着步，然后突然在她身旁停下来。

"詹玛，放弃这件事吧！趁着还不太迟，把它放弃了吧！别让那人把你拖入祸水里，使你过后懊悔。"

"西萨尔，"她温柔地说道，"你的话有些欠考虑。没有人把我拖进任何事中。我是经过慎重考虑，根据自己意愿做出的这个决定。我知道你对里瓦莱兹有个人成见，但是我们现在讨论的是政治，而不是针对某个人。"

"夫人！放弃它吧！那个家伙很危险，他行踪诡秘、残酷无情和肆无忌惮——他爱上你了！"

詹玛身体往后一缩。"西萨尔，你怎么能有这样荒唐的念头呢？"

"他爱上你了，"马丁尼重复道，"离开他吧，夫人！"

"亲爱的西萨尔，我不能离开他，我也不能跟你解释这是为什么。我们是拴在一起的——不是出于我们自己的意愿或行为。"

"如果你们拴在了一起，我就没有什么可说的了。"马丁尼厌烦地答道。

他借口有事走了，在泥泞的街上踟蹰了几个小时。这天晚上，他觉得整个世界漆黑一片。那个狡猾的家伙闯进来，偷走了他唯一心爱的人。

第十章

在接近 2 月中旬的时候，牛虻到了来亨。詹玛给他介绍了一位年轻的英国人——一位船运代理商，是她和丈夫在英国结识的。那人给佛罗伦萨的激进分子帮过数次小忙，借给他们钱去处理出乎意料的紧急情况，允许他们利用他的办公地址作为党的通信处，等等。但总是由詹玛当中间人，以她的私人朋友的身份做每件事。因而，根据党内的规定，她可以随意利用这层关系去做任何她认为合适的事情。至于收效如何，则完全是另外一个问题。向一个友好的同情者借用地方接收西西里岛的来信，或者在他会计室的保险柜里存放一些文件是一回事，而求他为起义偷运一批武器则是另一回事。对于他是否能同意，詹玛觉得希望渺茫。

"你只能去碰碰运气，"她对牛虻说，"可我觉得不会有结果的。如果你拿着推荐信去向他借五百斯库迪①，我想他立刻就会把钱给你——他极其慷慨——在危急关头，他也许会把自己的护照借给你，或者把逃亡者藏到他的地窖里。但如果你提到枪支这样的东西，他会朝你瞪眼睛，以为咱们俩都发疯了。"

"话虽如此，他也许能给我一些指教，或者为我介绍一两个友好的水手，"牛虻回答，"不管怎样，还是值得我去试试。"

月底的一天，他来到她的书斋里，穿着打扮不如平时那么考究。她从他的脸上马上就看出来，他有好消息要告诉她。

---

① 意大利银币。

"啊，谢天谢地！我正担心你出事了呢！"

"我觉得写信不太安全，所以就尽快赶了回来。"

"你刚到吗？"

"是的，一下驿站马车就直奔这儿。我来告诉你，所有的事情均已办妥。"

"你是说贝利真的答应帮忙啦？"

"何止帮忙，他把工作全部承担了下来——装箱、运输——全盘一把抓。枪支藏在货包里，直接从英国运过来。他的合伙人威廉斯，也是他的一位挚友，答应负责把货物从南安普敦发出，而贝利将货偷运过来亨的海关。所以，我耽搁了这许久。威廉斯刚刚启程前往南安普敦，我把他一直送到热那亚。"

"为的是在船上商量细节问题？"

"是的，只有在我晕船晕得厉害，谈不成事情的情况下才作罢。"

"你晕船吗？"詹玛性急地问，心里不由得回忆起她父亲有一天曾带着他们航海旅行，亚瑟晕船晕得死去活来的情形。

"尽管我常在海上漂泊，还是晕船晕得不行。不过到了热那亚，趁着船装货的工夫，我们到底还是把话谈完了。你大概认识威廉斯吧？他是个真正的好人，既可靠又有见识。在这一点上，贝利跟他一样，他们俩都不会走漏风声的。"

"可我觉得，干这种事贝利会冒很大风险的。"

"我把这一点跟他讲了，他却面露愠怒之色说：'这关你什么事呢？'应该料到他会这么回答。我要是在廷巴克图①遇见贝利，我会走上前打招呼：'早安，英国人！'"

---

① 马里一商业城市。

"可我想象不来你是怎么使他们答应下来的。还有威廉斯，我怎么也想不到他会同意帮忙。"

"是啊，起初他强烈反对，但不是害怕危险，而是觉得这件事一点儿也不正规。不过，我费了些口舌还是把他争取了过来。现在咱们还是谈谈细节吧。"

牛虻回到自己的寓所时，太阳已经落山，垂吊在花园墙头上方的日本棣梨花在暮色之中显得黑蒙蒙的。他摘了几朵，带进屋里去。他一打开书斋的房门，绮达从墙角的椅子上一跃而起，冲他飞跑过来，并且喊道：

"啊，费利斯，我还以为你再也不来了呢！"

他起初一冲动，想严厉地喝问她来他的书斋干什么，可记起已经三个星期没见她的面了，便伸出手冷淡地说：

"晚安，绮达，你好吗？"

她仰起脸等着他吻，可他擦身而过，仿佛没看见她的这个姿势，取过一个花瓶来插花。随即房门猛地敞开，那只牧羊犬冲了进来，狂喜地围着他又蹦又跳，高兴地汪汪直叫。他放下花，弯下腰拍着狗说：

"嗯，沙顿，你好啊，老伙计？不错，真的是我。跟我握握手，好乖乖！"

绮达沉下脸，露出不快之色。

"咱们去吃饭吧？"她冷冰冰地问，"你写信说今天晚上回来，所以我让人准备了饭菜，在我那儿为你接风。"

"非……非常抱歉，真不该让你等我！我这就收拾一下，马上过去。也许，你可以把这些花放进水里。"

当他走进绮达的餐厅时，她正站在镜前，把一枝鲜花往衣服上别。

她显然打定主意要做出高兴的样子，捧着一小束系在一起的鲜红色蓓蕾迎上前来。

"这是献给你的花，让我为你插在扣眼里。"

吃饭的时候，他始终竭力对她和颜悦色，滔滔不绝地说些家常话，而她也满面生辉，笑容可掬。她对他的归来表现出的欢快情绪反而让他觉得不好意思。他也养成了习惯性的思维，觉得她跟他井水不犯河水，过着自己的生活，和意气相投的一班朋友及伙伴厮混，所以他从来不曾想到她会惦记他。不过，她如此激动，八成是他不在时感到无聊了吧。

"咱们到晾台上喝咖啡吧，"她说，"今晚的天气暖意融融。"

"很好。把你的吉他带上吧？也许你还可以唱一段呢。"

她高兴得面颊绯红，因为他对音乐是很讲究的，难得请她唱歌。

在晾台上，靠墙放着一条宽宽的木板凳。牛虻挑了个拐角，从那儿可以清楚地观赏群山。绮达坐在矮墙上，一只脚搭在凳子上，背靠屋柱。她不大留意景色，情愿用眼睛打量牛虻。

"给我一支烟，"她说，"你走后，我可是连一次烟也没抽过。"

"好一个叫人开心的建议！我正想抽烟呢，痛痛快快地享受享受。"

她将身子朝前凑凑，情真意切地望着他。

"你真的很开心？"

牛虻眉宇间明朗起来。

"是啊，为什么不呢？我吃了一顿美味佳肴，又能够欣赏到欧洲最美的景色，马上还将喝到咖啡，听到匈牙利民歌。我心安理得，肠胃也不存在什么问题，还有什么可希求的呢？"

"我知道你还希求一样东西。"

"什么东西？"

"就是这个！"她把一个小硬纸盒抛进了他手里。

"炒……炒杏仁！在我抽烟之前，你怎么不告诉我呢？"他带着责备的语气嚷道。

"嗨，别耍孩子气啦！抽过烟也可以吃呀。嗯，咖啡端来了。"

牛虻品着咖啡，吃着炒杏仁，认认真真、全神贯注地享受着，活像一只猫在享受奶油。

"在来亨时喝的是劣质咖啡，回来能喝上正宗货，真是够味儿！"他拖着腔咕哝道。

"就冲着这一点，既然回来了，就留在家里不要走啦。"

"不能久留，我明天还得走。"

她脸上的笑容消失了。

"明天！为什么？你要到哪儿去？"

"噢！要去两三个地……地方，有点儿公务。"

他已跟詹玛商量好，由他亲自进亚平宁山区，和边界地区的走私贩子们一道安排运武器的事情。穿越教皇领地的边境对他来说是件非常危险的事情，但要取得成功，却不得不那样做。

"总是公务公务的！"绮达轻轻叹了口气，随后大声问道，"要去多长时间？"

"不长，也许只两三个星期吧。"

"大概又是那种公务吧？"她突然问道。

"哪种公务？"

"就是你历来不惜冒险所从事的那种——令人厌烦的政治。"

"此事跟政治有一些关系。"

绮达扔掉了手中的纸烟。

"你骗我，"她说，"你这是要去冒险。"

"我将径直奔往地……地狱，"他懒洋洋地回答，"你那边是不是碰巧有朋友，想让我把那条常春藤捎给他们？不过，你没必要把那藤子全扯下来。"

她已恶狠狠从柱子上扯了一把藤蔓在手中，这时便勃然大怒地全都扔在了地上。

"你这是去冒险，"她重复道，"你却连句实话也不肯讲！你以为我什么都不配，只配让人家欺骗和耍笑吗？总有一天你会被绞死的，到时候你连道别都来不及啦。老是政治政治的——政治让我腻烦！"

"也……也让我腻烦，"牛虻懒洋洋地打着呵欠说，"所以，咱们还是谈些别的吧——要不，由你来唱歌。"

"哦，那就把吉他给我吧。唱什么好呢？"

"唱那首关于丢马的民谣吧，它非常适合你的嗓子。"

她开始唱那首古老的匈牙利民谣。此民谣讲的是一个人先丢了马，接着丢了家，最后丢了心上人，可他以回忆安慰自己，认为"摩哈奇①战场上的损失更为严重"。牛虻特别喜欢这首民谣，它那强劲而忧伤的旋律，以及痛苦的斯多葛禁欲主义思想对他所产生的魅力，为任何一首软绵绵的曲调所不及。

绮达的歌喉悦耳动听，她那芳唇吐出的音符有力而清越，充满了对生活热烈的渴望。要让她唱意大利或斯拉夫的歌，她一定唱不好，德国歌会唱得更糟，可匈牙利的民谣她却唱得声如贯珠。

牛虻听得睁大眼睛，嘴唇都合不拢了——他以前从未听过她如此美妙的歌喉。她唱到最后一句时，声音突然开始颤抖起来。

"啊，这没什么！更惨重的损失在……"

她一阵抽泣，中断了歌声，把脸埋在常春藤的叶子里。

---

① 匈牙利的一个地方，1526年，匈牙利人在此被土耳其人打败。

"绮达！"牛虻起身把吉他从她手中拿了过去，"你怎么啦？"

她只顾疼挛地啜泣着，两只手掩住脸。他碰了碰她的胳膊。

"快告诉我是怎么回事。"他抚慰地说。

"别管我！"她呜咽着朝后缩去，"别管我！"

他快步回到自己的位置上，等着那呜咽声渐渐消失。突然，他感到她搂住了他的脖子，只见她跪倒在他的身旁。

"费利斯，请你别去啦！不要离开我！"

"这个咱们以后再谈，"他说，同时轻轻地从她的怀抱里挣脱出来，"先讲讲你为何如此伤心吧。有什么东西让你害怕了吗？"

她默默地摇了摇头。

"是我做错了事情惹你伤心啦？"

"不是。"她抬起一只手抚摸着他的脖子。

"那是什么原因呢？"

"你会被杀死的，"她终于悄声说道，"那天我听来这儿的一位客人说，你会遇到麻烦的——我问你时，你却嘲笑我！"

"我的傻孩子，"牛虻有些吃惊，犹豫了片刻之后说，"你把问题想得太严重了。我很可能有一天会身首异处，这对一个革命党人来说是很自然的结局。但你现在就害怕我被人杀死，是毫无理由的。我所冒的风险并不比其他人的大。"

"其他人……其他人与我何干？如果你爱我，就不应该一走了之，让我彻夜难眠，担心你被捕入狱，或者睡着觉时梦见你死了。你不关心我，待我还不如那条狗！"

牛虻站起身，慢吞吞地走到了晾台的另一端。他完全没料到会出现这样的一幕，不知怎样回答才好。是啊，詹玛说得对，他使自己的生活陷入了错综复杂的境地，得花大气力才能脱身。

"坐下来，让咱们平心静气地谈谈，"过了一会儿，他走回来说道，"我想咱们之间产生了误会。我要是知道你是认真的，我肯定不会取笑的。你要对我讲清楚你的心病是什么，如果有误会，咱们是可以澄清的。"

"没有什么可澄清的。我看得出你心里根本一点儿都没有我。"

"我的傻孩子，咱们最好还是彼此开诚布公些。对于咱们之间的关系，我素来都很坦诚，我觉得我从未欺骗过你——"

"啊，算了吧！你是够坦诚的了。你只是把我当作一个妓女——一件在你之前有许多别的男人穿过、外表华丽却毫无价值的旧衣服，对这一点你甚至连样子都未装过……"

"嘘，绮达！我从没那样想过任何一个人。"

"可你从未爱过我。"她阴沉着脸步步紧逼地说道。

"是的，我从未爱过你。你听我的话，尽量不要把我想得太坏。"

"谁说我想的是你的坏处？我……"

"请等等。我想说明的是，我根本不相信、也不尊重传统的道德规范。在我看来，男女之间的关系仅仅涉及的是个人喜欢不喜欢的问题……"

"还有金钱呢。"她尖声笑了笑，插嘴说。

他一愣神，犹豫了片刻，尔后说道：

"当然，这是问题丑恶的一面。不过请相信我，我当初如果认为你不喜欢我，或者对这种事情有厌恶感，就绝不会提出要求，或者乘人之危劝你那样做。我一生中从未对任何一个女人做过那种事，也从未隐瞒过我的感情。请你相信，我讲的是实话……"

他迟疑了一下，而她一声不吱。

"我觉得，"他又继续说道，"一个男人如果在世上孤身一人，感到需要一个女人的陪伴，倘使他可以找到一个能吸引住他的女人，而这女人也不讨厌他，那么，他有权怀着感激和友好的心情接受那女人甘愿提供给他的欢乐，同时无须缔结更亲密的关系。只要双方都不存在不公平、侮辱人格或欺骗的现象，我看不出有什么害处。至于你在遇到我之前跟别的男人的关系，我是不曾考虑的。我只觉得咱们的联系对咱们俩都是愉快的和无害的，可一旦这种联系变得令人厌倦，任何一方都有解除的自由。如果我说错了话……如果你对此形成了不同的看法，那么……"

他又打住了话头。

"那怎么样呢？"她眼也没抬，低声问。

"那我委屈了你，对此我十分抱歉。不过，我并不是有意的。"

"你'并不是有意的'，你'觉得'……费利斯，难道你是铁打的心肠？你一生中就没爱过一个女人吗？难道你看不出我是爱你的吗？"

他全身突然一阵战栗，他已经很久很久没听到别人对他说"我爱你"了。紧接着，她跳起身，伸开臂膀将他搂住。

"费利斯，带我离开这儿吧！离开这个可怕的国家，离开这些人和他们的政治！咱们跟他们有什么关系呢？离开这里，咱们可以在一起幸福地生活。咱们到南美去，那儿是你曾经居住过的地方。"

一想到南美他便心生恐惧，使他猛醒，又恢复了自制力。他将她的两只手从他的脖子上拉下来，紧紧地握住。

"绮达！希望你明白我对你说的话。我并不爱你。即便爱你，我也不会带你走的。在意大利有我的工作，有我的同志……"

"还有一个你更爱的人，对那人的爱超过了对我的爱！"她恶狠狠地嚷嚷起来，"啊，我恨不得杀死你！你关心的不是你的同志们，而是……我知道那人是谁！"

"嘘！"他平静地说，"你太激动了，尽胡想些不着边的事！"

"你以为我指的是波拉夫人？我可不是那么容易上当受骗的！你只跟她说政治，对她的关心并不比对我的多。我指的是那个红衣主教！"

牛虻大吃一惊，仿佛中了枪弹一样。

"红衣主教?"他机械地重复道。

"就是秋天来这儿布道的蒙太尼里红衣主教。你以为当他的马车经过时，我没有看到你的脸色？你的脸色就跟我的手巾一样白！嗬，我一提他的名字，你便抖得像树叶一样！"

他立起身来。

"你自己都不知道你在讲什么。"他十分缓慢，十分平静地说，"我……痛恨那位红衣主教，他是我最大的仇敌。"

"不管是不是仇敌，你对他的爱超过对这个世界上任何一个人的爱。请瞧着我的脸，看你能不能说这不是真的！"

他转过身去，眺望着外面的花园。她偷偷观察着他，为自己说的话感到有点儿害怕，他的沉默具有一种让人惊恐的力量。最后，她悄悄走到他的跟前，像个受了惊吓的孩子一样，怯生生地扯扯他的衣袖。他把脸又转了回来。

"这是真的。"他说。

第十一章

"可我总不……不能到山里跟他会面吧？布里西盖拉对我来说是个危机四伏的地方。"

"罗马格纳的每一寸土地对你而言都危机四伏，但此时此刻，布里西盖拉倒比其他地方都安全。"

"为什么？"

"等会儿再告诉你。别让那个穿蓝外套的家伙看到你的脸，他很可疑。是啊，那场暴风雨太可怕啦，好久都没有见过葡萄的收成这么糟了。"

牛虻把胳膊在桌上摊开，将脸埋在上边，像是不堪疲惫或不胜酒力一般。那个刚刚进来的穿着蓝外套的可疑人物眼珠子滴溜溜乱转，却只看到两个农夫对着一壶酒在谈论庄稼，还有一个山里人把脑袋伏在桌上打盹。在马拉迪这种小地方，这种景象很常见。蓝衣人显然认定在这里打探不出什么名堂来，只见他把酒一饮而尽，迈着悠闲的步子去了外间屋。他倚在柜台上跟店主懒洋洋地闲聊着，同时不时地用一只眼的余光通过敞开的门扫视着那三个围桌而坐的人。那两个农夫仍在呷着酒，用方言谈论着天气，而牛虻打着鼾，像是一个毫无心事的人。

最后，密探似乎觉得不值得再在这家酒馆里浪费时间，于是付了酒钱，懒散地走出去，踱着步沿着狭窄的街道走开了。牛虻打着哈欠，伸着懒腰，坐起身子来，用粗布衣袖揉着惺忪睡眼。

"刚才那情况好险啊。"他说道，同时从口袋里取出一把折叠刀，把桌上的稞麦面包切下来一大块。"他们是不是最近经常给你们添麻烦，米凯利？"

"他们比 8 月间的蚊子还讨厌，一分钟都不让你清净；不管到哪里去，总有个密探不离左右。甚至在那些他们以前不轻易涉足的山里面，他们现在也三五成群地出现——是吧，基诺？正是由于这个原因，我们才安排你跟多麦尼奇诺在城里会面。"

"原来如此。可为什么要在布里西盖拉呢？边界上的城镇里，密探素来都多如牛毛呀。"

"眼下到布里西盖拉去最合适。全国各地的香客都云集在那里。"

"可那儿并非交通要冲呀。"

"那地方离去罗马的大路不远，许多复活节的香客都要拐到那里去做弥撒。"

"我不……不明白布里西盖拉有什么特别诱人之处。"

"红衣主教就在那儿。你不记得他去年12月间曾到佛罗伦萨布过道吗？就是那个蒙太尼里红衣主教。听说他引起了很大的轰动。"

"大概是吧。我是不听布道的。"

"你要知道，他享有圣人的美称。"

"他是怎么得来的呢？"

"不清楚。大概是因为他把全部的收入都布施出去，自己每年只用四五百个斯库迪度日，跟教区里的普通教士一样。"

"还有呢！"那个叫基诺的人插嘴说，"不只这些哩，他不仅乐善好施，而且终生致力于为穷人谋福利，使病人得到妥善的治疗，从早到晚地听人们申冤诉苦。我对教士的厌恶不次于你，米凯利，可蒙太尼里大人和旁的红衣主教不一样。"

"嗯，他可能是个白痴，但不是坏人！"米凯利说，"不管怎样，人们崇拜他发了狂。最近又花样翻新，香客们特意前去求他祝福。多麦尼奇诺计划扮作小贩到那儿去，带上一篮子不值钱的十字架和念珠。人们喜欢买下这种玩意儿让红衣主教摸摸，然后挂在小孩子的脖子上避邪驱妖。"

"等等。我怎么去——扮为香客？这身装束我觉得倒挺适合我，可我总不能像现在这个样子跑到布里西盖拉抛头露面。我要是被捕，就证明你是错的。"

"你不会被抓住的。我们为你准备了一套绝妙的装束，还持有护照，各种东西一应俱全。"

"扮什么样的人？"

"一位西班牙老香客——一个从塞拉来的幡然悔悟的强盗。此人去年在安科纳染上了病，我们的一个朋友出于好心把他带上了一艘商船，送他到了威尼斯——那儿有他的朋友。于是他把他的证件留给我们，以示感激。那些证件对你正能派上用场。"

"一个幡然悔悟的强盗？警察那边怎……怎么办？"

"啊，没有问题的！他几年前就服满了划船的苦役，然后便云游四方，到耶路撒冷等地方，拯救自己的灵魂。他曾经把亲生儿子错当成另一个人杀掉了，悔恨之下，便跑去向警察自首。"

"他年纪很大吗？"

"是的。不过，只要安一撮白胡子和假发套就可以伪装起来。至于其他方面，你跟他的特征完全相符。他是个瘸着一条腿的老兵，脸上像你一样有一道刀疤。还有，他是个西班牙人——你要是碰上西班牙的香客，是可以跟他们攀谈的。"

"我在哪儿和多麦尼奇诺见面？"

"你在十字路口跟香客们混在一起——待会儿我把那路口指给你看，你就说在山里走迷了路。到了城里，你就随着众人一起去红衣主教宫殿前的市场。"

"哦，他不是个圣人吗，怎么还住上了宫殿？"

"他只占了一个厢房，其余的部分改造成了一个医院。你们在那儿等着他出来为大家祝福。到时候，多麦尼奇诺会拎着篮子走上前对你说：'你也是来进香的吗，老爹？'你回答说：'我是个不幸的罪人。'随后，他把篮子放下，用衣袖揩揩脸，你就出六个索尔多买一枚念珠。"

"随即，当然就由他安排一个可以谈话的地方，是吧？"

"是的。趁着人们张着嘴瞻仰蒙太尼里之际，他将有充裕的时间给你留见面的地址。这是我们的计划，但如果不中你的意，我们可以通知多麦尼奇诺另行安排。"

"不用了，这就很好。只是要假胡须和发套看起来自然些。"

"你也是来进香的吗，老爹?"

牛虻坐在主教宫殿前的台阶上，一头乱蓬蓬的白发，抬眼仰望，以异邦味很浓的沙哑颤抖的声音说出了暗号。多麦尼奇诺从膀子上取下皮带，将那一篮子祭神的小玩意儿放在台阶上。农民和香客们有的坐在台阶山，有的悠闲地逛市场，谁都没留意他们俩。但他们为安全起见，净说些不连贯的话。多麦尼奇诺操一口当地方言，而牛虻讲的是蹩脚的意大利语，还夹杂着一些西班牙字眼。

"主教大人! 主教大人出来啦!"宫门旁的人高声喊起来，"快闪开! 主教大人出来啦!"

他们俩都立起了身。

"给你，老爹!"多麦尼奇诺说着，把一尊用纸包着的小神像塞进了牛虻的手中，"把这个也收下吧。请你到了罗马后为我祈祷。"

牛虻将东西揣到怀里，转过脸去瞧那个身穿朴素的紫罗兰色法衣、头戴大红帽子的人物——那人站在最高一层台阶上，张开双臂为人们祝福。

蒙太尼里缓慢地步下台阶，人们簇拥在周围吻他的手。许多人跪倒在地，待他走过时，捧起他的袍角亲吻。

"祝你们平安，我的孩子们!"

听到那清越嘹亮的声音，牛虻垂下了头，白发滑落下来遮在脸上。多麦尼奇诺见他手中的香客拐杖在颤抖，不由得佩服地暗忖:"一个多么出色的演员啊!"

一位站在他们近旁的妇女弯腰把自己的孩子从台阶上抱起。"来呀，赛科，"她说道，"请主教大人为你祝福，就像亲爱的主当年祝福那些孩子们一样①。"

牛虻朝前挪了一步，却又停了下来。啊，这情形太让人难以接受了。香客和山民们——这里所有的外人都可以走上前和蒙太尼里说话，而他用手抚摸着孩子们的头发。他也许还会称呼农民的孩子"亲爱的"，就像他过去称呼……

牛虻一屁股又坐在了台阶上，扭过脸，不去看眼前的情景。要是能躲进哪个角落，听不到那声音就好啦！这的确让任何人都无法忍受——他们离得那么近，简直近在咫尺，他一伸胳膊就能摸到那只亲爱的手。

"愿意进屋歇歇吗，我的朋友？"那柔和的声音说道，"你恐怕冷了吧？"

牛虻的心脏停止了跳动。一时间他什么也不知道了，只感到血流挤压得难受，仿佛要将他的胸膛撕裂开。随后，血流又反冲回来，在他的周身奔涌和燃烧。他仰起了脸。在他上方的那双严肃深沉的眼睛，一看到他的面孔，露出神圣和同情的目光。

"朝后站站，朋友们，"蒙太尼里冲人群说道，"我想和他谈谈。"

人们相互之间窃窃私语着，慢慢向后退去。牛虻纹丝不动地坐在那里，牙关紧咬，两只眼睛盯着地面，感觉到蒙太尼里把手轻轻搭在了他的肩头上。

"你一定遇到了大灾大难。我能帮你一些忙吗？"

牛虻默默地摇了摇头。

---

① 出自《圣经》故事，讲的是基督曾为孩子们祝福。

"你是来进香的吧？"

"我是一个不幸的罪人。"

蒙太尼里的问题碰巧跟他们的暗号相同，这就像根救命稻草一样，牛虻于绝望之中一把抓住，机械地做了回答。那只轻轻安抚他的手似乎在烧灼着他的肩膀，使他开始全身发抖。

红衣主教俯下身来，离他更近了。

"也许你愿意跟我单独谈谈吧？如果我能帮助你……"

牛虻这才第一次以坚定的目光直视蒙太尼里的眼睛，他已经恢复了自制力。

"一点儿用都不顶，"他说，"事情已毫无指望。"

一位警官钻出人群，走上前来。

"请原谅我的打扰，主教大人。我认为这个老头脑子有些不正常。但他完全没有恶意，证件也相符，所以我们不干涉他。他犯过大罪，服过苦役，目前正在忏悔。"

"犯过大罪……"牛虻慢吞吞摇着头，把警官的话又重复了一遍。

"谢谢，警长，请你让开点儿。我的朋友，一个人只要真心忏悔，任何事情都是有指望的。今天晚上你能来见我吗？"

"主教大人，你愿意接见一个害死过自己亲生儿子的人吗？"

这个问题含有一丝挑战的语气，蒙太尼里听后一缩身子，像遇到了一股寒风般颤抖起来。

"无论你犯过什么样的罪，上帝都不允许我诅咒你！"他庄严地说，"在上帝的眼里，咱们都是有罪的，而人间的正义也只不过是肮脏的遮羞布。假如你来找我，我会接见你的，就像我祈求上帝有一天会接纳我一样。"

牛虻伸出双手，突然摆出一副充满激情的姿势。

"听着,"他说,"你们这些基督徒们全都听着!如果一个人害死了自己唯一的儿子,害死了爱他和信任他的儿子,害死了自己的亲骨肉;如果他用谎言和欺骗把自己的儿子引入死亡的陷阱——那么,这个人在天地之间还有指望吗?我对着上帝和人类忏悔了我的罪行,人类让我承受了刑罚,并放过了我。可是,上帝什么时候才会说声'够了'呢?什么样的祝福才能解除上帝对我灵魂的诅咒呢?怎么样才能宽恕我所犯下的罪行呢?"

在随后的死一般的沉寂中,人们将目光投向蒙太尼里,看见他胸前的十字架一起一伏。

他终于抬起了眼睛,用一只微微发抖的手为牛虻祝福。

"上帝是仁慈的,"他说,"愿你把心中的痛苦诉说给至高无上的上帝,因为《圣经》上写着:'不应该蔑视一颗破碎的和悔悟的心灵。'"

随即,他转身朝市场走去,不时地停下脚步跟人们交谈,并把他们的孩子搂在怀中。

傍晚时分,牛虻按照包神像的那张纸上所写的指示,来到了约定的会面地点。这会面地点在当地一位医生的家中,医生本人也是"社团"的积极分子。大多数秘密成员已经聚集在了这里。他们在牛虻抵达时表现出的欣喜情绪,如果必要的话,可以成为一个新的证据,说明牛虻是一位深得人心的领袖。

"我们很高兴再次见到你,"那位医生说,"但要是看到你离开,我们将更高兴。你来这儿风险性太大,最起码我是反对这样安排的。你敢肯定,今天上午在市场上那些警探没注意到你吗?"

"哦,他们对我倒是够注……注意的,但是他们却……却没有认出我。多麦尼奇诺安排得天衣无缝。他人呢?我怎么没见他?"

"他还没来。这么说,你是一帆风顺喽?红衣主教为你祝福了吗?"

"他的祝福？啧，那算不上什么。"正走进门来的多麦尼奇诺说道，"里瓦莱兹，你真像一块圣诞蛋糕，老是让人感到意外。你到底还有多少本事准备亮出来吓唬我们？"

"你在说什么呀？"牛虻慢条斯理地问。他靠在沙发背上，正在抽雪茄，身上仍穿着香客的装束，但那白胡须和假发已搁置一旁。

"想不到你竟是如此出色的演员。我一辈子都没见过那般精彩的表演。你把主教大人感动得差点儿掉下眼泪。"

"怎么回事？讲给我们听听，里瓦莱兹。"

牛虻耸了耸肩。他正处于沉默寡语的心境中。那些人见套不出他的话，便转而央求多麦尼奇诺解释。当市场上发生的那一幕被描述了一遍之后，一位青年工人没有随着大伙儿哄堂大笑，而是突然说道：

"当然，做得的确非常巧妙，可我看不出那样当众表演有什么好处。"

"好处就在于，"牛虻插话说，"我愿到哪儿去就到哪儿去，想干什么就干什么，这个地区不论男女还是孩子，都不会怀疑我。那件事不到明天就会传得沸沸扬扬。我要是碰到暗探，他心里只会想：'这就是在市场上忏悔罪行的疯子迪雅果。'这显然是一种有利条件。"

"是的，我明白了。不过，你那样做要是没愚弄红衣主教就好啦。他是个大好人，不该那般戏耍他。"

"我本人也觉得他是位正人君子。"牛虻慢吞吞地表示同意。

"别瞎扯了，桑德罗！我们这儿不需要红衣主教！"多麦尼奇诺说，"当初机会来了的时候，蒙太尼里大人要是到罗马任职，里瓦莱兹就不会愚弄他了。"

"他没有到罗马去，是因为他不想丢下这儿的工作。"

"更大的可能性是因为他不想成为拉姆鲁什尼一伙的众矢之的。你们只管相信好啦，那些人掌握着对他不利的东西。一位红衣主教，特别是如此声名显赫的主教，却心甘情愿地待在这样一块被上帝遗弃的小地方，咱们大家都知道这意味着什么……是吧，里瓦莱兹？"

牛虻正在吐烟圈。"也许他怀着一颗'破碎和悔悟的心灵'，"他说道，然后把头仰靠在沙发背上，观察着烟圈渐渐消逝，"好啦，诸位，咱们言归正传吧。"

他们开始详细讨论偷运和藏匿武器的种种计划。牛虻聚精会神地倾听着，不时插话进去，敏锐地纠正一些不精确的方案或不周密的提议。待大伙都发完言后，他提了几点切合实际的建议，其中多数未经讨论便被采纳了。随后便宣布散会。他们还做出决定：至少在牛虻安全返回托斯卡纳之前，为了不招致警方的注意，应尽量避免时间太晚的会议。十点钟刚过，人们已散尽，只剩下了医生、牛虻和多麦尼奇诺。他们三个开小组会讨论特殊问题。在长时间的激烈辩论之后，多麦尼奇诺抬头看了看挂钟说：

"十一点半，不能再开了，否则会让巡夜人看见的。"

"他什么时候从这里经过？"牛虻问。

"十二点左右，我想在他来之前赶回家去。再见，乔尔达尼。里瓦莱兹，咱们一起走吧？"

"不，我觉得分开走比较安全。我还跟你碰头吗？"

"是的。下次在鲍罗尼斯堡见面。不知我将扮成什么样的人，不过你是知道暗号的。你大概明天要离开这里吧？"

牛虻正对着镜子细心地戴假胡须和发套。

"明天上午跟香客们一道走。后天我装病留在一个牧人小屋里，再抄近路翻过山去。我将会赶在你前边到达约会地点。再见吧！"

教堂塔楼上的大钟敲响十二点时，牛虻来到一座庞大的空谷仓门前朝里望了望。这座谷仓被打开临时充作朝圣者们的寄宿处，地上横七竖八躺满了人，其中的大部分都鼾声如雷，空气闷热和污浊，叫人难以忍受。他厌恶得身上起了一阵战栗，忙缩了回去——在这种地方简直睡不成觉。他宁愿四处走走，找间窝棚或干草堆，在那儿睡觉至少干净也安静些。

这是一个美丽的夜晚，一轮硕大的满月在紫色的天空中发出皎洁的光辉。他漫无目的地在街上游荡，闷闷不乐地回忆着上午的情景，深悔不该同意多麦尼奇诺的计划，跑到布里西盖拉来开会。假如他一开始就宣称这个计划太危险，便会另择地点，他和蒙太尼里就省得演那出极为可笑的闹剧了。

神父的变化是多么大啊！可他的声音一点儿也没变——在过去的岁月里，正是这个声音常常唤他"亲爱的"。

巡夜人的灯笼出现在了街道的另一端，牛虻急忙拐进了一条弯弯曲曲的窄胡同。走了有几码远的路，他来到了教堂广场上，离主教宫的左厢房很近。广场上月光如水，空无一人，但他留意到教堂的一扇偏门虚掩着。一定是教堂司事忘记关了。更深夜静的，教堂里绝对不会在举行什么仪式。他不妨溜进去找条板凳睡下，省得再回那令人窒息的谷仓里。天亮时，他可以在教堂司事未来之前悄悄走掉。即使有人发现了他，也自然会推想这个疯子迪雅果躲在哪个角落里做祈祷，结果被关在了里面。

他在门口听了听，然后走了进去，尽管他瘸着腿，但脚步却悄无声息。月光透过窗户洒进来，在大理石地板上形成一条条宽带。尤其是圣坛大殿，里边的一什一物都清晰可辨，宛如在白日一般。但见蒙太尼里红衣主教独自一人跪在圣坛踏板的前边，光着头，两手合在一起。

牛虻抽身退回到黑影里。是不是应该趁着蒙太尼里还没看到他，就溜之大吉呢？毫无疑问，这是最明智的做法，也许还是最仁慈的做法。

可是，既然人群已经散去，没必要再演上午那种可恶的讽刺剧。他朝前凑近一些，再看一眼神父的面孔，又会有什么样的害处呢？也许这将是他的最后一次机会了——而且无须让神父看见他，他可以悄悄溜上前观看——仅此一次。随后，他将回到自己的工作中去。

他躲在厅柱投下的黑影里，蹑手蹑脚摸到大殿的栏杆处，在靠近圣坛的偏门旁停了下来。主教的宝座遮出宽宽的阴影，足够给他做掩护，于是他屏住气，蹲伏在黑暗之中。

"我可怜的孩子！啊，上帝，我可怜的孩子！"

那断断续续的低语里充斥着无尽的绝望，牛虻听了不由自主地浑身战栗。接着传来一阵低沉、悲惨、无泪的抽泣。他看见蒙太里尼把双手绞在一起，像是在忍受着肉体的痛苦。

他没想到情况会这么糟糕。他常常苦涩地安慰自己："我没必要为此事再烦心，伤口老早就已经愈合了。"事隔多年，如今伤口又赤裸裸暴露在他面前，可以看见它仍在淌血。不过，要想最终治愈创伤又是多么容易！他只需扬起手——只需向前一步说："神父，是我。"另外，还有詹玛，还有她一头乌发中横贯的那一绺白丝。啊，但愿他能够宽恕！但愿他能够剜掉深深地烙进记忆里的过去——那印度水手、甘蔗园以及杂耍表演！他情愿宽恕、渴望宽恕，但又知道没有指望宽恕，因为他不能够宽恕，也不敢宽恕——没有比这更令人痛苦的了。

蒙太尼里最后站起来，在胸前画了个十字，转身离开圣坛。牛虻缩回到黑影的深处，吓得浑身打战，唯恐自己被瞧见，生怕对方会听见他心脏的跳动。后来他如释重负地吁了口长气。蒙太尼里擦身而过，距离之近，使那紫罗兰色长袍拂在了他的面颊上——已经走过去了，没有发现他。

没有发现他——啊，他究竟做了些什么？这可是他的最后一次机会——一个宝贵的机会——竟让他给错过了。他突然跳起来，跨到了光亮处。

"神父！"

他的声音回响着，沿着拱形屋顶渐渐消逝了，在他心里注入了莫名其妙的恐惧。他又缩回到黑影里。蒙太尼里一动不动地站在厅柱旁，瞪大眼睛倾听着，吓得魂飞魄散。牛虻说不清那沉寂持续了多长时间，也许只是一瞬间，或者是一段无穷无尽的时间。他猛地一惊，恢复了理智。蒙太尼里摇摇晃晃，仿佛要栽倒，但见他的嘴唇翕动着。起初还听不出声音……

"亚瑟！"终于传来了低语声，"唉，当时的处境很艰难……"

牛虻走上前来。

"请原谅，主教大人！我把你当成这里的一位神父了。"

"哦，原来是那个香客？"蒙太尼里立刻恢复了自制力，不过牛虻见他手上的蓝宝石在闪闪颤动，便知道他仍在打哆嗦。"需要帮忙吗，我的朋友？天色已经晚了，教堂在夜里是不祷告的。"

"如果是我做错了，主教大人，我恳请你原谅我。我见门开着，便走进来祈祷，后来发现你在默思，还以为是个神父，就候在这里，想请他为这个十字架祝福。"

说着，牛虻举起了从多麦尼奇诺那儿买来的一个小小的锡质十字架。蒙太尼里接在手中，又进入大殿，把它在圣坛上搁了一会儿。

"拿去吧，我的孩子，"他说，"请你放心，大慈大悲的上帝是富于怜悯之心的。到罗马去吧，请求他的使臣——教皇为你祝福。祝你平安！"

牛虻垂下头接受了祝福，然后慢慢地转身离开。

"请留步！"蒙太尼里说。

他站在那里，一只手扶在大殿的栏杆上。

"你到罗马进行神圣的感恩和祈祷时，"他说，"请为一个极度痛苦的人祈祷——为一颗受到主严惩的灵魂祈祷。"

他说话时，几乎连声音里都含着泪水，使得牛虻的决心摇了起来。再有一瞬间，牛虻眼看就要自我暴露。可他的脑海里又浮现出来演杂耍的场面，记起自己像约拿①一样有理由怨气填胸。

"我算什么人，上帝怎肯听我的祈祷？我，一个别人躲避唯恐不及的人，一个贱民！我怎能像主教大人一样，可以在上帝的圣座前献上神圣的一生，献上一颗纯洁无瑕、无私无畏的灵魂……"

蒙太尼里猛然将身子扭开去。

"我只有一样东西可以奉献，"他说，"这就是一颗破碎的心灵。"

几天之后，牛虻从皮斯托亚搭乘驿站马车回到了佛罗伦萨。他径直奔往詹玛的寓所，但詹玛出了门。他留下口信说第二天早晨再来，接着便向自己的住处走去，路上真心希望绮达千万不要再次侵入他的书斋。如果今天晚上再听到她妒忌的指责，那一定会像牙科医生嘎嘎响的锉子一样让他的神经承受不了。

"晚安，比安卡，"女仆把门打开时，他说道，"莱尼小姐今天来这儿了吗？"

女仆茫然地呆视着他。

"莱尼小姐？这么说，她回来啦，先生？"

"你这是什么意思？"他在蹭鞋的垫子上留住脚步，皱着眉头问。

"您前脚走，她后脚就突然离开了，什么东西都没拿，连一句要走

---

① 《圣经》中的希伯来预言家，对上帝怨气冲天。

的话也没说。"

"紧跟着我就走啦？怎么，是在两个……两个星期之前吗？"

"是的，先生，是在同一天。她的东西还乱七八糟放着呢！街坊邻居都在议论这事。"

牛虻默默无语地转身离开门阶，沿着小巷疾步向绮达住的那幢房子走去。她的房间里，没有一样东西被人动过，他送给她的礼物全部放在原来的地方，找不到一封信或一张字条。

"对不起，先生，"比安卡把脑袋探进门来说，"有位老太太……"

牛虻恶煞神似的转过身来。

"你来这儿干什么？跟踪我吗？"

"一位老太太想见你。"

"她要干什么？告诉她，我正忙着呢，不能见她。"

"先生，自从你出门后，她几乎天天晚上来，每次都问你何时回来。"

"你去问她有何贵干。不，算啦，我还是自己去吧。"

那老太太正坐在他的客厅门旁等着。她衣着十分寒酸，脸上的皮像欧楂一样又黑又皱，头上缠一条色彩鲜艳的围巾。他进门时，她站起来，用炯炯有神的黑眼睛打量着他。

"原来你就是那个瘸腿的先生，"她以挑剔的目光从头到脚端详着他说，"绮达·莱尼托我给你带个口信。"

牛虻打开书斋的房门，用手扶着门请她进去。随即，他也跟了进去，将门关严，以防比安卡听见。

"请坐下。现在请你讲讲，你是什么人。"

"我是什么人不关你的事。我来这儿是要告诉你，绮达·莱尼跟我的儿子跑啦。"

"跟……你的儿子？"

"是的，先生。如果你有了相好的，却不懂得怎样留住她，你就别怪别的男人把她弄走。我儿子血管里流淌的是热血，而不是牛奶和清水。他是吉卜赛人。"

"啊，原来你是个吉卜赛人！那么，绮达是回到自己的同胞身边啦？"

老太太望着他，露出惊奇和轻蔑的神情。显而易见，这帮基督徒没有一点儿男子气，遭受了侮辱也不生气。

"你有什么了不起的，她怎么能跟你一起生活？我们的姑娘由于心血来潮，或者因你出的价高，可以把身子借给你一时半会儿，但吉卜赛的骨血终究会回到吉卜赛人中间去。"

牛虻的面孔仍是那么冰冷、刚毅。

"她是随一群吉卜赛的大营走的，还是跟你的儿子在一起生活？"

老太太迸发出一阵大笑声。

"你还想去追她，让她回心转意？太晚啦，先生。你早该想到这一点！"

"不对。如果你肯告诉我的话，我只想了解实情。"

老太太耸了耸肩膀，对这种事都忍气吞声容忍下来的男人，实在不值得去羞辱。

"事情是这样的：就在你离开她的当天，她在路上遇见我的儿子，就用吉卜赛语跟他攀谈起来。我儿子见她尽管衣着华美，却是我们一族人，不由得爱上了她那美丽的脸蛋——我们的男人都是这般爱法，然后把她带到了我们的营地。她把满腹的苦水都倒了出来，坐在那里哭哭啼啼的，怪可怜的小姑娘，让我们为她感到心酸。我们好言好语地劝她。最后，她脱下那身华丽的衣服，换上了我们自己姑娘的服饰，把自己交给了我的儿子，成为他的女人，也接受了他做她的男人。他绝不会冲她说'我不爱你'以及'我还有别的事情要做呢'。女人在青春年少之时，需要有个男人。可你算什么男人？当一个美丽的姑娘用胳膊搂住你脖子的时候，你甚至连吻她也不会！"

"你刚才说，"他打断了她的话，"你给我带来了她的一个口信。"

"是的，我们吉卜赛大营出发时，我留了下来，就是为了递口信。她让我告诉你，你们这些人吹毛求疵、缺乏感情，她已经受够了。她想回到自己的同胞那里过自由自在的生活。她说：'请转告他，我是个女人，而且爱过他，就是为了这个原因，我才不愿再做他的婊子了。'那姑娘离开你是对的。只要有可能，女孩子家利用姿色挣点儿钱并无坏处，因为要漂亮脸蛋就是为了这个。但是，一个吉卜赛姑娘绝不会爱上你们那个种族的男人。"

牛虻站了起来。

"她的口信就这么多内容吗？"他说，"那么请你转告她，我认为她做得很对，并祝她幸福。我要说的就这些。再见！"

他站着纹丝不动，直到花园的大门在老太太的身后关上。随后，他坐下来，用双手捂住脸。

这是给他的又一记耳光！难道就不能给他留下一点点脸面、一丝丝尊严吗？他遭受过一个男人所能承受的一切磨难；他的心灵曾经被拖入泥污里，被过往的行人践踏在脚下；他的灵魂处处都留着别人的轻蔑所打下的烙印，处处都留着别人的嘲讽刺出的疤痕。如今，这个他在路旁捡来的吉卜赛姑娘——甚至她也操起了鞭子。

沙顿在门外哀鸣，牛虻起身把它放了进来。那条狗冲到主人跟前，像平时一样表现得欣喜若狂，但它很快就看出情况不妙，便卧倒在他旁边的地毯上，把冷冰冰的鼻子伸进他淡漠的手中。

一个小时之后，詹玛来到了大门前。她敲了敲门，但没人来迎接她，因为比安卡见牛虻不想吃晚饭，便溜到隔壁厨子那里串门去了。比安卡没把门关上，大厅里的一盏灯也没熄。詹玛等了一会儿，随即决定进去看看能不能找到牛虻，因为她想跟他谈谈贝利送来的一个重要消息。她敲了敲书斋的门，里边传来了牛虻的声音："你可以走了，比安卡，我什么东西都不需要。"

她轻轻地推开了门。屋里一片黑暗，可是当她走进去时，过道里的灯投进一束长长的光，她看见牛虻独自一人坐在那里，脑袋低垂在胸前，脚旁睡着那条狗。

"是我。"她说。

他惊跳起来。"詹玛……詹玛！啊，我是多么想见到你呀！"

未等她开口说话，他已跪倒在她脚下，把脸埋在她的裙褶里。他的整个身体痉挛似的抖作一团，这情形真比看到他哭泣更让人难过。

她静静地站着。她一点儿忙也帮不上——根本没有办法帮忙。这是最叫人痛苦的了。她只能站在一旁消极地观望——只要能解除他的痛苦，她不辞一死。她只要敢于俯下身子将他拥抱在怀里，让他紧贴在自己的心口上，用自己的身体保护他，使他不再蒙受伤害和冤屈，那他肯定又会变成她的亚瑟，曙光肯定会出现，阴影肯定会逃遁。

啊，不，不！他怎能忘记过去？不就是她把他抛进了地狱——不就是她用自己的右手搧了他一记耳光吗？

她白白错过了这一时机。只见牛虻慌忙站起来，坐到桌旁，用一只手捂住眼睛，以牙齿咬住嘴唇，仿佛要把它咬穿。

不一会儿，他抬起头平静地说：

"恐怕让你受惊了。"

她朝他伸出双手。"亲爱的，"她说，"难道咱们之间的友情还不足以使你对我有一点点信任吗？这到底是怎么回事？"

"只是我个人的一些麻烦，我觉得你不必担心。"

"你听我讲，"她继续说道，双手握住他的一只手，想平息那痉挛性的抖动，"我并非企图过问自己不该过问的事情。可既然你出于自己的本意把你的许多隐私都告诉了我，何不可以再多告诉我一点儿——全当我是你的妹妹就是了。如果面具能给你带来安慰，你不妨把它罩在脸上，但为了你自己好，切不可在你的灵魂上也戴一个面具。"

牛虻把头垂得更低了。"你必须对我有耐心，"他说，"恐怕我不是个令人满意的兄长。不过，你只要知道……这一个星期里，我差点儿没发疯，就像又回到了南美洲。不知怎么，我跟中了邪一般……"他刹住了话头。

"我就不能分担你的忧愁吗？"她最后低语道。

他的头一沉，伏在了她的胳膊上说："上帝的惩罚是严厉的。"

第三篇

第一章

接下来的五个星期，詹玛和牛虻情绪高昂、加班加点地工作，是在令人眼花缭乱的变迁中度过的，没有时间和精力考虑他们自己的事情。武器安全抵达教皇领地后，还剩下一个更艰难、更危险的任务：把武器从山洞及沟壑里的秘密贮存处神不知鬼不觉地转移到各个中心，然后再分散到各个村庄里。那个地区到处有密探出入。受牛虻之托运送弹药的多麦尼奇诺派信使到佛罗伦萨来，紧急请求增援或延迟时间。牛虻曾坚决主张，这项工作必须在6月中旬前完成。可由于在恶劣的路面上运送重货物是件棘手的事，而且，由于必须不时地避人耳目，会出现层出不穷的障碍和延误，多麦尼奇诺便有些沉不住气了。"我现在左右为难，"他在信中写道，"我怕人发现，不敢加快工作的速度，可为了及时做好准备，又不能缓慢行事。请立刻给我派个得力的助手，要不就通知威尼西亚人，非得到7月份的第一个星期我们才能准备停当。"

牛虻把信拿给詹玛。詹玛看信的时候，他低头皱着眉坐在那儿，逆方向抚弄着猫身上的毛。

"情况很糟,"詹玛说,"我们总不能让威尼西亚人再等上三个星期呀。"

"当然不能,那是很荒唐的。多麦尼奇诺应……应该明……明白。我们必须听从威尼西亚人的领导,而不是他们听从我们。"

"我觉得也不能怪多麦尼奇诺,他显然已尽了全力,不能让他去办不可能办到的事。"

"错不在多麦尼奇诺身上,怪都怪他一个人不能分成两个用。我们至少得有一个人负责看守贮存的武器,另一个管运输。他说得很对,必须给他派个得力的助手。"

"可是派给他什么样的助手呢?咱们在佛罗伦萨是无人可派的。"

"那我就得亲自去。"

她朝后一仰靠到椅背上,微微皱着眉看着他。

"不,这不行,风险性太大。"

"如果找……找不到别的办法解决困难,就只能这样办。"

"那就必须找到别的办法,没什么可说的。眼下你根本不能再到那里去。"

牛虻的下唇角出现了一条执拗的纹线。

"我认为并非根本不能去。"

"如果你平心静气考虑一下,就会明白的。你回来才五个星期,警方正在追查你这个香客,正满世界找线索呢。不错,我知道你擅长化装,可是别忘了,就在你装扮成迪雅果和那个乡下人时,许多人都见过你,而且,你无法掩饰你的跛足和脸上的疤痕。"

"天下的跛子多得是。"

"不错,然而在罗马格纳,像你这样瘸着一只脚,脸上横一道疤痕,左胳膊受过伤的人是不多的。另外，还有你那蓝色的眼睛以及黝黑的肤色也很招眼。"

"眼睛不碍事，我可以用颠茄制剂叫它们变个样。"

"其他的特征你却改变不了。不，这是不行的。你有这么多的特征，眼下跑到那儿去，就等于眼睁睁地往陷阱里跳。你肯定会被抓住的。"

"但总得有……有人去协助多麦尼奇诺呀。"

"在这样的危急关头，你被抓住，对他是毫无帮助的。你的被捕将会使整个方案归于失败。"

可牛虻不容易劝服，二人争来争去也没有争出个名堂来。詹玛始终觉得，他的性格里蕴藏着近乎无穷无尽的沉着、顽固的因素。如若不是感觉到了这件事情的严重性，她大概早就让步了，以求得到太平。然而，这不是一件能让她心服口服做出让步的事情。她觉得他跑一趟得不到多少实际的好处，不值得冒那种险。于是，她禁不住感到他一门心思要去，并不是考虑到了政治上的迫切需要，而是病态地渴望从冒险中寻求刺激。他已经养成了拿生命当儿戏的习惯，她觉得他偏爱进行不必要的冒险是一种任性，应沉着坚定地加以抵制。后来见自己的苦口婆心无法改变他自行其是的顽固决定，她便使出了撒手锏。

"不管怎样，咱们还是坦诚相见吧。"她说道，"是什么就是什么。你这么坚决要去，并不是为了解决多麦尼奇诺的困难，而是出于你自己的个人感情……"

"这不是事实！"牛虻激烈地打断了她的话，"他跟我无关，我就是永远见不到他，也不在乎。"

他停了下来，因为从她的脸上看出他已暴露了自己的心事。二人的目光瞬间相撞，又都垂了下来，他们对那个名字都心照不宣。

"我并不是要去救多麦尼奇诺。"他终于喃喃地说，然后将半边脸埋在猫的毛里，"我……我很清楚，如果他得不到援助，行动就会有失败的危险。"

她对他无力的遁词置之不理，像是不曾被人打断过似的，径自说下去：

"你硬要去那里，是因为你向往冒险。你心情烦闷时，就渴望干危险的事情，正如你生病时渴望服鸦片一样。"

"并不是我要服鸦片，"他不愤地说，"而是别人硬要我服。"

"反正你有些以自己的坚忍不拔精神为荣，请求别人为你解除肉体上的痛苦会刺伤你的自尊心哩。可你冒生命危险缓解精神上的烦躁却可以使你的自尊心得到满足。不过，说到底，其中的区别也只是世俗的偏见。"

牛虻把猫的脑袋向后一拉，低头望着那双绿色的圆眼睛。"这是真的吗，帕西特？"他说，"你的女主人说我的这些尖刻的话都是真的吗？难道我罪不容恕吗？你这个聪明的家伙，你从未问人要过鸦片，对吗？你的列祖列宗是埃及的神，没有人踩过它们的尾巴。可我很想知道，如果我把你的这只爪子放到烛火上烧，你对人世间的疼痛是否还能保持镇定和超脱。那时你会求我给你鸦片吗？会吗？或者，服鸦片也许能救你的命呢？不，小猫咪，咱们没权利图方便而一死了之。如果能得到安慰，咱们可以叫骂，但绝不该把这只爪子拿开。"

"够啦！"詹玛把猫从他的膝上抱走，放到了一只脚凳上，"这些事情你我以后有了时间再考虑。当下必须考虑的是如何使多麦尼奇诺摆脱困境。什么事，卡蒂？来客人啦？我正忙着呢。"

"赖特小姐派人给你送来了这个，夫人。"

那是一个封得很严实的包裹，里面有一封寄给赖特小姐的信，但没有拆开，贴的是教皇领地的邮票。詹玛的一些老同学仍住在佛罗伦萨。

为安全起见，她的比较重要的信件常常用那些人的地址接收。

信中似乎讲的是亚平宁山区一座寄宿学校夏季开课的事情。詹玛飞快地把信扫了一眼，指着纸角上的两个小墨点说："这是米凯利做的记号。信是用化学墨水写的，显字灵在写字台的第三个抽屉里。对，就是它。"

牛虻把信摊在桌子上，用小刷子在上边抹了一气。当真正的内容以一行鲜亮的蓝色墨迹显现在纸上时，他朝椅背上一仰，哈哈大笑起来。

"写的是什么？"詹玛慌忙问。他把信递给了她。

多麦尼奇诺被捕。速来。

她拿着那页纸一屁股坐下来，以绝望的目光呆呆地盯着牛虻。

"怎……怎么样？"最后，他低声拉长音调，带着挖苦的劲儿柔声说，"这下该同意我去了吧？"

"是的，我想你得去一趟，"她叹了口气答道，"而且，我也去。"

他有点儿吃惊地抬起头来。"你也去？可是……"

"我当然要去。我知道佛罗伦萨不留一个人是非常糟糕的，但一切工作都必须暂停，得给那边多添一两个帮手。"

"那边能找到许多帮手。"

"但他们不是你可以完全信赖的人。你自己刚才还说必须有两个责任心强的人负责那儿的工作，既然多麦尼奇诺独力难支，让你单枪匹马地干也显然是不可能的。别忘了，你的境况如履薄冰，做那种工作会遇到诸多不便，所以你比任何人都需要帮手。原本得由你和多麦尼奇诺携手，现在必须由你我合力。"

牛虻愁眉不展地思索了一会儿。

"是的，你的话完全正确，"他说，"咱们越早动身越好。不过，咱俩不能一道上路。我今晚走，你可以搭乘明天下午的驿车出发。"

"到哪个地方？"

"这咱得合计一下。我觉得我最好直接赶到法恩查。如果今天深夜出发，我就骑马到博尔戈圣洛伦佐，在那儿化好装继续朝前走。"

"我看只好这样了。"詹玛说道，她微微皱起的眉梢上含着一丝忧虑，"不过，你匆匆忙忙地出发，又委托博尔戈的走私贩子为你找化装的衣服，这样做风险很大。你至少应该有三天的时间隐匿形迹，然后再过边境。"

"你不必担心，"他笑吟吟地回答，"我也许以后会被抓住，但不是在边境上。只要一进山，就和这儿一样安全了，亚平宁山里的走私贩子没有一个会出卖我。我心里不太踏实的是，你怎么过边境？"

"哦，那简单得很！我拿上鲁意丝·赖特的护照，就说去度假。罗马格纳没有一个人认识我，但每一个密探都认识你。"

"幸……幸运的是，每一个走私贩子也都认识我。"

她掏出了怀表。

"现在两点钟。如果你夜里出发，就只剩下下午和傍晚这段时间了。"

"我最好回家去，把一切都安排好，找一匹出色的马。我骑马到圣洛伦佐去，这样安全些。"

"可如果去租马，就谈不上安全了。店主会……"

"我不租马。我认识一个人，问他借一匹就是了——他很可靠。他以前为我做过一些事情。不出两个星期，就会有个牧羊人把马送回来。等到五点或五点半钟，我再到这儿来。我走后，希望你去找马丁尼把事情对他解释清楚。"

"找马丁尼!"她转过身来，惊愕地望着他。

"是的，咱们必须对他推心置腹，除非你能想出另外的人来。"

"我不大明白你的意思。"

"这儿必须有可以信赖的人，以防出现特殊的困难。在这里的所有人当中，马丁尼是最让我放心的。当然，里卡多也会不遗余力地帮忙，但我认为马丁尼的头脑更沉稳些。不过，你比我更了解他，所以还是按你的想法做吧。"

"马丁尼是很可靠，而且在各个方面都精明强干，对此我毫不怀疑；我认为他可能会答应尽力帮助我们的，不过……"

他立刻明白了她的顾虑。

"詹玛，如果一位同志处境危急，你本来可以提供帮助，那位同志却因为怕刺伤你的感情或破坏你的心绪，没有来求你，你发现后心里会是什么滋味呢？你能说这样的态度是一种真正的关心吗？"

"好吧，"她略微迟疑了一下之后说道，"我马上叫卡蒂去请他来。卡蒂走后，我就去取鲁意丝的护照——她答应过随时可以借给我用。钱怎么办？我从银行里取一些吧？"

"不，别在这上边浪费时间。我可以从我的存折上取钱，够用一段日子的。以后等我存折上的钱用完，再用你的。那么，咱们五点半碰面。到时候你肯定在这里吗？"

"啊，肯定在！到那个时候我早就回来了。"

在约定的时间过去半个小时之后，牛虻才赶了回来，发现詹玛和马丁尼一起坐在露台上。他立刻看出他们谈得很不投机，二人的脸上都看得出争吵过的痕迹，马丁尼此刻异常沉默和阴郁。

"一切都安排妥当啦？"詹玛抬起头问。

"是的。我给你带了些盘缠来。我要的马夜里一点钟在罗索桥的栅栏旁等我。”

"那不是太迟了吗？你应该在明日清晨人们没起床之前进入圣洛伦佐。"

"我会的，因为这是一匹速度非常快的马。我不愿在离开这儿的时候，被任何人注意到。我不能再回家去了，有个密探在门口监视，他以为我在屋里呢。"

"你出来时怎么没被他看到？"

"我从厨房的窗户跳进后花园，又翻过邻家果园的墙头，所以来得这么迟——我不得不这样避开他。我让马的主人点着灯在书斋里坐一晚上。密探瞧见窗子里的灯光和窗帘上的人影，一定会以为我今天晚上在家里写东西。"

"那么你就留在这里，到时间便直接到栅栏那儿？"

"是的。今晚我不想再让人在街上瞧见。抽支雪茄吗，马丁尼？我知道波拉夫人不介意别人抽烟。"

"我要离开一下，想介意也不行。我得下楼帮卡蒂弄饭。"

詹玛走后，马丁尼站起身，背着手踱起步来。牛虻坐在那儿抽烟，默默无语地望着窗外的蒙蒙细雨。

"里瓦莱兹！"马丁尼在他面前停住脚步，用眼睛盯着地面说，"你这是要把她拖进什么样的事情当中呢？"

牛虻把雪茄从嘴上拿开，吐出一缕长长的烟雾。

"是她自己选择的，"他说，"没有任何人强迫她。"

"是的，这我知道。但请你告诉我……"

马丁尼又停了下来。

"只要能讲的，我会全都告诉你。"

"好吧，那么……我不太了解山里的详细情况……你是否要带她去执行极其危险的任务?"

"想听实话吗?"

"是的。"

"那么……是很危险。"

马丁尼转回身,继续来回踱步。不一会儿,他又停了下来。

"我想再问你一句话。如果你不愿回答,当然也就算了。但如果你愿意回答,那就讲实话。你爱她吗?"

牛虻从容地磕掉烟灰,默不作声地继续抽烟。

"这就是说……你不愿回答?"

"不,我只是在想我有权利知道你为什么要问这个。"

"为什么?天哪,你看不出来是为什么?"

"啊!"他放下雪茄,目不转睛地盯着马丁尼。"是的,"最后,他慢吞吞地轻声说道,"我是爱她。但你不要以为我会向她求爱,或者为爱情愁肠寸断。我只打算……"

他的声音显得奇异、含混和低弱,最后消失了。马丁尼朝跟前凑了一步。

"只打算干什么?"

"去死。"

他直愣愣地望着前方,表情冰冷而凝固,仿佛已经死去。等他再说话时,声音显得出奇地平淡且缺乏生气。

"你不必事先让她为此事烦心,"他说道,"我绝无生还的机会。这次行动对大家来说都是很危险的,她跟我一样心中有数。不过,那些走私贩子会竭尽全力保护她,不让她落入敌手。他们虽然有些粗野,但都是好样的。至于我,绞索已套在我的脖子上,一过边境我就会把索套抽紧。"

"里瓦莱兹，你这是什么意思？这当然是件危险的工作，尤其是对你，对此我是了解的。可你以前常常穿越边境，而且每次都很成功。"

"是的，但这次我会栽跟头。"

"为什么？你怎么知道？"

牛虻凄惨地微微一笑。

"德国有一个传说，讲的是一个人在遇到伤心的事儿时便一死了之，这你还记得吗？不记得？他绝望地绞扭着双手，深夜在一个孤寂无人的地方了结了生命。上次在山里边我就遇到了一件伤心的事。这次再一穿过边境，我就回不来了。"

马丁尼走上前，一只手搭在他的椅背上。

"听着，里瓦莱兹！你说这一席玄奥的话，我连一个字也不懂，但我懂得一点：既然你有这种感觉，就不适合到那边去。你怀着被捕的信念，那你一去肯定会被抓住。你八成是病了或者思想出了问题，才会产生这等古怪的念头。如果让我代替你去怎么样？不管什么样的实际工作我都能够完成，你只需跟你的人送个口信，解释……"

"让你替我去死？这倒是个绝妙的主意。"

"啊，我不一定就会被杀死！他们认识你，却不认识我。再说，即便我死去……"

他停下来，牛虻抬起头用无精打采的目光探寻地注视着他。马丁尼的手垂了下来。

"她对我的怀念不见得会像对你那么深切。"他以极端实事求是的声音说，"另外，里瓦莱兹，这是一件公事，咱们必须以实际的观念看待问题——尽量考虑多数人的得失。你的'终极价值'——经济学家不就是这样叫的吗？——按说比我的高，我虽然并不特别喜欢你，但还是有足够的理智看到这一点。你是一个比我重要的人，我不敢肯定你是否比我好，但你的价值的确比我的大，所以你死会比我死损失更惨重。"

他说话的口气，像是在交易所谈论股票的价值。牛虻抬眼望望他，浑身打着哆嗦，仿佛冷得不行。

"你就不能让我等着坟墓开启，将我吞没吗？

假如我必须死，

我情愿与黑暗永结良缘……①

"算啦，马丁尼，你我都在胡说八道。"

"你当然是在胡扯。"马丁尼态度生硬地说。

"是的，你也一样。看在上天的分儿上，咱们就不要效仿堂卡洛斯和波莎侯爵②，沉湎于浪漫的自我牺牲了。现在已经是 19 世纪了。如果我的任务是死，我就得去死。"

"照此说来，如果我的任务是活下去，我就得活下去喽。你可真走运，里瓦莱兹。"

"是的，"牛虻字简词精地表示同意，"我一向都很走运。"

他们默默地抽了会儿烟，然后开始讨论工作的细节。当詹玛上楼喊他们吃饭时，二人无论是表情还是举止，都没有显露出他们的谈话曾出现过什么反常的现象。吃过晚饭，他们坐在一起商量行动方案，又做了些必要的安排。直到十一点钟，马丁尼起身把帽子拿在手中说："我回家去取骑马用的斗篷，里瓦莱兹。我觉得你穿斗篷不容易让人认出来，比这身便装强。我还想出去侦察一下，确保周围没有密探，然后咱们再

---

① 摘自莎剧《以牙还牙》。

② 德国诗人席勒的悲剧《堂卡洛斯》中的两个主要人物，是 16 世纪的自由战士。

出发。"

"你陪我到栅栏那儿?"

"是的。万一有人跟踪,有四只眼睛总比两只眼睛安全些。我十二点以前回到这儿来。我不来,你千万不能走。我还是把钥匙拿上吧,詹玛。免得按门铃把别人吵醒。"

马丁尼接钥匙时,詹玛抬起眼睛瞧了瞧他的脸。她明白他编造出一个借口来,目的是想让她和牛虻单独待会儿。

"你我明天再谈,"她说,"早晨我的行装打点好后,还是有时间的。"

"哦,是的,时间很宽裕。有两三件小事我想问问你,里瓦莱兹。不过,这可以在到栅栏那儿去的路上问。詹玛,你还是让卡蒂睡觉去吧。你们俩说话尽量小声点儿。那么,咱们十二点再见。"

马丁尼微微点点头、笑笑,然后就走了。他出门时随手砰的一声将门带上,好让邻居听见波拉夫人的客人已经走了。

詹玛到厨房里跟卡蒂道了晚安,然后用托盘端了浓咖啡回来。

"你想躺下来休息一会儿吗?"她说,"今夜你再不会有时间睡觉了。"

"哦,亲爱的,不!到了圣洛伦佐,那些人为我准备化装的东西时,我就可以睡觉。"

"那就喝些咖啡吧。等等,我去给你拿些饼干来。"

詹玛跪在食品柜前取东西时,牛虻突然在她的肩上方弯下腰来。

"里面放的是什么东西呀?巧克力乳酪和英国太妃糖!哇,奢侈得跟国王一样!"

她仰起头瞧瞧他,听他语调热情洋溢,不由得淡然一笑。

"你喜欢吃糖果?我总是为西萨尔备着一些,他简直是个小孩子,不管什么糖都爱吃。"

"真……真的吗?那你明天另给他买一……一些,这些糖让我带走。"

不，还是让我把……把太妃糖放进衣袋吧，它可以安慰我，以补偿生活中失去的欢乐。我真希……希望在我被绞死的那天，他们会给我块太妃糖吮吮。"

"啊，起码得让我找个纸盒子把糖装上，然后再往衣袋里放！要不会弄得黏乎乎的！把巧克力也放进去吗？"

"不，巧克力我想现在就吃，跟你分享。"

"可我不喜欢吃巧克力。我要你过来好好地坐下，像个有理智的人，在咱们俩当中的一个遇害之前，很可能不会再有安安静静谈话的机会了……"

"她竟然不……不喜欢吃巧克力！"牛虻喃喃自语道，"那我就得自己吃了。这是上绞架前的最后一顿晚餐，不对吗？今晚，你可得满足我的一切要求。首先，我想让你坐在这把安乐椅上。而我就像你刚才所说的，躺在这儿休息休息。"

他卧倒在她脚前的地毯上，将胳膊肘支在椅子上，仰望着她的脸。

"你的脸多么苍白啊！"他说，"这是由于你把生活看得太悲惨和不喜欢吃巧克力的缘故……"

"请你正经一些，只有五分钟也行！这毕竟是生死攸关的事情。"

"甚至连两分钟也不行。生也罢，死也罢，都不值得正儿八经。"

他早已把她的两只手拉住，这时正用指尖抚摸着她的手。

"不要一脸的严肃相，米涅瓦女神①！你马上要把我吓哭的，到时候你将追悔莫及。我真心希望你能再对我笑笑，因为你的笑能给人以意想不到的喜悦。嗯，亲爱的，你可别责骂我！让咱们一起吃饼干吧，像两个乖孩子一样，不要再争吵不休——因为明日咱们也许会死去。"

---

① 罗马神话中，司智慧、学问、战争等领域的女神。

他从盘中取过一块甜饼干，小心地掰为两半，把点缀的糖花也一丝不苟地从中间分开。

"这是一种圣餐，跟教堂里的谦谦君子们吃的那种一样。'拿去吃吧，这是我身上的肉。'^①而且，咱们必须用同……同一个酒杯喝酒，这你是知道的，对——就这样。'干杯，为纪念……'^②"

她放下了酒杯。

"请别这样！"她说着，几乎哽咽起来。他抬起头，又拉住了她的手。

"嘘！那就让咱们安静一会儿吧。当咱们当中的一个就义之后，另一个会记住这幕情景。我们将忘却这个狂呼乱吼，一个劲在我们的耳旁喧闹着的世界，手挽手地一道奔往秘密的死亡殿堂，安息在罂粟花丛中。嘘！我们将得到彻底的安宁。"

他把头架在她的膝盖上，用手捂住脸。在一片沉寂之中，她俯下身，将手放在他的黑发上。时间便这样一点点流逝。他们谁都不动一下、不吭一声。

"亲爱的，快十二点啦。"她最后说道。他仰起了头。

"咱们只剩下几分钟了，马丁尼很快就会回来。也许，咱们再也不能相见。你没有话对我说吗？"

他慢慢地立起身，走到了房间的另一侧。接着，是一段短暂的沉默。

"我只有一件事要说，"他用一种低得几乎听不见的声音说，"有件事得告诉你……"

他话到半截却停了下来，在窗前坐下，把脸埋在两手中。

"这么长时间了，你终于决定发慈悲啦。"她柔声细语地说。

---

① 基督在"最后的晚餐"上对弟子们说的一席话。

② 同上。

"在我的生活中，对我发慈悲的人是不多的。起初我以为……你不会在意……"

"你现在不那么认为了吧?"

她待了一会儿，等他开口说话，后来走过去站到了他身旁。

"那就最后把真相说出来吧，"她低语道，"你想想，如果你死了，而我没有——我就要终生蒙在鼓里——永远也不能十分确定……"

他拉起她的手，紧紧地握住。

"如果我遇到不测——情况是这样的，当我去南美时——啊，马丁尼!"

他猛然一惊，慌忙从她身边走至一旁，将房门一把拉开。马丁尼正在门垫上蹭他的靴子。

"一如既往，准时得分秒不差! 你可真是个活……活时钟，马丁尼。这就是那件骑……骑马用的斗篷?"

"是的，还有两三件别的东西。外边下着瓢泼大雨，我尽量使这些东西不至于被浇湿。恐怕你这一路要受罪了。"

"哦，这不要紧，街上没尾巴吧?"

"没有，好像所有的密探都睡觉去了。今天夜里天气这么恶劣，所以这也并不奇怪。那是咖啡吗，詹玛? 在挨大雨浇之前，他应该喝点儿热的东西，不然会感冒的。"

"这是清咖啡，味道太浓，我去煮些牛奶。"

她进了厨房，狠狠地咬着牙齿，紧紧地握住拳头，免得哭出声来。待她端着牛奶回来时，牛虻已披上了骑士斗篷，正在系马丁尼给他带来的皮质绑腿。他站着喝了杯咖啡，然后拿起宽檐儿骑士帽。

"我想出发的时间到了，马丁尼。咱们必须先兜个圈子，再到栅栏那儿，以防万一。夫人，咱们就暂时分手了。如果不出现特殊情况，我星期五跟你在弗尔利会面。等等，这……这是地址。"

他从笔记簿上撕下一张纸，用铅笔写了几个字。

"地址我已经有了。"她以单调、平静的声音说。

"真的？哦，没关系，把这也拿上。走吧，马丁尼。嘘——嘘——嘘！别让门弄出响声。"

他们轻手轻脚摸下楼去。待临街的门吱呀一声在他们身后关上时，她回到房间里，机械地展开牛虻塞进她手里的那张字条。在地址的下边写着这样一句话：

"到了那边，我把所有的一切都告诉你。"

第二章

这天是布里西盖拉的集市日，本地区的乡下人从大小村庄前来赶集，带来了肥猪、家禽、乳制品以及一群群沾些野性的山区的牛。市场上挤满了川流不息的人群，有的在哄笑和逗趣，有的则讨价还价地购买干无花果、廉价蛋糕和葵花子。几个肤色黝黑的孩子顶着炎炎烈日，光着脚片、低着脑袋在人行道上玩耍，而他们的母亲带着一篮篮的牛油和鸡蛋坐在树荫下。

蒙太尼里主教大人出来给人们道早安，立刻被一群喧闹的孩子们团团围住，孩子们争着向他献大束大束从山坡上采来的蝴蝶花、鲜红色的罂粟花以及清香扑鼻的白水仙。爱戴蒙太尼里的人们原谅他对野花的偏爱，认为一点点痴傻的嗜好对大智大慧的人是非常合适的。如果是一个不似他这般受公众爱戴的人，在屋里摆满野草闲花，就一定会招致人们的嘲笑。可是，这位福星高照的红衣主教有一星半点儿无伤大雅的怪癖，是不会引起非议的。

"喂，马列西雅，"蒙太尼里停下来，在一个孩子的头上拍拍说，"你比上次我见到你时长高了。你祖母的风湿病好些了吗？"

"最近好些了，大人，但我母亲的病情却恶化了。"

"这话让我很难过。你回去告诉你母亲，让她哪天到这里来，看看乔达尼医生能为她做些什么。我为她找歇脚的地方，换换环境也许对她有好处。路伊基，你的气色好些了，你的眼睛怎么样呢？"

蒙太尼里边向前走，边和山民们聊天。他总能记得孩子们的姓名和年龄，记得他们以及他们父母的忧患。他有时停下脚，怀着同情之心询问圣诞节时染病的母牛目前的健康情况，或者询问上个集市日被车轮轧烂的布娃娃的情况。

待他回到主教宫里，集市贸易开始了。一个跛子身穿蓝衬衣，乱蓬蓬的一绺黑发遮在眼前，左侧脸颊上深深地刻着一道刀疤，只见他悠闲地踱到一个货摊前，以非常蹩脚的意大利语要一杯柠檬汁喝。

"你不是本地人。"那个为他斟柠檬汁的女人打量了他一眼说。

"是的。我来自科西嘉。"

"来找活干？"

"是的。收干草的季节马上就要到了，有位绅士在拉文纳附近办了家农场，那天跑到巴斯迪亚对我说，这儿的活是很多的。"

"但愿你能找到活，不过这一带的光景其实很糟。"

"科西嘉的光景更糟，大妈。不知我们这些穷人该怎么活。"

"你是一个人来的？"

"不，我有个伴呢，就是那个穿红衣服的。喂，保罗！"

米凯利听见有人叫他，便晃晃悠悠走了过来，两只手插在口袋里。他为了不让人认出来，头上戴着红色发套，装扮成一个地道的科西嘉人。

至于牛虻化的装，那更是惟妙惟肖了。

他们一道闲逛着穿过市场，米凯利从牙缝里吹着口哨，而牛虻肩头挎一个包袱，拖着脚步走路，好让别人不容易看出他的瘸腿。他们在等待一位密使，准备把一些重要情况交代给他。

"麦康尼来了，骑着马，在那边拐角上。"米凯利突然低语道。牛虻仍挎着包袱，拖着脚步向那个骑马人走去。

"想找个收干草的吗，先生？"他摸了摸他的那顶破帽子说，然后还用一个手指摸摸马笼头。那是双方约好的暗号，只见那个貌似乡绅府内管家的骑马人翻身下马，将缰绳甩到马脖子上。

"你都能干些什么活，伙计？"

牛虻摆弄着他的帽子。

"我会割草，先生，还会修篱笆。"他答道。接着，他又径直说下去，"深夜一点钟到圆洞洞口去。你必须备两匹好马和一辆车，我在洞里等候——还有，我能开垦荒地，先生……"

"这就够啦，我需要的只是一个割草的。以前为人帮过工吗？"

"帮过一次，先生。记住，来的时候一定要武装好，我们可能会碰上巡逻队。不要走森林小道，另一条路比较安全。如果遇上暗探，不要停下来跟他啰唆，立刻朝他开枪……我很高兴为你工作，先生。"

"是的，就算这样吧，可我想要一个有经验的割草工人。不行，今天我身上一个子儿也没带。"

一个衣衫褴褛的叫花子无精打采地朝他走过来，嘴里发出凄惨、单调的哀叫声。

"看在圣母的分儿上，可怜可怜一个苦命的瞎子吧……赶快离开这地方，有支巡逻队正向这儿靠近……最最神圣的天堂王后，纯洁的圣女啊……他们是奔你来的，里瓦莱兹，不出两分钟就会抵达这里……愿圣贤报答你……你必须冲出去，因为四边都有暗探。要想溜走不被人瞧见，是不可能的。"

麦康尼把马的缰绳塞进了牛虻的手中。

"事不宜迟！你骑马冲到桥那儿，然后把马放走，躲进山谷里去。我们都带着武器，可以拦上他们十分钟。"

"不，我不能让你们落入敌手。你们都集合到一起，跟在我后边一起开枪，朝我们的马跟前移动，它们就拴在那边主教宫门口的台阶旁。另外，把短刀都准备好。咱们边开火边撤退。看我扔掉帽子，大伙儿就砍断拴马索，各自跳上最近的一匹马。这样，咱们就可以潜入树林。"

他们说话的声音又平静又低沉，就连近旁的人也会以为他们在谈割草的事，而非危险的计划。麦康尼牵着自己那匹牝马的缰绳，朝着那群拴着的马走去。牛虻晃晃悠悠地走在他旁边。而那个叫花子伸着手苦苦哀求着跟在后面。米凯利吹着口哨挨上来，叫花子从他身边经过时把情况告诉了他，而他又不动声色地转告了正在树下嚼生葱的两个乡下人。那三人立刻起身跟他走了。于是，任何人都没注意到这七个人全部集中在了主教宫门口的台阶旁，各自都手按藏着的短枪，一抬腿就可以冲到拴着的马跟前。

"在我行动之前，不要暴露自己，"牛虻以平静、清晰的声音说，"他们也许认不出咱们来。我开枪后，你们再一起发难。不要朝人打，把他们的马腿打断，让他们追不成咱们。三个人先开火，另三个趁机装弹药。在牵马的时候，如果有人挡在中间，就开枪打死他。我骑那匹栗色马。我扔掉帽子，大伙儿就各自上马，遇到任何情况都不能停下来。"

"他们来了！"米凯利说。牛虻转过身去，显出一副天真、愚笨和惊惶的神情，但见人们突然停止了交易。

十五个全副武装的人骑着马慢慢地走进市场，他们艰难穿过拥挤的人群，要不是广场的四处都布有暗探，这七位秘密工作者趁着众人把注意力集中在那群士兵身上的当儿，全可以悄悄脱身。米凯利向牛虻身前靠了靠。

"咱们现在溜不掉吗？"

"不行，四周尽是暗探，其中有一个人认出了我，刚才派人去把我在的位置告诉了那个队长。只有打断他们的马腿，咱们才可以脱身。"

"是哪一个暗探？"

"就是我要开枪打的第一个人。都准备好了吗？他们已经冲出了一条路，马上就要杀过来了。"

"闪开！"那位队长叫道，"我以教皇的名义命令你们！"

人群既惊慌又惊讶，急忙向后退去，士兵们快马加鞭向主教宫台阶旁的这一小群人冲来。牛虻从怀里掏出枪，并未向逼近的军队瞄准，而是朝着那个向他们的马摸过来的暗探开了一枪。那家伙被打断了锁骨，应声倒下了。随着这一声枪响，紧跟着又响了六枪。与此同时，秘密工作者们坚定地向拴着的那群马靠近。

骑兵队里有匹马脚下被绊了一下，惊跑了，另有一匹马可怕地嘶鸣了一声栽倒在地。接着，在人们惊恐不安的尖叫声中，传来了指挥官专横的大声吆喝——他直立在马镫上，将手中的剑高擎在头顶上方。

"这边来，弟兄们！"

他在马鞍上晃了晃，身体向后一沉。牛虻刚才又放了一枪，枪法很准。一小股鲜血顺着队长的军服朝下流淌，可他拼命地稳住身子，抓住马鬃，恶狠狠地叫嚷道：

"如果不能活捉，就打死那个瘸腿的恶魔！他就是里瓦莱兹！"

"再给我支枪，快点儿！"牛虻冲着他的同志们喊道，"你们都走！"

他扔掉了帽子。这一扔刚是时候，因为那些被激怒的士兵们已挥着闪闪发光的马刀冲到了他跟前。

"放下武装，你们全体！"

蒙太尼里红衣主教突然介入交战双方之间，有位士兵恐慌地尖声叫嚷道：

"主教大人！天哪，你会被打死的！"

谁料蒙太尼里又朝前走了一步，面对着牛虻的枪口。

有五位秘密工作者已纵身上马，沿着崎岖的街道冲去。麦康尼也跃到了他那匹牝马的背上，驰离之际回首一望，想看看他们的领袖是否需要援助。那匹栗色马离牛虻近在咫尺，再有一瞬的时间，所有人都可以安全脱险。可那个穿红色法衣的人一走上前，牛虻突然犹豫起来，垂下了握枪的手。这一刹那决定了一切。他立即被围在了中间，被猛地掼倒在地，一个士兵用刀背磕飞了他手中的武器。麦康尼用马镫踢了踢马肚子，因为他身后的斜坡上响起了追兵震天动地的马蹄声。留在这里一道被捕，非但无用，反而会把事情弄得更糟。他一边纵马飞驰，一边坐在马鞍上转过身，准备把最后一颗子弹迎面射向离他最近的那个追兵，却看见牛虻血流满面地被马蹄践踏，被士兵和暗探们踩在脚下，同时听到了追捕者野蛮的咒骂声以及胜利和愤怒的叫喊声。

蒙太尼里没有注意到这里所发生的事情，因为他已离开了台阶，正在设法安抚受到惊吓的群众。片刻之后，他在那个受伤的暗探跟前俯下身来，可人群中惊恐的骚动又使他抬起头来。原来那些士兵绑住了俘虏的双手，正用绳子拖着他穿过广场。俘虏的脸色由于痛苦和疲倦变得铁青，他呼哧呼哧喘不过气来，但还是转过头望望红衣主教，咧着苍白的嘴唇笑了笑，低声说道：

"我祝……祝……贺你，主教大人。"

五天之后，马丁尼赶到了弗尔利。他收到了詹玛寄给他的一包印刷品，这是他们事先约好的遇到特殊的紧急情况需要他帮忙的暗号。他回想起那天在露台上的谈话，立刻便猜出了真相。他一路上不停地思考，觉得这样推测牛虻遇到不幸是完全没有理由的，认为要是把如此神经质和富于幻想的人说出的一番幼稚、迷信的话太当真，未免有些荒唐。可他越是想排除那念头，那念头反倒在他心里越是根深蒂固。

　　"我已猜到了是怎么回事：肯定是里瓦莱兹被捕了吧？"他走进詹玛的房间时说。

　　"他上星期四在布里西盖拉被抓住啦。他曾拼命自卫，打伤了巡逻队的队长和一名暗探。"

　　"武装抵抗——事情很严重！"

　　"反正都是一个样，他已身陷险境，多开一枪对他的情况也不会有多大影响。"

　　"依你看，他们打算怎样处置他呢？"

　　她的脸色甚至比以前更苍白了。

　　"依我看，"她说，"咱们绝不能等到探明他们的意图后再行动。"

　　"依你之见，可以救他出来？"

　　"必须这样做。"

　　马丁尼转过身去，背着手吹起口哨来。詹玛让他思考，没去打扰他。她静静地坐着，把头靠在椅背上，眼睛眺望着窗外朦胧的远景，一副呆呆的出了神的悲戚表情。她脸上露出这种表情时，很像杜勒尔的作品《悲哀》①上的人物。

　　"你见到他了吗？"马丁尼把脚步停了一下问道。

---

① 杜勒尔（1471—1528）是德国现实主义画派的奠基人，《悲哀》是他的著名铜版雕刻画。

"没有。他原本是要第二天在这儿跟我会面的。"

"不错，我想起来了。他现在何处？"

"在要塞里，看守得非常严密，听说还给他上了镣铐。"

马丁尼做了一个不屑一顾的手势。

"哦，那没关系，有把好锉刀，任多少镣铐都能锉断。只要他没负伤……"

"他似乎负了点儿轻伤，具体伤到什么程度无从得知。我觉得你最好听听米凯利的叙述，里瓦莱兹被捕时他在现场。"

"那他怎么没被抓住？难道他拔腿逃之夭夭，丢下里瓦莱兹不管？"

"那并非他的过错。他跟其他人一样鏖战多时，一丝不苟地执行了里瓦莱兹给他的指示。在这一点上，他们所有的人都是一样的。只有一个人在最后的关头似乎忘掉了那项指示，或者说犯了错误，那就是里瓦莱兹本人。这件事有些让人无法解释。你等等，我去叫米凯利。"

她出了房间，不一会儿带来了米凯利和一位宽肩膀的山民。

"这位是麦康尼。"她说，"你听说过他，他也是一个走私贩子。他刚刚到达这儿，也许能说出更多的情况。米凯利，这位就是我对你说过的西萨尔·马丁尼。你能把你当时看到的情况和他讲讲吗？"

米凯利把他们和巡逻队遭遇的情况简单叙述了一遍。

"真不明白那是怎么回事，"他最后说道，"要是能想到他会被抓住，我们绝没有一个人肯丢下他。可他的指示非常明确，谁也想不到他扔掉帽子后，竟等着人家将他团团围住。他离那匹栗色马非常近——我看见他砍断了拴马索——而且，我亲手递给他一支装了弹药的手枪，然后才跨上了马背。我唯一能设想到的，是他因为腿瘸，在上马时踩不着脚镫。可即使出现这种情况，他也可以开枪射击呀。"

"不，不是那回事，"麦康尼插言道，"他压根儿就没上马。由于我的马听见枪响吓得往后退，所以我是最后一个离开的。我回过头去，想看看他是否已脱险。要不是那个红衣主教，他完全能逃得掉。"

"啊！"詹玛轻声惊叫起来。马丁尼也惊异地重复道："红衣主教？"

"是的，他挺身挡住了枪口——真该死！我想里瓦莱兹一定是慌了神，因为他垂下了握枪的那只手，又像这样抬起了另外一只手，"麦肯尼说着用左手的手背拭了一下眼睛，"接着，那些家伙自然就冲向他了。"

"我实在想不通，"米凯利说，"里瓦莱兹怎么会在危急关头昏了头，这不是他一贯的做法。"

"他放下手中的枪，大概是害怕杀死一个手无寸铁的人吧。"马丁尼插话说。米凯利耸了耸肩膀。

"手无寸铁的人就不该在酣战之中介入。打仗可不是闹着玩的。如果里瓦莱兹朝主教大人开一枪，而不是让自己像只温驯的兔子一样被人抓了去，那世界上就多一个诚实的人，少一个教士。"

米凯利转过身去，用牙齿咬住自己的胡须。他愤怒至极，就快要掉出泪花来了。

"不管怎样，"马丁尼说，"事已至此，再浪费时间讨论其前因后果是一点儿用也不顶的。现在的问题是怎样安排他越狱。你们大概都愿意为此冒风险吧？"

米凯利甚至不屑回答这种多余的问题，而麦康尼仅仅轻蔑地一笑说道："就是我的亲兄弟不愿意干，我也会开枪打死他。"

"很好，那么——首先，你们有没有要塞的示意图？"

詹玛开了抽屉上的锁，取出几页纸来。

"我把示意图全都画好啦。这是要塞的底层，这是塔楼的顶层和下边的一层，这是城墙的简图。这几条路通往山谷，而这是山里的小径、藏身之处以及地下通道。"

"你知道他关在哪一座塔里吗?"

"东边的那座。关在那个安着铁窗的圆形囚室里。我在示意图上已做了标记。"

"这些情况你是从哪儿了解到的?"

"从一个绰号叫'蟋蟀'的人那儿。他是要塞里的士兵,和我们的一个叫基诺的人是表兄弟。"

"你的动作真够快的。"

"时间耽搁不得。基诺立刻就去了布里西盖拉。其中的几份示意图是我们原先已经有的。这份藏货的地址清单是里瓦莱兹亲手列的,你从笔迹上能看得出来。"

"那些卫兵都是些什么人?"

"这一点我们还未能够打探清楚。蟋蟀才到那地方,对别的人不了解。"

"咱们必须先从基诺那儿弄清蟋蟀本人的情况。关于当局的意图,都知道些什么? 里瓦莱兹的案子是留在布里西盖拉审,还是送往拉文纳?"

"不知道。当然,拉文纳是这一教省的重镇,按法律程序,重大案件的初审只能在那儿进行。但在四大教省里,法律不太受重视,事情常常取决于当权者的个人意愿。"

"他们不会把他押往拉文纳去。"米凯利插话说。

"你为什么这样想?"

"对此我很有把握。布里西盖拉的军事总督菲拉里上校,就是被里瓦莱兹打伤的那个队长的亲叔叔。他是个报复心极强的畜生,绝不会放过虐待仇人的机会。"

"你认为他将设法把里瓦莱兹关在这里?"

"我认为他将设法绞死里瓦莱兹。"

马丁尼飞快瞥了一眼詹玛。她脸色非常苍白，但并不是因为听到这话而变了容。显然，这种说法对她来说已经不新鲜了。

"他没有正式的手续很难如愿。"她不动声色地说，"但他可能会找某种借口设立军事法庭，事后再声称是为了维持城里治安的需要。"

"不过，红衣主教会怎么样呢？难道他允许这类事情发生？"

"他没有经管军事的权力。"

"不错，可他是个权势遮天的人物。不经他的同意，军事总督肯定不敢恣意妄为吧？"

"蒙太尼里绝不会同意的。"麦康尼打断他们的话说，"他一向反对军事审判以及诸如此类的事情。只要把里瓦莱兹关在布里西盖拉，就不会出现严重的事态，因为红衣主教素来都是为囚犯说话的。我所担心的是把他押往拉文纳，一到那里，他就完啦。"

"不能让他押往那里，"米凯利说，"咱们可以在半路营救他。但是，要把他弄出要塞，却是另一码子事。"

"我认为，"詹玛说，"坐以等待他被解往拉文纳的时机，是十分不可取的。咱们必须在布里西盖拉下手，而且事不宜迟。西萨尔，你们最好一起再把这要塞的示意图浏览一遍，看能不能想出办法来。我已经有了个主意，但有一个难点解决不了。"

"咱们走，麦康尼，"米凯利站起身说，"不要打扰他们，让他们考虑营救方案吧。今天下午我得上一趟弗格纳诺，想请你跟我一道去。文森佐还没有把弹药送来，按说昨天就应该到货的。"

他们俩走后，马丁尼来到詹玛跟前，无声地伸出手来。她让他把她的手指握了一会儿。

"你一直都是个好朋友，"她最后说道，"在危急关头能够提供有力的帮助。现在，咱们讨论一下方案吧。"

第三章

"我再一次万分诚恳地奉告主教大人，你的拒绝正把全城人的安全置于危险之中。"

总督力图在语气上保持对于教会高层显贵应有的尊敬，但声音中却分明含着怒气。他肝火旺盛，妻子花钱如流水，近三个星期来发生的情况使他的脾气经受了严峻的考验。郁郁寡欢、不忠不义的居民们当中的危险情绪日趋明朗化。本地区到处都在酝酿阴谋，窝藏的武器多如牛毛。那支无能的警卫部队是否效忠于他，令人感到怀疑。而这位红衣主教，曾在他跟副官的谈话中被他伤感地描绘成"纯粹顽固不化的化身"，现在把他逼到了绝望的边缘。如今，牛虻这个活生生的典型的恶魔似一副重担压在了他身上。

这个"诡计多端的西班牙恶魔"先是打伤了总督的爱侄和他最宠信的暗探，继而又煽动卫兵和恐吓审问他的军官，"把监狱变成了他滋事生非的场所"。他在要塞里关了三个星期，布里西盖拉当局对这件案子已感到非常厌恶了。他们一次又一次审讯他，竭尽威逼利诱之能事，可谓机关用尽，想使他招供，可他始终什么也不说，就跟被捕的那天一样。他们这才意识到，也许当初还不如立刻把他押送到拉文纳去。可现在补救这一过失已为时过晚。总督向教皇的特使递送有关牛虻落网的报告时，曾恳求特使特别恩准他亲自监督对这件案子的审理。他的恳求已被恩准，现在要打退堂鼓，无疑会丢尽脸面，等于承认他对付不了犯人。

詹玛和马丁尼有先见之明，总督不久就产生了以军事法庭裁决这一棘手案子的念头，认为这是唯一可行的办法。蒙太尼里主教却顽固地拒不同意，迫使他胸中的烦恼溢于言表。

"我想，"他说道，"主教大人要是知道我和我的助手在这个人的身上尝到了多大的苦头，就会改变对这件事的看法。你抱着严正的态度反对不按司法程序办事的行为，对此我完全理解和尊重。不过，特殊的案子得用特殊的方法处理。"

"任何案子，"蒙太尼里回答说，"都不能用不公正的方法处理。通过秘密军事法庭的裁决给一个平民百姓定罪，既不公正也不合法。"

"这桩案子案情严重，主教大人，犯人很明显地犯过几种大罪。他曾参加了臭名远扬的萨维格诺叛乱，要不是逃往托斯卡纳，斯宾诺拉大人指定的军事委员会肯定会枪毙他或者送他去划船服苦役。从那时起，他一直就没停止过阴谋活动。众所周知，他是国内祸害最大的秘密社团里的一个很有影响的人物。至少有三名忠于职守的警探遭到暗杀，而他有重大嫌疑，即便不是他唆使，也是经过了他的同意。几乎可以肯定，这次他是在往该教省偷运武器时被当场捕获的。他对当局进行武装抵抗，使两名执行公务的官员身受重伤，而现在他对城里的安宁和秩序又构成了持续的威胁。设军事法庭裁决这样的案子，无疑是情有可原的。"

"不管这个人犯过什么样的罪行，"蒙太尼里答道，"他都有权受到合法的审判。"

"普通的法律程序会耽误时间，主教大人，而对于这桩案子每一分钟都是很珍贵的。抛开别的不谈，我时时刻刻都在担心他逃跑。"

"如果有这种危险，那你的责任是更加严密地看守他。"

"我尽到了我的力量，主教大人。可我依赖的是监狱里的看守，而那家伙似乎给所有的看守都灌了迷魂汤。三个星期之内我撤换了四批看守；我惩罚了那些士兵，弄得我心灰意冷。结果一点儿用也不顶，还是阻止不了他们为他来回传递信件。那些笨蛋对他柔情缱绻，就好像她是女人一样。"

"这倒是非常奇怪。想必他有出众之处。"

"他的出众之处就是精通魔法妖术——哦，请原谅，主教大人，不过这个人的确可以让圣贤也失去耐心。说起来让人难以相信，但所有的审讯都得由我亲自主持，因为那个审讯官对他再也容忍不下去了。"

"怎么会那样？"

"一言难尽啊，主教大人。你只要看看他的言谈举止，就会明白了。那情景让人觉得，审判官是罪犯，而他成了法官。"

"他究竟能干出什么可怕的事情呢？当然，他可以拒绝回答你们的问题，但除了沉默之外他别无良策。"

"他有刀子般锋利的舌头。我们都是凡夫俗子，主教大人，一生中大都做错过事情，我们不想让丑事张扬出去，这是人之常性。假如一个人二十年前犯过的一点小小的错误现在被挖掘出来，抛在他的脸上，那他会忍不下去的……"

"里瓦莱兹是不是揭出了那个审讯官的什么个人隐私？"

"哦……实际上……那个可怜的人任骑兵军官的时候，曾背上了债，借用过一小笔团队的钱……"

"实际上是窃用了委托给他管理的公款吧？"

"当然，那是大错特错的，主教大人。可他的朋友立刻就把钱还回去了，事情当时就平息啦……他出身于一个名声很好的家庭……从那以后他的生活是无可指责的。我想象不出来里瓦莱兹怎么会查出那件事。反正在审讯时他一下子就端出了过去的丑闻——而且是当着那些下属的面！他当时的表情天真无邪，就像是在念祈祷词一样！当然，这件丑事现在已经传遍全省。如果主教大人只参加一次审讯，我相信你一定会明白……不必让他知道，你可以在一旁偷听……"

蒙太尼里转过身来盯着总督，脸上呈现出一丝不常有的表情。

"我是执掌宗教事务的使臣，"他说，"而非警察的暗探，偷听不是我职责范围里的事。"

"我……我不是有意冒犯你……"

"我觉得这个问题再讨论下去没有什么好处。倘使你把犯人带到这儿，我可以跟他谈谈。"

"我怀着十二分的敬意冒昧地奉劝主教大人不要那样做。那家伙已彻底不可救药。比较安全和明智的做法是：这次不必拘泥于法律条文，把他干掉算啦，免得他再害人。既然大人已发过了话，我还坚持己见，是十分不礼貌的。但不管怎样，为了城里的秩序，我得对那位特使大人负责……"

"而我对上帝和教皇负责，"蒙太尼里打断他的话说，"不允许在我的教区出现任何见不得人的勾当。既然你这样逼我，上校，那我就行使主教的特权。我不准许和平时期在这座城市里设立秘密军事法庭。明天上午十点钟，我要在这里接见犯人，我们单独谈谈。"

"主教大人，悉听尊便吧！"总督气愤却又不失恭敬地答道。他走开后，嘴里又嘟哝了一句："他们简直就是一对，都是倔脾气。"

他把这次迫在眉睫的会面没有告诉任何人，事到临头才打开犯人的镣铐押他上主教宫。他对自己那个挂了彩的侄子抱怨说："容忍这只臭名昭著的贝拉姆的驴子① 践踏法律就已经够受的了，还得冒这种险，说不定那些士兵会跟他的党羽串通一气，半路把他劫走。"

---

① 贝拉姆是《圣经》故事里的一位先知，曾遭到他的毛驴的斥责。此处用作骂人的话。

牛虻在戒备森严的看守下走进了蒙太尼里的房间，看见蒙太尼里正伏在一张堆满文件的桌子上写东西，于是猛然回忆起了一个炎热的仲夏下午的情景，当时他也是在这样的一间非常类似的书斋里，坐在那儿翻查布道文稿。百叶窗也是这样半掩着避暑气，外面有个水果小贩在吆喝："卖草莓！卖草莓！"

他生气地把挡在眼前的头发朝后一甩，嘴上浮出一丝微笑。

蒙太尼里把目光从文件堆上抬起。

"你们可以到门厅里候着。"他对卫兵说。

"请原谅，主教大人，"卫队长显得有些慌乱，低声下气地说，"上校认为这名囚犯是个危险人物，最好……"

蒙太尼里的眼里突然射出威严的光。

"你们可以到门厅里候着。"他把刚才的话又平静地重复了一遍。卫队长满脸惶恐的神色。敬了个礼，结结巴巴道着歉，率领部下离开了房间。

"请坐。"待房门关上后，蒙太尼里说道。牛虻默默地坐了下来。

"里瓦莱兹先生，"蒙太尼里犹豫了一下，然后说道，"我想提几个问题，如果你肯回答，我将不胜感激。"

牛虻微微一笑。"我现在主……主要的工作就是接受别人的提问。"

"接受提问，但不回答？我听他们是这样说的。不过，那些问题是负责你这个案子的审讯官提的，他们的职责是拿你的回答作为供词。"

"那么。主教大人的问题呢？"牛虻话中带刺，而语调更具侮辱性。蒙太尼里立刻就明白了，但庄严、和蔼的表情却未从脸上消失。

"我的问题，"他说，"不管你愿不愿意回答，只有你我两个人知道。倘若涉及你们政治上的秘密，你当然不必回答。虽然咱们素昧平生，但别的问题我希望你能够回答，算是给我个人的恩惠吧。"

"鄙人完全听从主教大人的吩咐。"牛虻弯弯身子鞠了个躬说，脸上的表情就是让贪得无厌的人也会望而却步，不便乞求恩惠了。

"首先，据说你把武器偷运进本地区，用途何在？"

"用来灭……灭老鼠。"

"多么可怕的回答。如果你的同胞跟你的看法不同，你就把他们当作老鼠对待？"

"他们当中的一部……一部分是老鼠。"

蒙太尼里靠在椅背上，默默无语地把他打量了一会儿。

"你手上那是什么？"他猛不丁问道。

牛虻瞧了瞧自己的左手。"是一些老鼠咬的旧疤……疤痕。"

"请原谅，我说的是另一只手。那是新伤痕。"

那只纤细、灵巧的右手被严重割伤和擦烂。牛虻把它举起，手腕已肿起来，上面有一道又深又长的黑紫色伤痕。

"你看得出，只……只不过是点儿小伤，"他说，"那是我被抓住时——这得感谢主教大人，"说着他又欠欠身子鞠了个躬，"一位士兵在上面跺了几脚。"

蒙太尼里拉起那手腕，仔细检查了一下。"已经过去三个星期了，怎么还是这种状况？"他问道，"伤口全发炎了。"

"也许，镣铐的擦压没给伤口带来多大好处。"

蒙太尼里皱着眉头抬起眼睛望了望他。

"他们把镣铐戴在这新伤口上？"

"这很自……自然，主教大人，要戴就戴在新伤口上。旧伤痕用处不大，只会痛痛而已，不能烧灼得你死去活来。"

蒙太尼里又将他仔细端详了一番，然后起身拉开了一个盛满了包扎用品的抽屉。

"把那只手给我。"他说。

牛虻伸出了手，把脸绷得跟铁板一样。蒙太尼里洗净伤口，轻轻地包扎好。显而易见，他已习惯了这种活儿。

"我会跟他们提镣铐的事情的，"他说，"现在我想再问你个问题：你有什么打算？"

"答案十分简单，主教大人。能逃就逃，逃不了就死。"

"为什么说'死'呢？"

"因为，总督要是不能达到枪毙我的目的，就会送我去划船服苦役，对我而言结果都是一样。我的身体状态是熬不下去的。"

蒙太尼里把胳膊架在桌子上，默默地沉思。牛虻没打扰他，索性身子朝后一仰，半闭住眼睛，懒洋洋地享受因除掉镣铐而给肉体带来的舒适感觉。

"假设，"蒙太尼里又开口说道，"你能够逃出去，你将怎样安排你的生活？"

"主教大人，我已经告诉过你了，我将灭……灭老鼠。"

"你将灭老鼠？这就是说，我要是把你从这儿放走——假如我有这种权力的话——你将利用你的自由去制造而非阻止暴力和流血事件？"

牛虻抬起眼睛望着墙上的十字架。

"'不是和平，而是刀剑'①。至……至少我可以回到好人中间。不过，就我个人而言，我倒喜欢用短枪。"

"里瓦莱兹先生，"蒙太尼里用镇定自若的语气说，"我没有侮辱过你的人格，也没贬低过你的信仰和朋友。你是否也能对我待之以礼？难道你希望让我觉得，一个无神论者不能够成为绅士吗？"

---

① 引自《福音全书》。耶稣曾说："不要以为我带着和平来到人世，我带来的不是和平，而是刀剑。"

"啊，我全……全给忘了，主教大人在基督教的伦理观中是很看重礼貌问题的。我还记得你在佛罗伦萨的布道讲演，那是在我跟你的匿名捍卫者展开论战的时候。"

"这正是我想和你谈的其中的一个问题。你似乎对我怀有特殊的仇恨，能否解释一下原因呢？如果你只是把我作为信手拈来的攻击目标，那则另当别论。你们采取什么样的方式进行政治论战，是你们自己的事，咱们现在不讨论政治。可我当时觉得你对我有个人恩怨，如果真这样，我倒很乐于知道我是否做过错事，或在哪个地方得罪了你，才使你有这样的想法。"

好一个做过错事！牛虻把那只缠着绷带的手捂在喉咙处。"我必须跟主教大人提提莎士比亚的一个比喻，"他轻轻笑了一声说，"我和那个人是一样的，既需要又无法容忍一只于人无害的猫①。我憎恶教士，一看见法衣就恨得咬牙切齿。"

"哦，原来只是因为这个……"蒙太尼里不经意地做了个手势，把这个话题岔开。"不过，"他补充说，"骂人是一回事，歪曲事实则是另一回事。为了答复我的布道，你在文章中说我知道那个匿名作者的身份，那你就错了——我并不是指责你有意造谣，可你的话不是事实。时至今日我都不知道他姓甚名谁。"

牛虻把脑袋朝旁边一歪，好似一只聪明的知更鸟，一本正经地把他打量了一会儿，然后身子猛地向后一仰，爆发出一串大笑声。

"多么圣洁啊！嗯，好一个可爱、天真、淳朴的人——你竟然一直没猜到！你一点儿破绽都没看出来？"

蒙太尼里站起了身。"我明白了，里瓦莱兹先生，论战双方的文章

---

① 莎剧《威尼斯商人》第一幕里的片段。

都出自于你一人之手吧？"

"我知道那是可耻的。"牛虻抬起头回答说，同时睁大一双纯洁无邪的蓝眼睛，"而你却把一切都囫囵个儿吞……吞了下来，就像吞牡蛎一样。那样做非常错误，可也怪……怪滑稽！"

蒙太尼里咬紧嘴唇，又坐了下来。他从一开始就看出牛虻存心想惹他发脾气，而他早已打定主意无论出现什么样的情况都不动怒。不过，他现在开始明白了总督为什么会勃然大怒。在这三个星期里，一个人每天花两个小时审讯牛虻，那他偶尔骂骂人是可以原谅的。

"这个话题咱们先放下，"他平静地说，"我想见你主要是这样的目的：我是本地的红衣主教，在处理你的问题上，如果我坚持自己的权力，说话还是有些分量的。但我的权力只限于干涉他们为了阻止你对他人使用暴力而在你身上滥用不必要的暴力。我让你来，一方面是为了问问你是否有冤可诉——关于镣铐的事我会处理的；另一个方面是因为，我觉得应该先亲眼看看你是什么样的人，然后再发表自己的意见。"

"我无冤可诉，主教大人。一个人应该随遇而安。我又不是天真的小学生，绝不指望当局会因为我把武器运入它的境内而对我亲切友好。他们竭尽全力对我狠打猛揍，是很自然的事情。至于我是个什么样的人，你曾经听过我的一次罗曼蒂克的忏悔。那是不是不够呢？你想让我再来一遍吗？"

"我不明白你的意思。"蒙太尼里冷冰冰地说，然后拿起一支铅笔，用手指头扭来扭去。

"主教大人肯定还没忘记那个朝圣者迪雅果吧？"接着，牛虻突然变了强调，用迪雅果的声音说道，"我是个不幸的罪人……"

那支铅笔"咔嚓"在蒙太尼里的手中折成了两截。"简直太过分了！"他说。

牛虻轻声笑笑，把头朝后一仰，坐在那里观望红衣主教默默地在屋里来回踱步。

"里瓦莱兹先生，"蒙太尼里最后停在了他面前说，"你对我做出这种事，是娘胎里出来的人对他的不共戴天之敌都不肯做的。你触到了我的私人隐痛，把一个同胞的不幸当作你嘲笑和戏谑的材料。我再一次请求你告诉我：我是否做过对不起你的事情？如果没有做过，那你为什么要如此残酷无情地要我？"

牛虻朝后靠到椅垫上，抬头望着，脸上的微笑难以捉摸，令人不寒而栗。

"我觉……觉得很开心，主教大人。你也看得太认真了，这让我想……想起了有点儿像杂耍表演……"

蒙太尼里气得连嘴唇都白了，转过身去摇铃。

"你们可以把犯人押回去了！"卫兵们走进来时，他说道。

待他们离开后，他在桌旁坐下，一种不常有的愤怒的感觉使他仍在瑟瑟发抖，于是便拿起一叠他的教区里的教士呈上的报告。

看了没几眼，他就把报告推开了，伏在桌上，用两只手捂住脸。牛虻似乎在屋里留下了他可怕的身影，他的面孔似幽灵般萦绕于眼前。蒙太尼里颤抖着身子坐在那里，提心吊胆，不敢抬起头来，生怕看见那个他明明知道不存在的幽灵。那种情景连幻象也算不上，只不过是由于神经过于紧张而产生的奇思怪想。可他却被一种难以名状的恐惧所左右，害怕那朦胧的身影——那受伤的手、微笑、冷酷的嘴巴，以及像深深的海水般神秘的眼睛……

他抖掉那古怪的念头，安下心来工作。他忙活了一整天，几乎没一刻空闲，那幽灵也没来打扰他。可深夜走进卧室时，心里突生恐惧，脚停在了门槛上。倘若在梦中看到那幽灵该如何是好？他立即使自己恢复了常态，跪倒在十字架前祈祷。

可是，这一整夜他都没合眼。

第四章

蒙太尼里没有因为愤怒而忘却自己的诺言。他针对牛虻戴镣铐一事提出了强烈的抗议，弄得那个不幸的总督无计可施，在绝望之中只得不顾一切地除掉了犯人的全部镣铐。他对副官发牢骚说："真不知道主教大人下一次又会提出什么抗议来。如果他把给犯人戴一副普通的手铐也称为'残酷'，那他马上又会抱怨不该在窗子上安铁栅栏，或者要求我用牡蛎和块菌款待里瓦莱兹。我年轻的时候，犯人就是犯人，受到的是相应的对待，没有人把叛逆者看得比盗贼高一等。可如今，造反成了一种时尚，主教大人似乎有意鼓励全国的恶棍去逞凶。"

"我不明白他为什么非要干涉。"副官说，"他又不是特使，没有权力过问民事和军务。根据法律……"

"谈法律有什么用？自从教皇打开牢门，把那帮自由派匪徒全放出来对付我们，你还指望谁尊重法律！纯粹是昏了头！蒙太尼里大人当然要耍耍威风了。前任教皇在位时，他吃够了苦头，现在却成了不可一世的人物。他一步登天成了受宠的人，大可以为所欲为。我怎么能跟他唱对台戏？鬼知道，他也许得到了梵蒂冈那儿的秘密授权呢，如今的世道阴阳倒错，今天不知道明天会出什么乱子。在过去的太平岁月里人人做事都有板有眼，可现在……"

总督无奈地摇了摇头。连红衣主教也婆婆妈妈地过问起狱规，还大谈政治犯的"权利"，这个世界变得过于复杂，让他接受不了。

再说牛虻，他在返回要塞时神经亢奋，已到了歇斯底里的边缘。跟蒙太尼里的会面使他的忍受力几乎彻底崩溃，他是在绝望之中才最后端出了那番有关于杂耍表演的话，只是为了结束那次会面，因为再过五分钟他就会流出眼泪来。

周日下午被叫去接受审讯时，他一个问题都不回答，只是捧腹大笑。当总督失去耐心、发脾气骂人时，他反倒笑得更加放肆了。不幸的总督怒火中烧、暴跳如雷，威胁要动用酷刑来惩罚这个桀骜不驯的犯人。但最后，他也像詹姆斯·伯顿很久以前那样得出了结论：跟这样一个不通情理的人辩论只是浪费口舌、徒伤肝火。

牛虻又被带回了牢房。他在小床上躺下，郁闷又绝望，情绪消沉，每一次大笑大闹之后都是这个样子。他一动不动，甚至停止了思考，一直躺到傍晚时分。经过上午激烈的感情上的折腾，他现在陷入了奇特的半麻木状态，自身的痛苦对他只不过是沉闷、机械的负担，压在一样木头般的东西上，他全然忘了那东西竟是一颗灵魂。其实，事情怎样结束已无关紧要，对任何有感觉的生物来说，只有解除无法忍受的痛苦才是最要紧的，至于这种解除来自环境的变化还是感觉的迟钝都是无足轻重的问题。也许他能够逃出去，也许他们将处死他，不管怎样，他都再也见不到他的神父了，所以他才感觉空虚和懊恼。

一位狱卒送来了晚饭，牛虻抬起沉甸甸的眼皮漠不关心地望了望。

"几点啦?"

"六点钟。这是你的晚饭，先生。"

牛虻厌恶地看了看那发馊的、有了异味的、半温半冷的食物，然后把脸调开了。他身体不舒服，精神也不痛快，见到那食物就觉得恶心。

"不吃东西会得病的，"那士兵慌忙说，"还是吃口面包吧，这对你有好处。"

那人说话时腔调恳切得出奇，同时从盘子上拿起一块没烤透的面包，接着又把它放了下去。秘密工作者的感觉在牛虻的心里复苏，他立刻猜到面包里藏着东西。

"放下它吧，待会儿我会吃的。"他漫不经心地说。门是开着的，他知道站在楼梯上的卫队长听得见他们之间的每一句话。

当牢门再次锁上时，在确定没有人从监视孔偷看的情况下，他拿起那块面包，小心翼翼地掰碎。果然不出他所料，面包里裹着样东西——一捆小锉刀，是用一片纸包起来的，纸上写着几句话。他仔细地把纸展平，拿到较为明亮的地方。字写得密密麻麻，纸片又小又薄，很难辨得清楚：

> 门锁已开，今晚无月光。尽快锉，两点至三点之间从甬道出来。
>
> 我方一切准备就绪，以后恐难再有机会。

他狂烈地把纸片在手中揉碎。万事俱备，他只消把窗上的铁条锉断就可逃脱。多么幸运，镣铐给除掉了！他无须因锉镣铐而耽误时间啦！总共有多少跟铁条呢？两根，四根——每一根得锉两处，等于有八处。没关系，只要加紧干，这一夜他能锉得完——詹玛和马丁尼怎么如此之快就把一切——化装用品、护照和藏身的地方都准备好了呢？他们工作起来一定像马拉车那样使出了全身的力气……到底采用的是她的方案。他对自己的傻念头暗自觉得有些好笑，只要是个好的方案，是不是她的又有什么关系呢！不过他还是不由得感到高兴，因为是她想出了让他利用地下甬道的主意，这样他就不必像那些走私贩子起初建议的那样顺绳梯下去了。她的方案比较复杂，也比较困难，却不似另一项方案那般会危及东墙外站岗的那个哨兵的生命。因而，当两项方案摆在他面前时，他毫不犹豫地选择了詹玛的。

根据她的安排，那个绰号叫"蟋蟀"的卫兵朋友将瞒着自己的同僚，瞅准时机打开通往城墙下秘密甬道的院子里的铁门，然后把钥匙再挂回卫兵室的钉子上。牛虻得知院门被打开后，就锉断窗上的铁条，把自己的衬衫撕成布条编作绳子，顺绳缒到院子里东边的宽墙上。趁哨兵眼光转向别处时，他将沿墙头用手和膝盖爬行，一旦哨兵再回过身来，他则贴伏在墙上。东南角有一座倒塌了一半的塔楼，有些地方是被浓密的常春藤支撑着，但大量的碎石已落在院中，靠墙堆放着。他将从塔楼里攀藤而下，顺石堆到院里，然后轻手轻脚打开已落了锁的大门，顺甬道先往一条与之相连的秘密地道。几百年前，这条地道曾是要塞与邻近山丘上一座塔楼之间的秘密通道，而今已完全废弃，多处被落下的岩石所阻塞。除了走私贩子，无人知道山坡上有一个精心掩盖起来的山洞，那是他们挖通与地道相接的。谁也想不到，违禁品常常就储藏在要塞的城墙底下，一放便是数星期，而海关人员却瞎忙活地跑到敢怒不敢言的山民家里搜查。牛虻将从这个洞口爬到山坡上，借夜色到一处偏僻的地方，马丁尼和一位走私贩子在那里接应他。有一个很大的难点就是在夜间巡查结束后伺机打开门锁，这样的机会并非每夜都能遇上，而且在天晴月朗之时不能从窗户往下缒，那样太容易被哨兵发现。既然现在的确是出逃的大好时机，绝不可以错过。

牛虻坐下来吃了些面包。至少，面包不像别的囚食那般令他反胃，再说他必须吃点儿东西维持体力。

最好躺下来，争取睡上一会儿。在十点钟以前就动手锉是不安全的，而且他还要苦干一个晚上呢。

他的神父毕竟也想到了让他逃跑！神父还是像当年的那个神父。

可他这一方面是绝对不会同意的。无论如何都不能同意！如果他逃了出去，那必须是他自己以及同志们的努力结果，他绝不会接受教士们的帮助。

天气真热！这空气让人闷得难受，八成要打雷下雨。他在小床上辗转反侧，一会儿把缠着绷带的右手放在头下当枕头，一会儿又抽出来。这只手火辣辣地剧痛！所有的旧伤疤都开始痛起来，那是一种迟钝、连续不断的隐痛。这是怎么回事儿呢？啊，荒唐！这只不过是由于雷雨天气的缘故罢了。他得睡一会儿，休息一下再锉。

八根铁条，而且全都又粗又结实！还剩下几根没锉呢？显然是不多了。他肯定锉了好几个小时了——无数个小时了——肯定是这样的，所以他的胳膊才在发痛……怎么这么痛，痛到了骨髓里！可他的肋骨也痛得钻心，总不是因锉铁条导致的吧；还有，那条瘸腿火辣辣地剧痛，难道也是锉铁条锉的？

他猛然惊醒。不，他并没有睡着，而是在睁着眼睛做梦，梦见的是亟待完成的锉铁条工作。窗上的铁条原封不动地竖立在那里，仍是那么结实牢固。远处的钟楼送来了十下钟鸣。他必须动手干啦。

他从监视孔向外望望，见没有人看守，便从怀里取出一把锉刀来。

不，他没有什么毛病——一点儿也没有！全是想象出来的。肋骨痛是因为消化不良、受了风寒，或诸如此类的原因。在牢里待了三个星期，食物和空气都极其恶劣，所以这是不足为奇的。至于全身跳动着的疼痛，一方面是因为神经紧张，再有就是由于缺乏锻炼的缘由。多么荒唐，怎么先前就没想到这一点！

他想坐下来待一小会儿，让疼痛过去后再干活。一两分钟后，肯定就不会再痛了。

谁知坐下来却更糟了。坐着不动，疼痛更加肆虐，他的脸吓得发灰。不行，他必须站起来干活，摆脱掉疼痛。是否感觉疼痛，是取决于他的意志，所以他得坚强起来，把疼痛逼回去。

他重新站起身，大声而清晰地自言自语道：

"我没有生病，也没有时间生病。我得锉断这些铁条，所以不能生病。"

随后，他动手锉了起来。

十点一刻——十点半——十点四十五……他锉啊锉，铁锉的每一刮擦声都是那样刺耳，仿佛有人在锉他的肉体和大脑。"真不知哪一个先锉透，"他轻声一笑自言自语地说，"是我呢还是这铁条？"他咬紧牙关继续朝下锉。

十一点半钟，他在锉，只是手开始僵硬和发肿，简直握不牢锉刀。不，他不敢停下手休息，只怕一中断这件艰巨的工作，他就再也没有勇气重新开始了。

门外有哨兵在走动，卡宾枪的枪托在门楣上擦了一下。牛虻停下来，四周张望，握锉刀的手悬在半空。他是不是被发现了？

一团圆圆的小球从监视孔里飞进来，落在了地板上。他放下锉刀，猫腰去捡那圆东西。原来是一个小纸团。

……

他往下沉啊沉的，过去了很长时间，周围黑色的浪涛汹涌澎湃，发出怒吼声……啊，对啦！他只不过猫下腰去捡那个纸团。他有些发晕，许多人弯腰时都有这种感觉。他并没有出毛病——一点儿也没有。

他把纸团拾起来，拿到亮光处，从容不迫地展开：

今夜无论如何都要逃出来，蟋蟀明日就要调往别处了。

这是我们唯一的机会。

他像对待上一次的字条一样，把这张也撕碎，然后又操起锉刀回去干活，闷声不响，顽强执着，孤注一掷。

一点钟了。他已经干了三个小时，八根铁条已锉断六根。再有两根就可以爬出去……

他开始回忆起前几次这种可怕的病症发作时的情景。最后的那一次是在新年，一想起那五个夜晚的情景他就不寒而栗。可那一次也没来得如此猝不及防，他以前从未遇到过这般突如其来的发作。

他丢下锉刀，茫然地伸出两只手，于极端绝望之中祈祷起来——自从他成为无神论者以来这还是首次，不知是对着什么东西，也许什么也不对，或者对着所有的一切祈祷。

"千万别在今夜！啊，让我明天再病倒吧！明天我什么样的痛苦都愿忍受——只是不要在今夜！"

他两只手按在太阳穴上，静静站了一会儿，然后又一次拿起锉刀，又一次回去干活。

一点半，他已经开始锉最后一根铁条了。他那衬衫的袖子被他咬成了碎布，嘴唇上血迹斑斑，眼前一片红雾，额头上汗水如注，而他仍在锉啊，锉啊，锉啊……

在太阳出来之后，蒙太尼里睡着了。夜里他痛苦不堪、辗转反侧，早已累得精疲力竭，这阵子刚睡了会儿安稳觉，就又做起梦来。

起先，他的梦既朦胧又杂乱，支离破碎的情景和幻象接踵而至，转瞬即逝，互不连贯，但全都饱含相同的痛苦挣扎的色彩，全都笼罩着相同的难以名状的恐怖阴影。不一会儿，他开始梦见睡不成觉的情景，这是一种可怕的、熟悉的旧梦，多少年来一直让他心惊肉跳。即便在梦中，他也认出这梦境都是自己以前经历过的。

他在一块广漠空旷的地方游荡，想找个安静的场所躺下来睡觉。到处都有人来回走动，有的说说笑笑、吵吵闹闹，有的人则祈祷、摇铃和一道敲击金属乐器。有时他倒能离开喧嚣声稍远一些，在草地上躺躺，在木板凳上躺躺，在石板上躺躺。他闭上眼睛，用手捂住眼遮光，对自己说："这下我可以睡了。"谁料人群又蜂拥而至，叫呀闹呀，喊着他的名字求他："醒醒！快醒醒，我们需要你！"

他又来到了一个大宫殿里，那儿满都是金碧辉煌的房间，有床、沙发和又低又软的躺椅。这时已是夜晚，他自言自语地说："终于找到一个可以睡觉的安静地方了。"可是，当他选了个黑暗的房间躺下来时，有人提着盏灯步入房间，无情的灯光照射着他的眼睛，说道："快起来，有人找你。"

他站起身，继续向前游荡，步履蹒跚、跌跌撞撞，活像一只受了伤、奄奄待毙的野兽。他听见时钟敲了一下，知道黑夜已经过去了一半——宝贵的夜晚竟是如此短暂。两点，三点，四点，五点———到六点钟，全城人都会醒来，就再也不会有安宁。

他走到另一个房间，想躺到一张床上去，但有个人从枕上惊起，嚷嚷道："这是我的床！"他缩回了身去，心里一片绝望。

时钟鸣了一下又一下，而他仍在游荡，从一个房间到另一个房间，从一幢屋舍到另一幢屋舍，从一条走廊到另一条走廊。可怕的黎明一点点悄然接近了，时钟正在报五点钟，黑夜已经过去，而他没有得到休息。啊，痛苦啊！又是一天，又是一天！

他来到一条长长的地下走廊里，这是一条似乎没有终点的低矮的拱形通道。耀目的路灯和枝形吊灯把通道里照得雪亮，透过木格子顶部传来跳舞、喧笑和欢快的音乐声。在头顶上方的那个活人的世界，无疑在欢庆节日。啊，多么渴望有个地方能躲起来睡一觉，一块小小的地方，哪怕是坟墓也行！正说话间，他被一座敞着口的坟墓绊了一跤。那坟墓开着口，散发出死亡和腐烂的气味——啊，没关系，只要能睡觉就行！

"这是我的坟墓！"说话的是葛拉迪丝。她抬起头，穿着正在腐烂掉的尸衣凝视着他。他跪倒在尘埃中，冲她张开双臂。

"葛拉迪丝！葛拉迪丝！可怜可怜我吧，让我爬进这狭窄的地方睡一觉。我不向你求爱，不碰你也不跟你说话，只希望能让我躺在你旁边睡一会儿！唉，亲爱的，我已经好久没睡过觉了，一天也撑不下去了！那亮光明晃晃地照在我的灵魂上，而喧闹声在把我的大脑击打成粉末。葛拉迪丝，让我进去睡一觉吧！"

他就要拉过她的尸衣遮在他眼上了，可她躲闪开，高声叫起来：

"这是亵渎，你可是教士啊！"

他又往前走啊走，来到了海岸旁光秃秃的岩石上，强烈的光照射着，海水呜咽着，发出低沉、不安、持续不断的哀号。"啊！"他说，"海水会对我仁慈一些；它也疲倦得要死，却睡不成觉。"

这时，亚瑟从海水的深处钻出来，大声喊道："这海洋是我的！"

"主教大人！主教大人！"

蒙太尼里猛然惊醒。是他的仆人在敲门。他机械地站起来把门打开，仆人发现他的表情极其慌乱和惊恐。

"主教大人，你病啦？"

蒙太尼里用双手在额头上擦了擦。

"不，我睡着了，你吓了我一跳。"

"十分抱歉。今天一大早我好像听到了你走动的声音，就以为……"

"时候不早了吧？"

"现在九点钟。总督来啦，说有非常重要的事情。他知道主教大人一向起得很早……"

"他在楼下吗？我马上就来。"

他穿好衣服，下了楼。

"这样冒昧拜谒主教大人，恐怕有点儿不礼貌。"总督说。

"但愿没有出乱子吧？"

"出了非常大的乱子。里瓦莱兹险些越狱逃跑。"

"哦，既然没有跑成，就不妨害什么。到底是怎么回事？"

"他是在院子里紧靠小铁门的地方被发现的。今天早晨巡逻队去检查院子，一个队员被地上的什么东西绊了一下，他们拿过灯去一照，发现里瓦莱兹昏迷不醒地横躺在路上。他们立刻发警报，把我叫了去。当我检查他的囚室时，发现窗上的铁条全被锉断，有一条用撕破的衬衫编成的绳子悬系在断了的铁条根部。他用绳子缒下去，然后沿着墙头往外爬。通往地道的铁门被开了锁。看来，卫兵像是被收买了。"

"可他怎么横躺在路上？是不是从墙上掉下来摔伤了？"

"我起初也是这么想的，主教大人，可监狱里的医生查不出摔伤的痕迹。昨天值班的士兵说他昨天晚上送饭时，看见里瓦莱兹像是病得不轻，一点儿东西也没有吃。但那一定是胡扯八道，一个病人怎么能把那些铁条锉断，又顺着墙头爬走呢？不合乎情理。"

"里瓦莱兹本人是怎么招供的？"

"他失去了知觉，主教大人。"

"仍没醒过来？"

"醒倒是不时醒过来，只是迷迷糊糊的。呻吟几声就又神志不清了。"

"这情况十分奇怪。医生是怎么说的?"

"医生不知该怎么说好。如果是心脏病,却找不到一丝心脏病的痕迹。但不管怎样,正在他眼看就要逃脱时,一定是突然出了什么事。依我看,是仁慈的上帝直接干预,把他打倒在地。"蒙太尼里微微拧起了眉头。

"你准备怎样处置他?"他问。

"这个问题不出几天我会解决的。这一次我可是接受了一次严重的教训。这就是除掉镣铐的后果——这话并不是要冒犯主教大人。"

"我希望,"蒙太尼里岔断他的话说,"至少在他生病期间,不要给他再戴上镣铐。一个人处于你所描述的那种状态,是不可能再逃跑的。"

"我会仔细提防不让他逃跑的。"总督朝外走时,嘴里喃喃自语着,"让这位主教大人悲天悯人去吧,我才不管呢。里瓦莱兹已被链条锁得结结实实,而且还要这样锁下去,生不生病都一个样。"

"怎么会出这样的事?一切都准备停当,他已经走到了门跟前,竟然在最后关头昏了过去!简直像一个耸人听闻的玩笑。"

"我告诉你吧,"马丁尼回答说,"我唯一能想到的,就是他因为旧病复发。他一定是拼着力气撑着,等到了院子里,便精疲力竭地昏了过去。"

麦康尼气急败坏地磕去了烟斗里的灰。

"唉,不管怎样,一切都完啦!可怜的人哪,我们对他爱莫能助了。"

"可怜的人!"马丁尼低声附和道。他开始意识到,这个世界没了牛虻会显得空寂而凄凉。

"她是怎么想的?"这位走私贩子朝房间的另一端瞥了一眼,问道。詹玛正独自坐在那里,两手无力地放在膝上,目光空洞,茫然地直视着前方。

"我还没问过她，自从我把消息告诉给她，她一直没说过话。最好暂时不要打扰她。"

詹玛似乎觉察不到他们的存在，而他们俩把声音压低说话，仿佛面对的是一个死人。麦康尼心情阴郁地沉默了片刻，然后起身收好了烟斗。

"今天晚上我再来。"他说，可马丁尼用手势止住了他。

"先不要走，我还有话对你讲。"马丁尼把声音压得更低了，几乎是耳语一般问道，"你认为的确毫无指望啦？"

"我看不出还有什么指望。咱们不能再尝试啦。即便他身体好了，能完成他的那一部分工作，我们这边却是完不成了。哨兵受到怀疑，正在把他们全都撤换掉。蟋蟀肯定也不会再有机会了。"

"依你看，"马丁尼突然问道，"等他康复的时候，如果把卫兵引开，是不是能成功呢？"

"把卫兵引开？你是什么意思？"

"哦，我想在圣体节①那一天，待游行队伍打要塞前经过时，我拦住总督冲他迎面开枪，所有的卫兵会拥过来抓我，这样，你们的一些人也许可以乘乱把里瓦莱兹救出来。这的确算不上是个计划，只不过是一种偶然的念头。"

"我怀疑是否能行得通。"麦康尼表情十分严肃地说，"当然，要想弄出些名堂来，就需要好好地合计。不过……"他打住话头，望着马丁尼，"假如可以一试，你愿意那样做吗？"

马丁尼平时是个矜持的人，可现在是非常时期，于是便用目光直

---

① 天主教纪念耶稣殉难的节日。人们把面包放在龛内，充为耶稣的肉体，游行完后由教徒们分吃，以此赎罪。

端端地盯着走私贩子的脸。

"我愿意那样做吗?"他重复了一遍,"你看看她吧!"

没必要再继续解释了,这句话道尽了衷肠。麦康尼扭过头向屋子那端望去。

他们谈话时,詹玛自始至终都没动一下。她的脸上没有疑虑,没有恐惧,甚至也没有悲哀,除了死亡的阴影什么都没有。走私贩子冲她望着望着,眼里便充满了泪水。

"快点儿吧,米凯利!"他推开通向阳台的门,朝外瞧了瞧说,"你们俩是不是快谈完啦?咱们要干的事还多着呢!"

米凯利和基诺一前一后从阳台走了进来。

"我现在准备好啦,"米凯利说,"只是想问夫人一声……"

他拔腿向詹玛走去,却被马丁尼拽住了胳膊。

"别打扰她,最好让她静静。"

"由她待着吧!"麦康尼补充说,"此时打扰她是不会有好处的。上帝知道,这件事让大家都够难受的了,可她比咱们更难受。可怜的人啊!"

第五章

整整一个星期,牛虻都处于一种可怕的状态。这次的病情发作似排山倒海,总督既惊恐又迷惑,不由得兽性大发,不仅给牛虻上了手铐和脚镣,而且硬让用皮带把他紧紧地绑在床上,稍一动,皮带便勒进肉里。他以坚忍不拔的毅力苦苦忍受着,一直坚持到第六天晚上,那股傲气才土崩瓦解,可怜巴巴地向监狱里的医生要一剂鸦片。医生很情愿给他，可总督听了这请求，严厉地禁止"这种愚蠢的行为"。

"他要鸦片干什么用，你怎么知道？"他说，"很有可能他一直在装病，是想把哨兵麻醉倒，或者玩弄类似的阴谋诡计。里瓦莱兹狡猾刁悍，什么事都做得出来。"

"给他一剂鸦片，是不能把哨兵麻醉倒的，"医生忍不住笑了笑说，"至于装病，你不必太担心。他很可能都快死了。"

"不管怎样，不许给他鸦片。一个人要是想让别人对他好些，自己应该规规矩矩。他活该受到一些严厉的惩罚。也许，这对他是个教训，让他再不要在铁窗条上做文章。"

"不过，法律不允许折磨犯人，"医生壮起胆子说，"这跟折磨是非常相近的。"

"我认为法律并没有对鸦片做出规定。"总督暴躁地说。

"事情当然由你定夺，上校。但无论如何，我希望你把那些皮带取掉。它们是没必要的，只能增加他的痛苦。现在不用怕他逃走。你就是释放他出狱，他也站不起身来。"

"我善良的先生，医生跟其他人一样，也可能会判断错误的。我现在安全地把他绑牢了，他就得这么待着。"

"那么，至少给他把皮带稍微松一些。把他绑得那么紧，简直是野蛮行径。"

"皮带一点儿也不能松。你要是不提什么野蛮不野蛮，我会感激你的，先生。我如果干一件事，其中必有理由。"

就这样，牛虻没有得到任何解脱，熬过了第七个夜晚。在囚室门外站岗的士兵听到那彻夜不息、撕心裂肺的呻吟声，便不寒而栗，一遍又一遍地在胸前画十字。牛虻的忍受力最后终于渐渐垮掉。

第二天早晨六点钟，哨兵在临下岗之前轻轻开了门锁，走进囚室。

他明知这是在严重违反纪律，但临走不跟犯人说句友好的话安慰安慰，他于心不忍。

他发现牛虻闭着眼，张着嘴静静地躺在那儿。他默默站了一会儿，然后俯下身问：

"我能帮你什么忙吗，先生？我马上要下岗了。"

牛虻睁开了眼睛。"你别管我！"他呻吟着说，"别管我……"

几乎还没等哨兵溜回自己的岗上，他就睡着了。

十天之后，总督又到主教宫里找红衣主教，可是蒙太尼里到皮艾维道塔沃去看一个生病的人了，下午才能回来。这天傍晚，正当他坐下来吃晚餐的时候，仆人进来通报：

"主教大人想跟老爷说话。"

总督慌忙照照镜子，看制服是否整齐，然后摆起极其威严的派头走进了客厅，蒙太尼里正坐在那儿，用手轻轻拍击着椅子扶手，眼睛望着窗外，眉宇间有一条焦虑的纹线。

"听说今天你去找过我。"他打断总督的客套话，带着一种他跟乡下人讲话时从不采用的略微有些专横的语气说，"是为了我一直想跟你谈的那件事吧？"

"是关于里瓦莱兹的事，主教大人。"

"我猜就是。这几天我一直在考虑此事。不过在谈之前，我很想听听你有什么新情况要讲。"

总督捋了捋胡须，显出一副窘迫的样子。

"其实，我到宫里去是想听听主教大人的高见。如果你仍然反对我所提议的方案，那我乐意知道你的指教。说实话，我真不知怎么办才好。"

"又有新的难题啦？"

"下星期四，6月3号，是圣体节，无论如何都要在那一天之前把事情解决掉。"

"下星期四固然是圣体节，但为什么非得在圣体节之前解决此事呢？"

"如果我对你有所冒犯，主教大人，我表示十分抱歉。但倘若不提前除掉里瓦莱兹，我就不能对城里的安宁担负起责任。主教大人恐怕不知道，粗野的山里人要集聚在这儿庆祝节日，他们很可能攻破要塞的大门把他营救出去。不能让他们得逞，我会做出安排，即便非得用火药和子弹把他们扫出大门也在所不惜。在那一天十有八九会出现这种情况。这儿的罗马格纳人性格暴戾，一旦拔出刀子来……"

"我觉得只要小心一点儿，是可以阻止动刀子的事情发生的。我一直都认为，当地的居民如果受到合理的对待，便很容易相处。当然，假如你恐吓或强制一个罗马格纳人，他会变得无法驾驭。你认为他们企图实施新的营救计划，有什么根据吗？"

"今天早晨和昨天都有可靠的人向我报告，说本地区流言四起，居民们显然在筹划某种阴谋活动。可详细情况无从得知，否则就比较容易采取预防措施了。要让我说，有了上一次的那场惊吓，我还是觉得稳妥些好。对付里瓦莱兹这样的一条狡猾的狐狸，必须万分当心。"

"上一次我听说里瓦莱兹病情严重，既动弹不得也说不成话。那么，他现在恢复过来啦？"

"似乎好多啦，主教大人。他病得的确非常严重——除非那种样子是他伪装出来的。"

"你说他装病有什么根据呢？"

"哦，医生似乎相信他真正病了，不过那是一种非常神秘的病。不管怎样，他恢复了过来，脾气也更加倔强了。"

"他做什么出轨的事啦？"

"幸亏他能做的事情还不多。"总督心里想起了那些皮带，脸上挂着笑容回答道，"但他的行为让人捉摸不透。昨天早晨我到囚室里去问了他几个问题；按说他的身体还不能出去受审——再说，我觉得在他的病好之前尽量不要让外人看见他。否则荒谬的谣言立刻又会不胫而走。"

"所以你到囚室里审讯他啦？"

"是的，主教大人。我当时希望他会比以前通情达理些。"

蒙太尼里仔细把他上下打量一番，几乎像是在审视一只新奇、讨厌的动物。幸好总督在抚摸他的剑带，没看到他的眼神。他接下来又若无其事地说："我原该对他管束严些，尤其是因为这儿是军队的监狱，可我并没有特别严厉地处罚他——我以为稍微宽容些，也许可以产生好的效果。我对他说，如果他的态度明智些，可以从宽处理他。你猜他是怎么回答的，主教大人？他躺在那儿把我盯了一会儿，像是笼子里关的狼一样，然后轻声细语地说：'上校，我不能站起来，但我的牙齿还管用，最好把你的喉咙挪得远一点。'他蛮横得活似一只野猫。"

"这并不让我感到惊奇，"蒙太尼里平静地说，"话说到这里，我要问你一个问题：你真的认为把里瓦莱兹关在监狱里会对本地区的安全构成严重的威胁？"

"我的的确确是这么想的，主教大人。"

"依你之见，为了防止流血事件，完全有必要在圣体节之前设法除掉他？"

"我只能再重复一遍：如果下个星期四他还在这儿，就难保圣体节能不经过战斗平安地过去，而且我认为那可能是一场恶战。"

"你认为没有他在此处，就不会有这种危险？"

"如果是那样，要不一点儿骚动也不会出现，要不顶多有一些喊口号、扔石头的现象。倘若主教大人你可以找个办法除掉他，我将负责维持安全。否则，肯定会出大乱子。我深信他们已经制订了新的营救计划，下星期四大概就是实施的日子。假如到了那天早晨，他们突然发现里瓦莱兹压根儿就不在要塞里，他们的计划就会自行破灭，没有理由发动攻击了。可如果我们采取镇压措施，那一群群的人拔出匕首来，不等天黑这个地方就可能会化为灰烬了。"

"那你还是不改初衷，想设军事法庭，并且请求我同意，是吧？"

"请原谅，主教大人，我只请求你一件事——帮助我阻止骚乱和流血。我非常愿意承认，像弗莱迪上校①那样的军事管制有时显得过于严厉，非但镇压不住民众，反而会把他们激怒。但我觉得对于这个案子设军事法庭是一种明智措施，以长远的观点看还是仁慈的举措。这样可以防止骚扰，否则将酿成大祸，很可能会导致重新使用教皇已废除了的军事管制。"

总督带着万分庄严的神色发表完这番讲话，等待着红衣主教的答复。蒙太尼里半晌没言语，待说出话来，却极其出人意料。

"菲拉里上校，你信不信上帝？"

"主教大人！"上校喘着气叫道，声音里充满了惊叹符。

"你信不信上帝？"蒙太尼里又重复了一遍，同时站起身，以坚定、探寻的目光俯视着他。上校也站了起来。

"主教大人，我是个基督徒，而且我要求免罪的祈祷从未遭过拒绝。"

蒙太尼里把胸前的十字架举了起来。

---

① 镇压萨维格诺起义的刽子手。

"那么，你对着曾为了你们献出了生命的救世主的十字架起誓：你对我讲的都是实话。"

上校呆呆地站着，目光茫然地望着十字架，弄不清他和红衣主教到底哪一个发了疯。

"你曾请求我，"蒙太尼里继续说道，"让我同意处死一个人。如果你敢起誓，就问问这十字架，并且告诉我，你坚信没有别的方法阻止更多的流血。别忘了，假如撒谎，就会降灾于你那不灭的灵魂。"

总督犹豫了一下，然后弯下腰把十字架捧至唇边。

"我坚信。"他说。

蒙太尼里慢慢把身子转了过去。

"明天我给你一个确切的答复。但我得先去见里瓦莱兹，单独跟他谈谈。"

"主教大人——如果让我说——我肯定你会后悔的。其实他昨天就托卫兵带话给我，请求见主教大人，可我没有理睬，因为……"

"没有理睬！"蒙太尼里重复道，"一个落到这般地步的人捎话给你，你竟然没有理睬？"

"如果惹主教大人不高兴，我表示抱歉。我不想让你为这等无礼的要求费心劳神。我现在已非常了解里瓦莱兹了，认为他只是想羞辱你。其实，如果允许我谈看法，你单独接近他，未免显得太轻率。他的确很危险——鉴于这种情况，事实上我觉得有必要对他使用一种温和的肉体约束……"

"你真的认为一个生着病、手无寸铁而且受着温和的肉体约束的人，仍具有很大的危险性？"蒙太尼里说话的语气非常柔和，但上校却被他轻蔑的弦外之音所刺痛，不由得愤恨得红了脸。

"主教大人觉得怎么合适就怎么做吧！"他以极其生硬的腔调说，"我只不过是不希望你遭那份罪，听那家伙说些不堪入耳的轻慢话。"

"对于一名基督徒，你认为哪一样更让他伤心难过：是听几句轻慢的话，还是抛弃身陷困境的同胞？"

总督的身子笔直和僵硬，端出一副官架子，面孔此刻如木雕一般。蒙太尼里的态度深深地伤害了他，对此他非常恼怒，并用很客气的言辞表现了出来。

"主教大人想在什么时候探望犯人？"他问。

"立刻就去。"

"悉听尊便。如果你愿意稍微等一会儿，我可以派人为他准备一下。"

总督慌忙放下了官架子。他不愿让蒙太尼里看到那些皮带。

"谢谢，我倒情愿就这么去看他，不需要做什么准备。我这就到要塞去。再见，上校，明天早晨你可以听到我的答复。"

第六章

听到囚室的房门开锁的声音，牛虻漠不关心，一副懒洋洋的样子，把目光看向别处。他猜想只会是总督又来审问打扰他。几个士兵登上狭窄的楼梯，他们的卡宾枪碰在墙上砰砰作响，随后只听一个恭敬的声音说道："当心，这儿很陡，主教大人。"

牛虻猛然一惊，身子一颤，后又瘫下来，在皮带那令人痛苦的勒压下屏住呼吸。

蒙太尼里在卫队长以及三名卫兵的陪同下走了进来。

"假如主教大人愿意稍等一下，"卫队长不安地说，"我的部下可以给你搬把椅子来——他已经去取了。恭请主教大人原谅，倘若早知大人光临，我们就会做些准备。"

"没必要做什么准备。队长，请你让我们单独谈谈，你带你的人到楼梯脚下等着，好吗？"

"遵命，主教大人。椅子搬来啦，是否放到他身边去？"

牛虻闭着眼睛躺在那里，但他感觉到蒙太尼里在看他。

"他大概睡着了。"卫队长的话音刚落，牛虻睁开了眼睛。

"不。"他说。

士兵们正要走出囚室，却听得蒙太尼里的突然一声惊叫，回头瞧见他正弯下腰看那皮带。

"这是谁干的？"蒙太尼里问道。

卫队长不安地摸摸自己的帽子。

"是总督特意下的指令，主教大人。"

"这情况我一点儿不知道，里瓦莱兹先生。"蒙太尼里无限悲痛地说。

"我告诉过你，主教大人，"牛虻冷酷地笑笑回答道，"我压……压根儿就没指望他们会对我亲切友好。"

"队长，这样绑着有多长时间了？"

"自从他越狱那天起，主教大人。"

"有两个多星期啦？赶快拿把刀子来把这皮带割断。"

"禀告主教大人，医生也想把皮带除掉，可菲拉里上校不准许。"

"立刻把刀子拿来。"蒙太尼里并未提高声音但士兵们看得见他已气得脸色煞白。卫队长从衣袋里掏出一把折叠刀，弯下腰去割绑在牛虻胳膊上的皮带。他的手不够灵巧，动作笨拙，反而把皮带扯得更紧了，弄得牛虻一缩身子，控制不住自己，咬紧了嘴唇。蒙太尼里立刻走上前来说道："你干不了这事，把刀子给我。"

"啊——啊——啊！"皮带掉落下来时，牛虻伸出胳膊，高兴地长长吁了口气。紧接着，蒙太尼里割断了另一条绑在他脚踝上的皮带。

"队长，请你把镣铐也去掉，然后到这儿来，我有话想跟你说。"

他站在窗旁观望着，直至卫队长把脚镣扔到地上，来到他跟前。

"现在，"他说道，"请你讲讲这里所发生的一切情况。"

卫队长心甘情愿地把自己知道的情况全盘托出，他讲了牛虻的病、"惩罚措施"，以及医生是怎样试图干预却未能成功。

"不过，主教大人，"他补充说，"上校不愿把皮带除掉，我认为是想得到口供。"

"得到口供？"

"是的，主教大人。前天我听见上校提出可以除去皮带，如果他……"卫队长说着扫了牛虻一眼，"如果他肯回答上校的一个问题。"

蒙太尼里搭在窗台上的那只手攥在了一起，士兵们面面相觑，他们以前从未看到这位和蔼可亲的红衣主教发过怒。这时的牛虻已忘记了他们的存在，忘记了一切，只感觉得到肉体获得自由的快意。他的四肢曾遭到了束缚，现在可以伸展、翻动和扭来扭去了，这种解脱让人多么欢喜啊。

"你现在可以走啦，队长，"红衣主教说，"你不必因为违反了纪律感到不安。是我问起了你。而你的职责是对我讲明情况。你看着，不要让人来打扰我们。等谈完了，我自己会出去的。"

等房门在士兵们的身后关上时，他倚在窗台上，眺望了一会儿落日，好让牛虻再有一些喘息的时间。

"我听说，"他随后离开了窗户，在小床旁边坐下说，"你想跟我单独谈谈。如果你感觉身体状况还好，可以跟我谈谈心里要说的话，我洗耳恭听。"

说话时，他的态度非常冰冷、生硬和傲慢，这对他是很不自然的。皮带除掉之前，他觉得牛虻是一个遭受虐待和折磨的人。可现在，他记起了他们上一次的会面，以及会面结束时自己所受到的可怕的羞辱。牛虻把头懒洋洋地枕在一条胳膊上，抬起眼皮望了望。他具有一种天赋，转眼之间就可以换上优雅的态度。他的脸遮在阴影里，让人看不出他在经历着多么深重的磨难。可他抬起头时，傍晚的光线便清晰地显示出他是多么憔悴和苍白，这几天的痛苦印在他脸上的痕迹是多么明显。蒙太尼里的愤怒顿然冰消雪融。

"你的病恐怕很严重，"他说，"非常遗憾，这些情况我全然不知。否则，我早就出面制止了。"

牛虻耸了耸肩膀。"在交战中，一切手段都是正当的，"他冷若冰霜地说，"主教大人是站在基督徒的立场，从理论上反对皮带事件，但是要让上校也这样看待，就有失偏颇了。他当然不愿意把皮带套在自己的皮肉上——我也……也一样，可这是各……各人处境的问题。眼下我是落难之人，还想怎么样呢？主教大人前来探监诚然是一番美意，但这大概也是从基督徒的立场出发的。探望因犯——啊，对啦！我忘了这样一句话：'照顾最……最卑微的人是一种美德。'① 这并不是十分高深的功德，但卑微的人却感激涕零。"

"里瓦莱兹先生，"红衣主教切断他的话说，"我是为了你来的，并非为了我自己。如果你不是像你所说的是'落难之人'，就凭你上次对我说的那番话，我是永远不会再搭理你的。可你既是因犯又是病人，具有双重的权利，所以我无法不来。我既然来了，你有什么话要说呢？要

---

① 《福音全书》里基督说的话。

不，你请我来，只是想羞辱我，拿一个老人寻开心？"

牛虻没有回答。他已经扭过脸去，一只手遮住眼睛躺在那里。

"非常抱歉，我想麻烦你一下，"末了，他嗓音嘶哑地说，"能不能给我喝点儿水？"

窗子旁放着一壶水，蒙太尼里起身取下来。他用胳膊拥住牛虻扶他起来时，突然感到那潮湿、冰凉的手指像老虎钳一样握住了他的手腕。

"把手给我——快——只一会儿，"牛虻低语道，"啊，这对你有什么关系呢？只一分钟。"

他瘫下来，把脸埋在蒙太尼里的胳膊上，从头至脚战栗不停。

"喝点儿水吧！"蒙太尼里隔了一会儿说道。牛虻默默地喝了口水，然后合上眼睛躺回到床上。他自己也解释不清，蒙太尼里的手触及他的脸颊时，给他带来一种什么样的滋味，他只知道在他的一生中没有任何东西比那触摸更叫人难以忍受。

蒙太尼里把椅子朝小床跟前拉拉，坐了下来。牛虻像具尸体一动不动地躺着，面部发青，扭曲得变了形。沉默许久之后，他才睁开眼睛，把活似难以摆脱的幽灵般的目光固定在红衣主教身上。

"谢谢。"他说，"我很抱歉。我想……你刚才问过我什么事情吧？"

"你的身体还不适合谈话。如果有话想对我说，我争取明天再来。"

"请别走，主教大人——其实，我并没有什么。这几天我……我有些烦乱。不过，有一半原因是在装病——你要是问上校，他会这么告诉你的。"

"我喜欢自己做结论。"蒙太尼里平心静气地回答。

"上校也一样。要知道，他的结论有时候是很机智的。光看他的外表，你绝……绝对想不到，可是……有时候他会生出新颖别致的念头来。就拿上个星期五来说吧——大概是星期五吧，一到关键时刻我的时间概念就混淆了——总之，我当时索要一剂鸦片，这我记得十分清楚，他跑到这里来，说我如果讲出是谁开……开的大门，我就可……可以得……得到鸦片。记得他这样说：'如果你是真病，就如实招来，如果你不招，我将把这视为你装病的证……证据。'真是太滑稽可笑啦……"

牛虻说到这里，突然发出一阵刺耳的不和谐的大笑声。然后，他猛地转向一声不吭的蒙太尼里，继续说，语调越来越急，结巴着，使话里的字句难以让人辨得清。

"你不……不觉得这很滑……滑稽吗？当……当然不觉得，你们笃信宗教的人根本就没有幽默感，而是以悲剧的观点看待一切。例……例如那天夜里在大……大教堂里，你是多么严肃！想想吧，我扮演那个朝圣者，演得是多……多么动……动人！甚至连你今天晚上到这儿来……来这件事，你恐怕也看不出滑……滑稽的色彩。"

蒙太尼里站了起来。

"我来是想听听你的心里话，可我觉得你今晚太激动，不适合再说下去。最好让医生给你些镇静剂，睡上一夜，咱们明天再谈。"

"睡觉？啊，如果主教大人同……同意上校的方案——一盎司铅弹就是绝妙的镇静剂，我会睡……睡得很香的。"

"我不明白你的意思。"蒙太尼里满脸惊恐地说道。

牛虻又迸发出一阵大笑。

"主教大人，主教大人啊，诚……诚实是基督徒的主……主要美德。你以……以为我不……不知道总督一直都在力图让……让你同意他设军事法庭的方案？你索……索性就答……答应了吧，主教大人。你的教兄教弟们处在你的位置，肯定会同意的，人人如此。你一点头，便功德无量，危害性极小！真的，你不值得为这件事伤脑筋，一夜一夜地睡不着觉！"

"请你暂时不要笑，"蒙太尼里岔断他的话说，"告诉我，这情况你是怎么知道的？谁跟你讲的？"

"我不是个人，而是个恶魔，难……难道上校没……没告诉过你？没有？他倒是经常这样告……告诉我！嗯，我是个地道的恶魔，能够猜……猜出别……别人的心思。主教大人正在想着我是个十……十分讨厌的家伙，希望有……有人把我解决掉，免得使你那敏感的良心不安。我猜得……一针见血，是吧？"

"你听我讲，"红衣主教又在他身旁坐下，表情十分严肃地说，"不管你是怎么发现的，这种情况的确属实。菲拉里上校害怕你的朋友再劫狱，想抢先下手——就用你说的那种方法。你看，我对你是非常坦率的。"

"主教大人历来都享有诚实的美……美名。"牛虻挖苦地说。

"你当然知道，"蒙太尼里继续说道，"按法律，我无权过问世俗事务，因为我是主教，而非特使。不过，我在本地区有很大影响，我想上校至少要得到我的默许，否则他不敢采取极端的手段。直到现在，我都一直绝对地反对他的计划，而他花大气力要扭转我的反对态度，说下星期四群众游行时，很有可能发生武装骚乱，大概会导致流血。你在听我讲话吗？"

牛虻正出神地呆视着窗外，听到问他，便转过头来，很疲倦地说："是的，我在听。"

"也许你的确身体不大好，今晚怕谈不成了。我明天早晨来，好吗？这是件非常严肃的事，需要你全神贯注。"

"我看还是现在谈完吧，"牛虻仍然以那种声调答道，"你说的每一句话我都在听。"

"如果为了你，"蒙太尼里继续说道，"真的有可能发生骚乱和流血事件，那我反对上校就得承担很大的责任。况且，我相信上校的话里至少有些是真实的。另一方面，我又觉得，他的判断出于对你个人的仇恨，难免有几分歪曲，可能会夸大危险性。刚才看了这种可耻的野蛮行径，我认为那可能性更大了。"他拿眼睛扫了扫扔在地上的皮带和镣铐，又说了下去：

"如果我同意他的计划，就是断送了你；如果我拒绝，便有可能导致无辜的人丧生。对这件事我做过认真的思考，一心想找出办法来解决这一可怕的难题。现在，我起码已打定了主意。"

"当然是断送我，保全无辜的人——这是一个基督徒所能做出的唯一决定。'如果你的右手冒犯了你，就砍掉它。'① 我虽然不……不能荣幸地充当主教大人的右手，但是我冒犯过你，结……结论是很明显的。怎么加这么长的序言，何不直说呢？"

牛虻说话时显得无精打采、冷漠和轻蔑，像是对整个话题感到厌倦。

"对不对？"他停顿了片刻之后又补充道，"这就是你的决定吧，主教大人？"

"不对。"

牛虻移动了一下位置，头枕着双手，半眯起眼睛瞅着蒙太尼里。红衣主教低头沉思，用一只手轻轻拍打着椅子扶手。啊，多么熟悉的姿势呀！

"我决定要干一件完全没有先例的事情，"他最后抬起头说道，"当我听说你要求见我，我就决心到这里来把一切都告诉给你——这我已经做到了，然后让你自己决定这件事。"

---

① 《福音全书》中基督的话。

"让我决定?"

"里瓦莱兹先生,我来这儿不是以红衣主教、主教或法官的身份,而是以普通人的身份来的。我不要求你说出你是否像上校所担心的那样知道这类劫狱计划。我非常理解,你即便知道,也是你的秘密,绝不愿讲出来。不过,我求你设身处地为我想想。我年事已高,无疑不久于人世。我进入坟墓时,不愿在手上沾满鲜血。"

"你的手上没沾过鲜血吗,主教大人?"

"在我的一生中,一遇到高压措施和残暴行径,我就加以反对。我历来都不赞同任何形式的极刑。上一届教皇执政时,我屡次三番地强烈抗议军事管制,并因此遭到了冷落。时至今日,我一直都把自己拥有的影响和权力用于扶危救国。我请求你相信我,我说的这是实话。眼下,我处于进退两难的境地。我要是拒绝了总督的要求,这座城市可能会有血光之灾以及由此而导致的严重后果;我所救下的这个人在亵渎我的宗教,曾经诽谤、冤枉和侮辱过我本人(虽然这相对而言是件小事),而且我坚信他还会用我救下的命去干坏事。可是——这毕竟是在搭救一个人的性命。"

蒙太尼里停顿了一下,然后又继续说道:

"里瓦莱兹先生,根据我的了解,你净干些邪恶、歹毒的事情。长期以来,我一直认为你是一个鲁莽、粗暴、肆无忌惮的人。现在我对你多少仍坚持这种看法。但在最近这两个星期中,你向我表明自己是个勇敢的人,而且对自己的朋友忠贞不渝。你使那些士兵爱戴和钦佩你——并非每个人都能做到这一点。我觉得我也许对你的判断是错误的,你身上可能具有某种优良品质,并不像你在外边所表现的那样。我现在针对你身上好的一面,郑重地恳求你凭着自己的良心诚实地告诉我——你要是处在我的位置会怎么做?"

随之而至的是长时间的沉寂。最后，牛虻抬起了头。

"起码，我会自己决定我的事情，并且承担后果。我可不愿按懦弱的基督徒的方式，鬼鬼祟祟地找别人为我排忧解难！"

这一番抨击突如其来，那异常激烈和愤怒的语调与方才佯装出的无精打采的样子形成了惊人的对比，就仿佛他突然摘下了假面具一样。

"我们无神论者都认为，"他继续慷慨陈词，"一个人要是承担一种责任，他就得全力以赴顶住；倘若他被压垮，那他只好认命。可是，一个基督徒却会去哀求上帝或圣贤，如得不到帮助，他还会哀求他的敌人——他总可以找到一个脊梁替他承担重担。在你的《圣经》、弥撒经或任何一本伪善的神学书里，难道就没有一条可以遵循的准则，你为什么偏要来问我怎么办呢？苍天哪，真有你的！我的负担难道还不够重吗，怎么又要承担你推卸过来的责任？去找你的耶稣请教吧；他勒索走了人们最后一枚铜板，你也可以学他的样。你毕竟断送的只是一个无神论者，是敌营里的人，自然算不上大罪过！"

他戛然而止，喘了几口粗气，随即又激烈地说道：

"你还居然谈什么残酷无情！告诉你，那头蠢驴就是把我折磨上一年，也没有你对我的伤害大，因为他没有头脑。他所能想到的办法就是把皮带勒紧，到了不能够更紧的时候，他便无计可施了。这一点任何笨蛋都能做得到！然而你呢——'请你自己签署你的死刑判决吧，我心肠太软，不忍下手。'啊，只有基督徒才想得出这样的办法！好一个善良、慈悲，看见皮带勒得太紧便脸色苍白的基督徒呀！当你刚走进来，像仁慈的天使一样，对上校的'野蛮行径'无限震怒的时候，我便知道好戏就要开始啦！为什么那样瞧着我？可悲的人，你当然可以点头同意，而后回家吃你的饭，不值得这般大惊小怪。请转告你的上校，他可以枪毙我、绞死我，或不管采用任何便利的方式——如果能使他开心，便活活烤熟我——把这件事了结掉吧!"

牛虻简直让人认不出来了,由于愤怒和绝望,他已经发了狂,又是喘气又是战栗,眼睛里闪射出绿色的光芒,跟发了怒的猫眼睛一样。

蒙太尼里早已站了起来,这时默默地低头望着他。他没听明白这一通疯狂指责的要点,他却知道这番话发自于一颗极端绝望的心;理解到这一点,他便原谅了牛虻对他的一切侮辱。

"嘘!"他说,"我并不想伤害你。说实在的,我根本就没有要把我的负担移到你身上的意图,你的负担已经够重的了。对任何人,我都从来没有这样做过……"

"撒谎!"牛虻喊叫出了声,眼睛里怒火燃烧,"你升任主教那回呢?"

"升任主教那回?"

"啊!你记不起来啦?你的忘性可真大呀!'如果你希望我留下的话,亚瑟,我将写信说我去不成了。'我当时才19岁,你却让我替你决定何去何从。那种做法即便不可恶,也是滑稽可笑的。"

"别说啦!"蒙太尼里绝望地大叫一声,举起双手抱住了头。随后他又把手放下,慢慢走到窗前,在窗台上坐下,把一只胳膊支在铁窗条上,将前额贴住胳膊。牛虻浑身颤抖着躺在那里观望他。

过了一会儿,蒙太尼里起身走回来,嘴唇死灰般苍白。

"非常抱歉,"他说道,并且可怜巴巴地拼命想保持平素的那种镇静的态度,"我得回家了。我……不太舒服。"

他瑟瑟发抖,仿佛疟疾发作一般。牛虻的满腔愤恨顷刻间化为乌有。

"神父,难道你看不出……"

蒙太尼里向后一退缩,木雕泥塑般站住了。

"绝不可能!"他最后低声说道,"上帝啊,怎么会有这种事!我一定是疯了……"

牛虻用一条胳膊支起身子，握住了那双发抖的手。

"神父，难道你不明白我其实并没有被淹死吗？"

那双发抖的手突然变得冰冷和僵硬。刹那间，所有的一切都在沉寂中死亡了。随后，蒙太尼里跪倒在地，把脸伏在了牛虻的胸膛上。

他抬起头时，太阳已经落山，西边的红霞正在渐渐消失。他们忘记了时间和地点，忘记了生与死，甚至忘了他们是敌人。

"亚瑟，"蒙太尼里低语道，"真的是你？难道你从死神那儿回到了我身旁？"

"是从死神那儿回来的……"牛虻战栗着说道。他把头枕在蒙太尼里的胳膊上，像生病的孩子躺在母亲的怀抱中。

"你回来了，你终于回来了！"

牛虻深深叹了一口气。"是啊，"他说，"你得跟我战斗，要不就处死我。"

"啊，别说啦，亲爱的！怎么现在还讲这等话。咱们像两个在黑暗中失散的孩子，都把对方错当成了妖魔鬼怪。而今咱们彼此相认，步入了光明。我可怜的孩子，你的变化真大啊——变化真大啊！你曾经充满了人生的欢乐，而现在看起来，仿佛亲身经历了天下所有的灾难！亚瑟，真的是你吗？我常在梦中梦见你回到了我身旁，醒来看到的却是黑暗和一间空房子。我怎么能知道，也许我再度醒来，发现这一切也是梦呢？请给我一样能摸得着的东西——跟我讲讲你的遭遇。"

"说起来很简单。我藏在一艘货船上，偷渡到了南美洲。"

"在那儿怎么样呢？"

"我在那儿过起了生活——如果你愿意称之为生活的话——啊，我算看到了你曾经向我传授哲学的那个神学院之外的另一番天地！你说你梦见过我，而我也梦见过你……"

说到这里，牛虻停了下来，身上打着哆嗦。

"有一次，"他突然又开始讲道，"我在厄瓜多尔的一座矿里干活……"

"该不是当矿工吧？"

"不是，是当矿工的帮手——跟一帮苦力在一起打零工。矿井口有一个工棚，我们就在里边睡觉。一天夜里——我当时正在生病，就跟最近患的这种病一样……顶着烈日运了一天的石头——我一定是花了眼，竟看见你从门口走了进来。你手捧十字架，那十字架就跟墙上的这个一样，口中念念有词，看也不看我便从我旁边擦身而过。我冲你喊叫，想请你帮我的忙，给我些毒药或一把刀子什么的，让我结束一切苦难，免得我发疯。而你——啊……"

他用一只手揩了揩眼睛，另一只手仍被蒙太尼里攥着。

"从你的表情我看出你已经听到了我的叫声，可你始终没回头，依旧念着祈祷词向前走。你祈祷完毕，吻了吻十字架，这才回头看我，低声说：'我为你非常难过，亚瑟，可我不敢表露出来，不然主会生气的。'我看了看你的主，那个木头雕像正在发出嘲笑。"

"后来我醒过来，看见工棚和那些患麻风病的苦力，便什么都明白了。我看出你更热衷于向你的那个魔鬼似的上帝邀宠，而不愿救我摆脱地狱。那情形我一直记在心头，你刚才用手碰我的时候，我才暂时忘掉。我还在病中，而且以前爱过你，但咱们之间已无其他可言，只有战争，战争，战争。你拉着我的手做什么？难道你不明白，只要你还信仰你的耶稣，咱们就只能是敌人吗？"

蒙太尼里埋下头吻了吻那只伤残了的手。

"亚瑟，我怎么能够不信仰他呢？在那些可怕的年代，我都一直坚持着自己的信仰，而现在他既然把你还给了我，我又如何可以去怀疑他？别忘了，我曾以为我害死了你。"

"你现在还要再害死我一次。"

"亚瑟！"这是一声痛彻心扉的叫喊。可牛虻不予理睬，继续说道：

"我们干什么事都要诚实，不要闪烁其词。你和我站在深渊的两边，要想隔着深渊拉起手是没有指望的。如果你认定自己不能够或不愿意放弃那东西，"他又望了望挂在墙上的十字架，"你就必须同意上校的主意……"

"同意！上帝啊——同意——亚瑟，可我爱你呀！"

牛虻的脸可怕地抽搐了一下。

"你更爱哪一个：我还是那东西？"

蒙太尼里站了起来。由于恐惧，他的灵魂在萎缩，而他的肉体似乎也已干瘪，像霜打过的树叶，变得软弱无力、老气横秋、憔悴颓丧。他从梦中醒来，眼前仍是一片黑暗和一间空房。

"亚瑟，稍微怜悯怜悯我吧！"

"当你的谎言把我逼到甘蔗园做奴隶的时候，你给过我多少怜悯？听到这话发抖啦——啊，菩萨心肠的圣人呀！这就是合乎上帝心意的那种人——不断地悔罪、苟延残喘的人。反正死去的只有他儿子一人。你声称你爱我，可你的爱已经使我付出了高昂的代价。你以为听几句甜言蜜语，我就可以忘掉前尘往事，再拐回来做你的亚瑟？我，曾在肮脏的妓院里洗过碟子，为那些比畜生还粗野的农场主当过马夫；我，戴着丑角帽、挂着铃铛，在跑江湖的杂耍班子里当过小丑，还到斗牛场为斗牛士们跑腿打杂；我，为每一个把脚踩在我脖子上的衣冠禽兽充当奴隶；我，饥肠辘辘，被别人吐唾沫，踏在脚下；我，连向别人讨口发霉的食物都遭到拒绝，因为狗有优先权。啊，说这些管什么用呢？我怎能说得尽你给我带来的灾难？而现在——你爱我！你对我爱得有多深？足以使你放弃你的上帝吗？啊，这个令人厌烦的耶稣到底为你做过什么，究竟为你吃过什么苦，使你爱他超过了爱我？难道就因为那双被钉穿的手，你如此钟情于他？那你看我的肉体吧！瞧，这儿，这儿，还有这儿……"

牛虻撕开衬衣，袒露出一片吓人的疤痕。

"神父，你的上帝是个骗子，他的伤口是伪造的，他的痛苦是在做戏！只有我才有权占据你的心！神父，你让我尝尽了天下所有的痛苦，你想象不来我过的是什么样的日子！可我没有寻死！我挺过了一切磨难，耐着性子忍受着，因为我一定要回来跟你的这个上帝决战。我抱定了这个目的，拿它作为盾牌保护我的心，我才没有发疯，没有再死一次。现在我回来，却发现上帝仍霸占着我的位置——这个冒牌的殉难者，在十字架上只钉了六个小时便起死回生啦！神父啊，我在十字架上钉了五年，而且我也起死回生了呀。你怎么来对待我呢？你怎么来对待我呢？"

他停下来。蒙太尼里坐着，活似一尊石像，或者一具竖在那里的死尸。起初，听了牛虻势如山洪的激愤和绝望的陈诉，他微微打了打哆嗦，肌肉机械地抽搐了一下，好似挨了鞭打，可现在他倒十分平静。沉默了老半晌，然后他抬起头，有气无力却很耐心地说："亚瑟，能不能解释得更清楚一些？我又糊涂又害怕，我听不明白你的话。你要求我怎么做？"

牛虻用幽灵一样的面孔对着他。

"我什么也不要求你。爱，怎么能强迫呢？你可以自由选择，看我们俩哪一个是你最爱的。你如果最爱的是上帝，那你就选择他。"

"我听不明白你的话。"蒙太尼里疲倦地重复了一遍刚才的话，"我有什么可以选择呢？往事是不能够挽回的。"

"你必须在我们俩之间做出选择。如果你爱的是我，就从脖子上取下那十字架跟我走。我的朋友正在安排一次新的越狱，有你协助会容易些。待我们安全地越过边界，你便公开地认我。可如果你爱我爱得不够，如果在你眼里这个木头偶像比我更重要，那你就去告诉上校，说你同意他的计划。要去就快去，省得让我看着你感到痛苦。我经历的苦难够多的了。"

蒙太尼里抬起头，微微颤抖着。他这下开始明白了。

"我一定跟你的朋友取得联系。不过……让我随你一道走是不可能的……我是个教士。"

"而我不接受教士的恩惠。我绝不会再妥协了，因为我已经妥协够了，吃尽了妥协的苦头，神父。你必须放弃你的教职，要不就放弃我。"

"我怎能放弃你呢？亚瑟，我怎能放弃你呢？"

"那就放弃上帝。你得在我们之间做出选择。难道你想让我分享你的爱——一半给我，一半给恶魔一般的上帝？我绝不吃他的残羹冷炙。你要是属于他，就不属于我。"

"你要把我的心撕成两半吗？亚瑟！亚瑟啊！你想把我逼疯吗？"

牛虻把拳头砸在墙上。

"你得在我们之间做出选择。"他又一次重复道。

蒙太尼里从怀里掏出一个小匣子，里面放着一张又皱又脏的字条。

"你看看这个！"他说。

> 我以前相信你就和相信上帝一样。可上帝只是一尊泥塑像，一钉锤便可砸个粉碎，你一直用谎言欺骗我。

牛虻大笑一声，把字条还了回去。"19 岁的年轻人是多么天真啊！

似乎拿起一把钉锤就可以轻而易举地把东西砸个粉碎。现在还是这种情况——只不过这次是我将被砸得粉碎。至于你,你仍可以用谎言来蛊惑许多其他的人,他们甚至永远也不会发现真相。"

"随你怎样想吧,"蒙太尼里说,"也许处在你的位置,我会跟你一样残酷无情——只有上帝知道。我不能按你的要求做,亚瑟,但我愿做自己力所能及的事情。我愿安排你逃走,待你安全后,我就到深山里寻死,或者服过量安眠药自杀——你高兴让我怎么样都行。你满意吗?我只能做到这些。这是一桩大罪,但我想上帝会原谅我的,因为他比你仁慈……"

牛虻尖叫一声,猛然伸出两只手来。

"啊,太过分啦!太过分啦!我对你干了什么,你竟然这样想?你有什么权利……就好像我想找你报仇似的!难道你不明白,我只是想挽救你吗?难道你永远都不理解我对你的爱吗?"

他拉起蒙太尼里的双手,把热吻和泪水印在上边。

"神父,跟我们走吧!为什么要守着这个死气沉沉的教士和偶像的世界?这儿落满了旧时代的灰尘,腐朽霉烂、乌烟瘴气、臭味冲天!走出这个瘟疫横行的教会吧,跟我们一道投向光明!神父啊,只有我们才是生命和青春,只有我们才是永恒的春天,只有我们才是未来!神父啊,黎明即将来临,难道你不愿看到日出吗?醒来吧,让我们忘掉可怕的噩梦——醒来吧,我们将重新开始生活!神父啊,我一直爱着你——甚至在你害了我的时候,我的爱也没有改变——你还会害我吗?"

蒙太尼里抽回了双手。"啊,上帝可怜可怜我吧!"他高喊出声,"你的眼睛跟你母亲的一模一样!"

二人突然沉默了下来。在昏暗的暮色里,他们面面相觑,两颗心惊恐得停止了跳动。

"还有什么话要讲吗?"蒙太尼里低语道,"能给我一线希望吗?"

"不。除了跟教士们战斗,生命对我是毫无用处的。我不是人,而是一把刀子。如果你让我活下去,就是批准动用刀子。"

蒙太尼里转身面向耶稣受难像。"上帝啊!你听听这话……"

他的声音消失在空落落的沉寂中,没有人回答,只又一次唤醒了牛虻心里的那个喜欢嘲笑的魔鬼。

"大……大点儿声叫他,也许他睡……睡……睡着了。"

蒙太尼里像挨了打一样,猛然惊起,站在那儿直呆呆地望着前方,过了一会儿,在床边坐下,双手掩面,泪水涟涟哭了起来。牛虻不住地哆嗦,出了一身冷汗,他知道这眼泪意味着什么。

他扯过毯子蒙住头,不愿听到那哭声。他,一个生机勃勃的大活人,就要去死,这已经够他受的了。可他挡不开那哭声。那哭声在他的耳边轰鸣,在他的大脑里撞击,在他的脉管里跳动。蒙太尼里仍哭啊,哭啊,泪水从指头缝里滴落下来。

最后,他终于止住了哭声,像个刚刚哭过的孩子一样,用手帕擦干了眼泪。待他站起身时,手帕从他的膝盖上滑落在地。

"再谈下去是没用的,"他说,"你明白吗?"

"我明白,"牛虻木然顺从地回答,"我不怪你。你的上帝肚子饿了,得用我去喂他。"

蒙太尼里把脸转向他。即将挖掘的坟墓也不会比他们俩更静默。他们一声不响,痴情地凝视着对方的眼睛,就像一对被无法逾越的障碍隔开的情侣。

是牛虻先垂下了目光。他把身子向下一缩,蒙住了面孔。蒙太尼里明白这举动是让他走,于是便扭头出了囚室。

过了一会儿,牛虻惊坐起来。

"啊，我受不了了！神父，快回来！请你回来！"

门已经关上了。他睁大眼睛，目光呆呆地慢慢朝四周看了看，心里明白一切都结束了。那个加利利人^①胜利了。

整整一夜，下边院子里的小草轻轻地摇动——那草儿很快就会被铁锹连根铲起，枯萎而死；整整一夜，牛虻孤单单一人躺在黑暗里啜泣。

第七章

军事法庭于星期二早晨开庭。整个过程很简短，只不过走了走形式，仅仅花了二十分钟。其实，也没必要多用时间，被告不得辩护，而证人只是那个被打伤的暗探和队长，还有几名士兵。判决书提前已写好。蒙太尼里已送来了他们所需要的表示同意的非正式通知，因而法官们（菲拉里上校、当地龙骑兵团的少校以及瑞士卫队的两名军官）要做的事情就极少了。大声念过起诉书之后，证人提供证词，判决书也签了字，随即庄严地向死刑犯宣读。牛虻默默无语地听着，当按照正常程序问他有什么话说时，他只是不耐烦地挥挥手把问题岔开了。他怀里揣着蒙太尼里落下的那块手帕。昨天一整夜，他对着手帕又是亲吻又是落泪，好像那是个活人一样。此刻，他脸色苍白、表情呆滞，眼皮上仍有泪痕。但是，"处以枪决"的判决词对他似乎没有多大的影响。当这项判决念出来时，他的瞳孔有些放大，此外再无别的反应。

"把他带回囚室吧。"当所有的仪式都结束后，总督吩咐道。那个显然已快落下眼泪的卫队长在这个纹丝不动的人儿肩上拍了拍。牛虻微微

---

① 此处指基督。据说基督诞生于巴勒斯坦北部的加利利地区。

吃了一惊，朝四周瞧了瞧。

"啊，对不起，"他说，"我走神啦。"

一种近乎怜悯的表情出现在了总督的脸上。论天性他并不是个残忍的人，内心暗暗为自己在这一个月里所扮演的角色感到有点儿羞愧。既然主要的目标已达到，他情愿在自己的职权范围内做一些小小的让步。

"你不用再戴镣铐了。"他望望牛虻那肿烂的手腕说。随后他又转身冲着自己的侄子补充道，"他可以待在他自己的囚室里。死囚的牢房又阴又暗，关在那里也只是一种形式。"

他咳嗽一声，挪动了一下脚，分明很窘迫，随后把正要带犯人走出去的卫队长叫了回来。

"等等，队长，我想跟他说句话。"

牛虻动也没动，对总督的话似乎毫无反应。

"如果你有话想转达给亲戚朋友……我想你有亲戚吧？"

没有回答。

"好吧，你考虑考虑，然后告诉我或者牧师。我会尽心办理的。你还是把口信交给牧师吧，他马上就来，夜里陪着你。如果还有别的要求……"

牛虻抬起了头。

"请告诉牧师，我情愿一个人待着。我没有朋友，不需要捎口信。"

"可你需要忏悔呀。"

"我是无神论者。我什么都不需要，只求得到安静。"

他的声音淡漠、平静，既不含蔑视也不含激愤。说完，他慢慢地走了。到了门口，他又留住了脚步。

"让我给忘了，上校，有件事我想求你。明天不要让他们绑住我或蒙住我的眼睛。我一定会一动不动地站在那里。"

星期三早晨日出时，他们把他押到了院子里。他的腿瘸得非常厉害，走路显得很艰难、很痛苦，重重地靠在卫队长的胳膊上，但一切倦怠和顺从的表情已荡然无存。黑夜里，在一片死寂中，幽灵似的恐惧压倒了他，阴暗世界的幻象和梦境也萦绕着他，但是一旦黑夜过去，这些也一同消失了；一旦阳光普照，一旦有敌人在跟前激起他的战斗情绪，他就无所畏惧了。

六名执行死刑的枪手沿着布满常春藤的墙壁一字排开。在那次不走运的越狱中，牛虻乘着月色攀爬的正是这堵窟窟窿窿、摇摇欲坠的院墙。枪手们站好，每个人手里都提着自己的枪，简直无法忍住眼里的泪水。派他们来枪毙牛虻，给他们带来了无法想象的恐惧。牛虻和他那犀利的妙语、无穷无尽的笑声以及充满光明、富于感染力的勇气，似缠绵的阳光照亮了他们单调、沉闷的生活。现在他就要死去，而且死在他们手里，在他们看来这就等于扑灭天上的一颗明星。

院子里的那株巨大的无花果树下，他的坟墓正在等着他。那是夜间由一些不情愿的人挖出来的，滴滴泪水洒落在铁锹之上。他经过那儿时，含着微笑望了望那黑魆魆的土坑以及旁边枯萎的小草，深深地吸口气，嗅嗅那才从坑里挖出来的新鲜泥土的芳香。

在靠近那株树的地方，卫队长停住了脚步。牛虻四下里瞧瞧，绽出极欢快的笑容。

"要我站在这儿吗，队长？"

卫队长无声地点了点头，喉咙里像堵了个东西，恨自己竟无法求情救下他的性命。总督、他的侄子、监刑的骑兵中尉、医生以及牧师都已经来到了院子里，这时表情严肃地走上前，但一看见牛虻那笑盈盈的眼睛里闪射出的轻蔑的光芒，便有些局促不安。

"早安，先生们！啊，尊敬的牧师，你也起这么早！你好呀，队长？这次见面比上次叫你愉快一些，是吧？我看你的胳膊还吊着绷带，那是我枪法太差的缘故。这些好汉比我的枪法准——是不是，伙计们？"

他扫视了一遍枪手们阴郁的面孔。

"反正，这次用不上绷带。喂，喂，你们何必如此愁眉不展！都站好，表演一下你们精湛的枪法。马上就要有艰巨的工作，会让你们应付不了，根本不像预先练习的那样。"

"我的孩子，"牧师走上前来，打断了他的话说，其他的人退到后边让他们俩单独谈，"再过一会儿，你就要去见造物主了。留给你忏悔的这最后几分钟，难道你就用来说这种话吗？我恳求你想一想，你身上带着这么多的罪恶，不求主赦免就死去，该是多么可怕的事情。当你站在最高审判者^①面前的时候，想忏悔就太晚了。难道你要带着满口的俏皮话走向上帝威严的神座不成？"

"俏皮话，尊敬的牧师？大概只有你们才喜欢那一套令人厌烦的说教哩。轮到我们动手的时候，我们将用大炮轰，而不是这六七根破枪，那时你就会看到我们俏皮话的分量了。"

"你们要用大炮轰！啊，不幸的人呀！难道你还没意识到自己已站在了可怕的深渊边沿吗？"

牛虻侧过脸看了看那敞开的墓坑。

"这么说，牧师大人认为一经把我放进那里，就一了百了啦？也许，也许你们会在坟头上压一块石头防止我'三天之后复活'^②吧？别害怕，牧师大人！我将像老鼠一样静静地躺在你们把我所放的地方。尽管如

———————————————

① 此处指上帝。

② 据说基督在死后三天复活。

此，我们还会用大炮轰。"

"啊，仁慈的上帝呀，"牧师高声说道，"饶恕这个可悲的人吧！"

"阿门！"有位骑兵中尉用一种低沉的声音喃喃道，而上校和他的侄儿虔诚地在胸前画了十字。

牧师眼见再坚持下去也没指望收到任何成效，于是放弃了徒然的努力，摇着头退到了一旁，嘴里低声念着祈祷词。他们没耽搁时间，很快就把简单的准备工作做完了，牛虻自动站到指定地点，只是转过头来，朝着红黄色交融的晨曦观望了一会儿。他再一次请求不要蒙住他的眼睛，脸上蔑视的表情逼得上校只好被迫同意。二人都忘了，这会给士兵们带来多么大的痛苦。

牛虻含着微笑，面对士兵们站好，而士兵们手里的枪抖个不停。

"我已完全准备就绪。"他说。

中尉趋前一步，激动得有些发抖。他以前从未发过执行死刑的口令。

"预备——瞄准——射击！"

牛虻摇晃了一下，随即便恢复了平衡。一颗偏斜的子弹擦破了他的脸颊，几滴鲜血落在了白围巾上。另一颗子弹击中了他的膝盖上方。

硝烟慢慢散去后，士兵们定睛一瞧，只见他仍在那里微笑，并且用那只伤残的手擦脸上的血迹。

"你们的枪法糟透啦，伙计们！"他说道，声音异常清晰，使那些呆若木鸡的可怜的士兵们醒过神来，"再来一次。"

那一排枪手不约而同发出了呻吟声，身子也颤抖着。每个人都朝旁边瞄准，心里暗暗希望致命的枪弹不是自己而是旁边的人射出的。而现在牛虻仍站在那里冲他们微笑，他们只不过把刑场变成了屠宰场，那件可怕的事情还得从头做起。他们心里产生了突如其来的恐惧，垂下枪口，无可奈何地听着军官们愤怒的斥骂，用呆滞的目光惊慌地望着那个他们开枪射击却没有打死的人。

总督冲着他们的脸晃着拳头，穷凶极恶地吼叫着，命令他们站好位置，端起枪赶快把事情了结掉。他和士兵们一样完全丧失了勇气，不敢用眼睛看那个傲然屹立、不肯倒下去的可怕的人。当牛虻跟他说话时，他被那讥笑声吓得抖作一团。

"上校，今天早晨你带来的这支行刑队不称职！让我试试，看我能不能让他们射得准一些。注意啦！兄弟们！把枪口抬高些，那位兄弟朝左边瞄瞄。老天呀，伙计，你手里拿的是枪，不是炒锅！都瞄准了吧？请注意！预备——瞄准——"

"射击！"上校抢先一步，发出了开枪的命令。要是让犯人自己发口令枪毙自己，那岂不是太不像话啦。

又是乱糟糟、缺乏秩序的几声枪响，接着行刑队便乱了队形，全都瑟瑟发抖，睁大迷茫的眼睛望着前方。其中有的士兵就没开枪，而是把枪扔到一旁，蹲在地上嘴里痛苦地低声念叨着："我办不到——我办不到！"

硝烟慢慢散了，飘浮到空中与晨曦融合在一起。他们看见牛虻倒了下去，但也看到他仍然没有死。起初那一瞬间，官兵们全都石像一般站在那里，看着那团可怕的东西在地上扭动和挣扎。后来，医生和上校都大叫一声冲上前去，因为牛虻一只膝盖着地吃力地跪起身子，而且仍冲着士兵大笑。

"又没打中！再……试一次，弟兄们！看看你们能不能……"

他突然一摇晃，歪倒在了草地上。

"他死了吗？"上校小声问。

医生跪下来，用手摸摸那血糊糊的衬衫，然后轻声回答：

"我想是死啦——谢天谢地！"

"谢天谢地，"上校也说道，"终于死了！"

他的侄子这时碰了碰他的胳膊。

"叔叔！红衣主教来啦！他在大门口，想进来。"

"什么？不能让他进来——我不允许。卫兵是干什么吃的？主教大人……"

大门开了又关上，蒙太尼里已经站在了院子里，用充满恐惧的目光呆呆地望着眼前的情景。

"主教大人！必须请你原谅——这场景不适合你看！死刑刚刚执行完，尸体还没有……"

"我来就是要看看他。"蒙太尼里说。总督这时才发现他的声音和神情都像是一个梦游的病人。

"啊，我的上帝！"一个士兵突然喊叫了起来。总督急忙回头望去。天哪……

草地上的那团血肉模糊的躯体又一次开始挣扎和呻吟。医生慌忙蹲下身子，把他的头抬起放在自己的膝上。

"快些！"他不顾一切地大声喊叫，"你们这些野蛮人，快点儿吧！看在上帝的分儿上，让这一切结束吧！实在让人受不了啦！"

大股的鲜血喷射在他的手上，他怀里抱的那个肉体痉挛着，使他从头到脚也抖动了起来。当他疯狂地四处张望求援时，牧师隔着他的肩头伏下身，把一个十字架放到了那个垂死的人的唇边。

"以圣父和圣子的名义……"

牛虻靠着医生的膝盖支起身子，圆睁双眼，直视着十字架。

在一片凝固了的沉寂之中，他慢慢地抬起被打断了的右手，将那个偶像推到了一旁。耶稣的面孔被抹上了鲜红的血迹。

"神父……这下你的……上帝……该满意了吧？"

他的头一歪，落到了医生的胳膊上。

"主教大人！"

由于红衣主教仍未从恍惚的状态中清醒过来，菲拉里上校又喊了一声，这次声音更大了。

"主教大人！"

蒙太尼里抬起了头。

"他死了。"

"已经完全死啦，主教大人。你离开这吧！这场景怪吓人的。"

"他死了。"蒙太尼里又重复了一遍，又看了看死者的脸，"我摸了摸他，他已经死了。"

"一个人身上挨了十几枪，还会怎么样呢？"那位中尉轻蔑地嘀咕道。医生悄声回答说："他看见血，大概吓糊涂了。"

总督用手紧紧拉住了蒙太尼里的胳膊。

"主教大人，你还是不要再看他了。能让牧师送你回家吗？"

"是的——我这就走。"

蒙太尼里慢慢地扭过头，离开那血淋淋的地方，牧师和卫队长跟在后边。在大门旁他停下来，精神恍惚、目光呆滞，诧异地又回头望了望。

"他死了。"

几小时之后，麦康尼来到山坡上的一间茅屋里告诉马丁尼，说他已经没有必要捐躯了。

第二次营救工作此时已全部就绪，因为这一次的方案比上一次简单得多。根据他们的安排，第二天早晨圣体节的游行队伍路过丘陵上的要塞时，马丁尼将冲出人群，从怀里拔枪向总督的脸开火。趁随之而来的大乱之际，二十位荷枪者会蜂拥攻破大门，闯入塔楼，把钥匙抢到手，然后进囚室把犯人背走，遇到挡道的就打死或击退他们。出了大门，他们将边战边退，掩护由一群骑着马、全副武装的走私贩子组成的第二梯队把牛虻送进山里的安全隐蔽地。在这个小团体里，自有一个人对此项计划一无所知，那就是詹玛。马丁尼特别要求过要对她保密。"她会很快为此事担忧死的。"他解释说。

当麦康尼走进花园大门时，马丁尼推开玻璃门，来到游廊里迎住他。

"有消息吗，麦康尼？你说说！"

麦康尼把宽边草帽向后推了推。

二人在游廊里坐下，谁都没有言语。一看见帽檐儿下的那副面孔，马丁尼就什么都明白了。

"什么时候的事情？"隔了老半晌，他才问道。那声音连他自己听起来都觉得异常呆钝、乏力。

"今天早晨日出时分，这是卫队长告诉我的。他在场目睹了一切。"

马丁尼垂下头，轻轻弹开衣袖上的一根散线头。

空，一切皆空①，这也化成了一堆泡影。他原本可以在明天捐献出生命。现在，他一心向往的境界消失了，那宛若金色晚霞般梦幻里的仙境消逝于黑暗来临之际。他又得回到那个平平常常的世界里——那里有格拉西尼和盖利，有写密码和印小册子的事务，有党内同志的争论，有奥地利暗探乏味的阴谋，那种旧模式的单调的革命工作叫人心里感到厌倦。他的内心深处有一大片空荡荡的地方，如今牛虻一死，就再没有任

---

① 出自《圣经·旧约·传道书》第1章第2节。

何事情任何人可以充实那儿了。

他听到有人在问他问题，便抬起头来，同时感到纳闷，不知现在还有什么事情值得一谈。

"你说什么？"

"我说你应该把这消息告诉她。"

生活，还有对生活的种种恐惧，又重新反映在了马丁尼的脸上。

"我怎么对她开口呢？"他嚷嚷起来，"还不如让我去杀了她呢。啊！我怎么能开口，怎么能对她讲！"

他双手遮住眼睛。接着，他虽然没看见，却感到身旁的麦康尼惊了一跳，于是便抬起头来。詹玛正站立在门口。

"你听到了吗，西萨尔？"她说，"一切都完了。他们已经枪决了他。"

第八章

"让我们跪拜在上帝的神座前。"在教士和助手们的簇拥下，蒙太尼里站在高大的祭坛前，用平稳的语调高声朗读祭文。教堂里到处都闪耀着光芒和色彩。从教徒们的节日盛装，一直到挂着火红色帷幔和花圈的厅柱，没有一处阴暗的地方。在宽敞的入口处悬挂着巨大的红色帘幕，6月的炎阳把光线射穿幕褶就像穿透了麦田里的红色罂粟花花瓣。教会里的教士们擎着蜡烛和火炬，一群群的教民们拿着十字架和旗子——侧厢原本阴暗的礼拜堂里此时通亮一片。在甬道里，游行用的丝绸旗帜层层叠叠垂下来，金色的旗杆和流苏在拱门下闪闪发光。在彩色玻璃的映照下，唱诗班教士的白法衣被染得似彩虹一般。阳光洒在圣坛的地板上，呈出交错的橙色、紫色和绿色。祭坛后边悬挂着一幅亮光闪闪的银色幔帐。幔帐、装饰物以及祭坛灯光托出了蒙太尼里的身影，只见他穿着拖地白色长袍，宛如一尊注入了生命的大理石雕像。

按照节日游行的惯例，他只主持弥撒，不参加庆典，所以待到恕罪祈祷结束时，他便离开祭坛，迈着缓慢的步子走向主教的宝座，而两侧主持仪式的神父和教士们纷纷冲着他深深鞠躬致意。

"主教大人恐怕身体不舒服，"一位教士对自己身旁的人说，"他似乎有些不对劲。"

蒙太尼里低下头让别人为他戴镶着珠宝的主教冠。充当荣誉执事的教士为他戴上主教冠，打量了他一眼，然后欠过身子附耳低语：

"主教大人，你病了吗？"

蒙太尼里微微冲他侧了侧身子，从他的眼神看，似乎没听见一样。

"很对不起，主教大人！"这位教士屈身行了个礼低声说，回到了自己的位置上，一路埋怨自己不该打扰红衣主教虔诚的心境。

那熟悉的仪式在继续进行，蒙太尼里直端端一动不动地坐着，闪亮的主教帽和织金锦缎法衣反射着太阳光，白色节日长袍那沉甸甸的襞褶铺扫在红色地毯上。百十来支蜡烛的光芒照射在他胸前的蓝宝石上，反映出火花，而且也照射进那双深沉、平静的眼睛里，可在那儿却一丝反光也没有。他听到有人说"请赐福吧，尊敬的主教"，便弯下腰为那人祝福，身上的钻石罩上了缕缕阳光。此时他也许回想到了深山里壮观而可怕的冰雪幽灵，头顶彩虹，身披漫天大雪，伸开双手，把祝福或诅咒撒向人间。

该奉献圣饼时，他走下宝座，跪倒在祭坛前。他的一举一动都显得古怪、呆板和僵硬。待他起身回到自己的位置时，那个身着盛装坐在总督后面的龙骑兵团少校，对着被牛虻打伤的那个队长低声说："毫无疑问，这个年老的红衣主教撑不住了，他举手投足都像台机器。"

"那才好呢！"队长低声回答，"自从可恶的大赦令颁布以来，他简直就是套在我们脖子上的磨盘。"

"可是在军事法庭一事上，他还是让步了呀。"

"最后是让步了，但他拖了许久才拿定了主意。老天爷，在这天气太热了！游行时咱们都会中暑的。可惜咱们不是红衣主教，不然一路上都有华盖为咱们遮太阳。嘘——嘘——嘘！我叔叔在朝这边看呢！"

菲拉里上校回过头严厉地把这两个年轻军官横了一眼。昨天早晨的那个重大事件结束之后，他处于一种虔诚和严肃的心境中，这时真想责备他们不该对在他看来"十分有必要"的事情缺乏合适的感情。

司仪们开始召集参加游行的人们，为他们安排顺序。弥撒结束时，圣饼被放进了水晶罩后边的太阳圣钵①里。主持弥撒的神父和他的助手们退入圣器室更衣，这时教堂里嗡嗡地响起了一片低沉的谈话声。蒙太尼里仍坐在自己的宝座上，眼睛直视前方，一动也不动。人类生命和运动的海洋似乎在他的周围和脚下涌动，又在他的宝座跟前化为一潭死水。一只香炉送到他面前，他把香插入炉中，眼睛既不右视也不左看。

教士们从圣器室回来，在圣堂里等待他下来，而他依旧纹丝不动坐在那里。名誉执事朝前俯下身子取下那顶主教冠时，迟疑地又低语了一声：

"主教大人！"

红衣主教向四周看看。

"你说什么？"

"参加游行，您肯定能受得了吗？日头很毒。"

"日头有什么关系？"

---

① 用黄金和水晶做成的容器，形状似太阳，游行时用于盛放圣饼。

蒙太尼里说话的声音冰冷又慎重，于是这位教士又觉得自己冒犯了对方。

"请原谅我，主教大人。我以为你不舒服呢。"

蒙太尼里没有答话，站起了身来。他在宝座的最顶端台阶上停留了片刻，仍以那种慎重的声音问道：

"那是什么？"

这时，他的白袍那长长的下摆已扫下台阶，铺展在圣堂的地板上，而他用手指着白色缎面上一个火红的光点。

"那只不过是从彩色窗户照进来的太阳光，主教大人。"

"太阳光？怎么这么红？"

他走下台阶，跪在祭坛前，把香炉前后晃了晃。当他把香炉又递还给执事时，方格状的阳光洒落在他裸露的头顶上以及仰天呆望的眼里，在那些教士们遮在他周围的帐幕上投下一团红色的光。

他从副主祭手中接过神圣的、金光闪闪的太阳圣钵。当他站起身时，唱诗班和风琴顿时送出一阵激昂的旋律。

执仪仗器具的人缓步向前，把丝绸华盖张在他的头上方，荣誉执事们分列左右，把白袍的长襞向后扯开。当侍祭们弓下腰从圣堂的地板上拿起他的袍角时，负责开路的民间司仪便庄严地列成两行，高擎燃烧的蜡烛，分左右两侧走出中殿。

蒙太尼里高高站在祭坛前，在华盖下一动不动，用手稳稳地将圣餐钵托起，观望着人群从面前经过。一对一对的人们手拿蜡烛、幡徽、火炬、十字架、神像和旗帜缓步走下圣堂的台阶，在点缀着花圈的厅柱中间，沿着宽宽的甬道，从撩起的红色帘幕下来到街上耀目的阳光里。他们唱的赞美诗声音低下来变为低声的轰鸣，乃至被不断响起的新声音所淹没——无尽的人流滚滚向前，甬道上总有新的脚步声在回响。

教民们的队伍过去了——他们一个个身穿白衣，脸罩细纱。接下来是"哀悼会"的信徒们——他们从头到脚一身黑，眼睛从面具的小孔里闪烁着微弱的光。接着走来了庄严的修道士队伍——里面有身穿暗色衣袍、打着褐色赤脚的托钵修道士，也有披着白袍、表情严肃的多米尼克修道士。再往后边则是地区世俗长官、龙骑兵队、卡宾枪手和当地警官。总督穿着漂亮的节日服装，跟官场的同僚们走在一起。一位执事手擎巨大的十字架跟在后边，两个侍祭拿着耀眼夺目的蜡烛拱卫两旁。当他们走出大门时，帘幕高高撩起，于是蒙太尼里从华盖下顿时看到了阳光灿烂、铺着地毯的街道，看到了悬挂着旗幡的墙壁以及身穿白袍沿街撒玫瑰花瓣的孩子们。啊，玫瑰花，它们是多么红呀！

游行队伍鱼贯向前——一张又一张的面孔，一团又一团的色彩在移动。庄重威严的白色长袍被绚丽多彩的法衣和绣着花纹的教士服饰所取代，现在走过的是一个高大精美的金色十字架，它傲立于一片通明的蜡烛上方，教堂里的牧师们庄严肃穆，披着阴惨惨的白色斗篷。一位牧师手持法杖，在两把熊熊燃烧的火炬护卫下走下圣堂。侍祭们步上前来，和着音乐的节拍摇动着香炉。执仪仗器具的人把华盖又向高处举了举，嘴里数着步点："一二，一二！"蒙太尼里踏上了"十字架之路"①。

他走下圣堂的台阶，一直穿过甬道，从琴声雷鸣的唱诗楼下以及撩起的帘幕下——那帘幕红艳艳的，红得令人心惊——径直来到阳光炫目的街道上。街上满地血红的玫瑰花，全都凋零枯萎，被许多双路过的脚踩烂在红色的地毯上。他在门口停留了片刻，几位世俗官吏上前换下了撑华盖的人。接着，队伍又向前移动，他双手紧捧太阳圣钵，周围唱诗班的歌声此起彼伏，与香炉的摆动以及隆隆的脚步声和着节拍。

---

① 耶稣背负十字架赴难之路，此处隐喻蒙太尼里的状况。

主使基督的肉体变成面包，

　　主使基督的鲜血变成红酒……

　　到处是鲜血，到处是鲜血！铺展在他面前的地毯宛若一条血的河流，遍地的玫瑰花好像似迸溅在石头上的鲜血……啊，上帝呀！难道你的大地和天空都被鲜血染红？啊，万能的上帝，这是怎么回事——你的嘴唇竟然也沾上了血迹！

　　让我们深深鞠躬，

　　让我们膜拜这伟大的圣餐。

　　他透过水晶罩瞧那圣饼。那饼里边渗出来的是什么——从黄金圣钵的四角滴落下来，流淌到他的白袍上？看呀，从手上滴落的东西又是什么？

　　要塞院落里的小草被践踏、被染成了红色——红殷殷一片——竟有那么多的鲜血。鲜血顺着那个脸颊朝下流，从那被打穿的右手朝下滴，受伤的腰部滚烫的鲜血迸流如注。甚至连头发也浸透了血——那头发黏乎乎地贴在额头上——哦，那是死亡的虚汗，是刺骨钻心的疼痛产生的后果。

　　唱诗班的歌声升高了音调，充满了欢庆的情绪：

　　赞美圣父和圣子，

　　赞美主拯救世界，

　　赞美主的光荣和权威，

赞美主的恩惠。

啊，简直让人无法容忍！上帝竟然高坐在天堂黄灿灿的神座上，血淋淋的嘴角挂着微笑，俯视人间的痛苦和死亡，这难道还不够吗？这难道还不够吗？为什么还得加上这可笑的赞美和祝福？基督曾为拯救人类捐献了身躯，曾为了替人类赎罪流尽了鲜血，这难道还不够吗？

"啊，大点儿声呼唤他吧，他也许睡着了！"

你真的安息了，亲爱的孩子，永远不会醒来啦？难道坟墓对自己的战利品如此戒备，难道树下的黑坑甚至连一刻也不愿把你放松吗，心爱的孩子？

这时，水晶罩后边的圣饼做出了回答，那滴落的鲜血似乎在说：

"这不是你的选择吗，难道还要后悔？你的愿望不是得到了满足吗？你看看这些披金挂银、在光亮中行走的人们，我是为他们才躺入了坟墓。你看看那些撒玫瑰花瓣的孩子，听听他们的歌声吧，正是为了他们，我的嘴里才填满了泥土，而那些玫瑰花是我用心里的血浇红的。你瞧吧，有些人跪下来吮吸从你的袍角上滴落的鲜血，我为了他们流下鲜血，来满足他们的嗜血癖性。因为《圣经》上说：'一个人如果为朋友献出生命，就是最伟大的爱。'"

"亚瑟啊，亚瑟，世上还有比这更伟大的爱！一个人如果献出的是他最心爱的人的生命，岂不是更伟大吗？"

又传来了回答声：

"谁是你最心爱的人？事实上，并不是我。"

他欲言又止，因为此时唱诗班的歌声拂过，好像北风掠过结冰的池塘，压下了这些话。

喝吧，基督徒们；喝吧，你们全都喝吧！这难道不是为你们准备的吗？为了你们，奔涌的鲜血染红了草地；为了你们，活人的肉才被抽干了血，再撕碎。吃吧，你们这些吃人的人；吃吧，你们全都吃吧！这是你们的宴会，你们的酒席，你们的欢乐节日！赶快来一道欢庆节日吧，加入我们游行的队列。男女老幼，全部都来吃肉啊！快来斟一杯血酒，趁着颜色鲜红喝下去；快来吃这尸体呀……

啊，上帝，看看那要塞！阴沉沉、黑魆魆的要塞，和它那坍塌的城墙以及丘陵间发暗的塔楼，正满脸怒容地俯视着沿土路经过的游行队伍。吊桥的铁齿固定在大门的上方，要塞如一头野兽伏卧在山坡上，护卫着自己的猎物。可是，不管那铁齿多么牢固都要被弄断和砸碎，院落里的那座坟墓必须交出那个死人。因为基督徒主人们正在走来，排着庞大的队伍走来参加神圣的血肉宴会，就像大批的饥鼠来会餐。他们嘴里喊着："请赐予！请赐予！"就没有个够的时候。

"你还不满意吗？为了这些人，我牺牲了生命。是你断送了我，以便让他们活下去。瞧，他们所有的人都列队来了，绝不肯散去。

"这是基督徒的大军，是你那个上帝的追随者，他们是个强大的族群。大火在他们前边开路，烈焰在他们身后燃烧。前边是伊甸园，而身后是荒芜的野地——是啊，任何东西都别想逃出他们的手掌。

"啊，你回来吧，回到我身边来吧，亲爱的，对于自己的选择我追悔莫及！你回来吧，咱们可以偷偷溜掉，逃到一个黑暗、寂静的坟墓里，让那支吞食一切的大军找不到咱们。咱们将挽着胳膊躺在那儿，睡呀，睡呀，睡呀。饥饿的基督徒们在无情的日光下会从我们的头顶上路过，他们号叫着寻找鲜血喝，寻找人肉吃，嗷嗷之声隐约地鸣响于咱们的耳旁，但他们将继续往前赶路，留下咱们一道安息。"

可那声音又回答道：

"我到何处藏身呢？《圣经》上写得明明白白：'他们将在城里无孔

不入；他们将在墙头上奔跑，将爬上屋顶，将像盗贼一样破窗而入。'如果我在山顶上建一座坟头，难道他们就不可以打开吗？如果我在河床上挖一个墓坑，难道他们就不可以摧毁吗？说实话，他们是嗜血的猎狗，擅长找出猎物。为了他们，我的伤口流出了鲜血，让他们痛饮。你就听不到他们在唱什么歌吗？"

这时，人们高唱圣体歌，从两道红色帘幕之间走进教堂来，因为游行已经结束，所有的玫瑰花都已经撒出。

当歌声停止时，蒙太尼里跨入大门，从两排鸦雀无声的修道士和教士中间穿过——那些人都跪在自己的位置上，手里高擎明亮的蜡烛。他看见他们都把饥饿的眼睛盯在他手里捧的圣体上，而且也明白了为什么他经过时他们都低下了头。原来，暗色的血顺着他白色法衣的皱襞流淌下来，他每走一步都在教堂的石头地板上留下一团深深的、殷红的血迹。

他沿着甬道走向教堂的栏杆，撑华盖的人停住了脚步，于是他从华盖下走出来，步上祭坛的台阶。身穿白袍、手捧香炉的侍祭们以及高擎火炬的神父们跪于左右两旁，他们注视着殉难者^①的尸体，眼睛在耀眼的烛光中贪婪地闪烁。

当他站立在祭坛前，用一双血迹斑斑的手把自己钟爱的遇难者那血肉模糊的尸体高高举起时，来宾们又引吭高歌，要求开始吃圣餐。

啊，这下他们要来抢尸体啦……去吧，亲爱的，去迎接你悲惨的厄运吧，为这些不可抗拒的饿狼打开天堂的大门。十八层地狱的大门已为我启开。

荣誉执事将圣钵放在祭坛上时，蒙太尼里原地跪倒在台阶上，鲜

---

① 此处指耶稣。

血从头顶洁白的祭坛上流下，滴落在他的头上。人们仍在歌唱，歌声在弓架下轰鸣，沿着穹隆顶回荡：

"无边无际，无穷无尽！"啊，耶稣多么幸运，他可以长眠于十字架下！啊，耶稣多么幸运，他可以说："全结束啦！"而这种厄运永远也无尽头，如运转的群星般永恒。这是不死的害虫，这是熄不灭的欲火。"无边无际，无穷无尽！"

在后面的仪式里，蒙太尼里疲倦和耐心地扮演着自己的角色，完全出自习惯机械地履行着那些对他已毫无意义的礼仪。谢恩祷告结束后，他又跪倒在祭坛前，以手掩住脸面。一位教士诵读免罪表^①的声音忽高忽低，显得遥远而模糊，像来自于一个不再属于他的世界。

那声音停止了，他站起来，伸出手让众人肃静。几位信徒正朝门口走，这时嘴里叽咕一声慌忙转回身来，但听见教堂里一片低语："主教大人有话要说。"

蒙太尼里手下的教士心里又吃惊又纳闷，都来到了他跟前，其中的一个忙不迭地小声问："主教大人，你现在想对大家讲话吗？"

蒙太尼里默默地挥手让他们闪开。教士们窃窃私语着退了下来。这种现象有些反常，甚至是不合规定的。可红衣主教既然愿意，他是有这种权力的。毫无疑问，他要发表非常重要的讲话——宣布罗马的新的改革措施，或者教皇的特殊通告。

蒙太尼里从祭坛的台阶上俯视着海洋一般仰起的面孔。人们满怀热切的希望瞻仰着他，而他像幽灵一样站在高处，纹丝不动、脸色苍白。

"嘘——嘘！肃静！"各领队轻声叫喊道，于是信徒们的嗡嗡声变成了沉寂一片，犹如一股风消失在了低语的树梢间。在死一般的寂静里，

---

① 教会列的罪恶表，须用各种代价赎回。

众人抬头注视着祭坛台阶上那个白色的身影。蒙太尼里慢条斯理、从容不迫地开始讲话：

"《约翰福音》里写着：'上帝钟爱世人，献出了唯一的爱子，让所有的世人得到拯救。'

"今天这个节日是纪念那个为了拯救你们而惨遭杀害的殉难者的肉体和鲜血，为了纪念那个扫除人间罪恶的上帝的羔羊，为了纪念由于你们的胡作非为而丧生的圣子。你们聚集在这里，穿着庄重的节日服装，都是来分吃上天赐给你们的祭品，并感谢这种大恩大德。我知道，今天上午你们来参加宴席，分享殉难者的尸体时，心里都充满了欢乐，因为你们都记得圣子的苦难，他正是为了挽救你们才献出了生命。

"可是，请告诉我，你们当中哪一个想到过另外一种苦难——把自己的儿子献出来钉死在十字架上的圣父的苦难？有谁还记得，圣父从天堂的神座上俯视加尔弗里①时心里的痛苦？

"我的子民们，今天你们列队进行庄严的游行时，我观察过你们；我看到你们由于赎了罪而在内心里感到由衷的喜悦，并为自己得到拯救感到庆幸。然而，我请求你们想一想，这种拯救是以什么样的代价换来的。这的确是一种非常昂贵的拯救，其代价高于红宝石，是用鲜血换来的。"

听众们微微战栗，经久不息。圣堂里的教士身子前倾，相互间窃窃私语，但演讲者仍在继续讲，大家也就肃静了下来。

"所以我今天要告诉你们：我，就是这样一种情况。我曾经顾及你们的软弱和悲伤，顾及你们膝下的小孩子——一想到他们即将死去，我便于心不忍。我望了望我亲爱儿子的眼睛，知道赎罪的鲜血在他的身上

---

① 耶稣受难的地方。

流淌。于是我便定下了决心，让他去面对厄运。

"罪恶就是这样被赎清。他为你们献出了生命，被黑暗所吞食。他死了，而且不能再复活；他死了，从而我失去了爱子。啊，我的孩子，我的孩子呀！"

红衣主教的声音变成了长长的哀号。人们惊叫失声，像是发出来的回声。教士们全都站了起来，几位荣誉执事冲上前拽住讲演者的胳膊，他一挣而脱，突然转过来面对着他们，就像是只愤怒的野兽。

"你们要干什么？难道鲜血还不够你们喝的吗？你们这些豺狼，轮到你们的时候，会给你们喂饱的！"

执事退下去，挤在一堆瑟瑟发抖，呼吸急促，沉重，面孔白得像粉笔一样。蒙太尼里又转向听众，他们在他面前摇晃和颤抖，犹如疾风下的一片麦田。

"是你们害死了他！是你们害死了他！由于我不愿让你们遭难，我便饮下了这杯苦酒。看见你们在我的跟前虚伪地赞美和卑鄙地祈祷，我后悔了，悔不该那样做！他应该活下来，而你们才该滚进肮脏、无底的地狱，跟你们的罪孽一起烂掉。你们那染上瘟疫的灵魂到底有什么价值，竟然为它们付出如此之高的代价？可是，一切都太晚了，太晚了！我大声呼叫，但他已听不到；我叩击坟墓之门，但他已不会醒来；我独自一人站在这荒芜的地方，四周望望——血迹斑斑的大地埋葬着我亲爱的人，唯一留给我的是那个虚幻的可怕的天堂，天地之间满目苍凉。我把他奉献了出来；啊，毒蛇的子孙们，我是为了你们才把他奉献了出来！

"把你们救世主的遗体拿去吧，因为它是你们的！我把它抛给你们，就像把一根骨头抛给一群咆哮吠叫的野狗！已经有人为你们偿付了这次宴席；快来吃吧，你们这些食人者、吸血鬼，你们这些专吃腐尸的野兽！看吧，鲜血从祭坛上泉涌而下，滚烫滚烫、泛着泡沫，那是我亲爱的人心里流出来的血，是为你们抛洒的热血！喝吧，舔吧，让鲜血沾满你们全身！那人肉任你们去争抢、吞食吧，再不要来打扰我啦！这尸体就是给你们吃的。你们瞧，它血肉模糊，但受尽磨难的生命仍在跳动；拿去吃吧，基督徒们！"

他早已抓着盛着圣饼的太阳圣钵，高高举在头顶，这时便猛地一下摔在地上。金属与石头撞击发出哐当一声响，教士们蜂拥而上，二十只手扭住了这个疯子。

这时，也只是在这时，人们才歇斯底里般狂呼乱叫，一下子打破了沉寂，碰翻了椅子和板凳，争相奔往门外，互相践踏着，慌乱中扯下了帘幕和花圈，形成一股汹涌澎湃、啜泣唏嘘的人流汇到街上去。

尾声

"詹玛，楼下有个人想见你。"马丁尼压低声调说——这十天来，他们两人说话时无意中用的都是这种声调。低沉的声调，再加上缓慢平静的举止，这就是他们表达悲哀的唯一方式。

詹玛挽着袖子，系着围裙，正在把弹药捆成小包，好拿去分发。从一大清早她就一直在工作，此刻在下午炫目的日光下，她的脸色已显得疲倦和憔悴。

"有人来，西萨尔？他有什么事？"

"不知道，亲爱的。他不肯告诉我，说必须跟你单独谈。"

"好吧，"她摘掉围裙，放下衣袖说，"看来我必须去见他了，但他很有可能是个暗探。"

"反正我就在隔壁的房间，一喊就应。把他支走后，你最好躺下来休息一会儿，今天你站的时间太久了。"

"哦，不！我还想继续干下去。"

她慢慢地走下楼梯，马丁尼默默跟在后边。这几天她看起来像老了十岁，头上的那一绺白发散开成了一大片。她现在老是低垂眼帘，偶然一抬起，眼睛里的凄惨表情会使他不寒而栗。

在小客厅里，她发现来客是个长相粗鲁的汉子，并着脚站在屋子中央。他的整个气质，以及她进来时他抬头望她的那种有点儿慌乱的神情，使她认定他是瑞士卫队里的一名士兵。他穿一件乡下人的罩衫，分明不是他自己的，眼睛不时四处张望，像是害怕被人发现。

"你会讲德语吗？"他用浓重的苏黎世土话问。

"会一点儿。听说你想见我。"

"你就是波拉夫人吗？我给你带来了一封信。"

"一……封信？"她开始发起抖来，忙把一只手撑在桌子上稳住自己。

"我是那里的一个卫兵。"他说着指了指窗外丘陵上的要塞，"这信是上星期枪毙的那个人托我送的。他临刑前一天晚上写了这封信，我答应一定亲自交给你本人。"

她低下了头。这么说，他到底留下了遗言。

"正因为这个，信才迟迟没能送来，"士兵继续说道，"他吩咐过不要交给别人，只能交给你，而我一直脱不了身——他们看得很紧。后来我只好借了这套衣服才溜了出来。"

他在怀里摸索着。由于天气很热，他掏出的那封折叠在一起的信不仅又脏又皱，而且被汗弄得有点儿潮湿。他站了一会儿，不安地挪动着脚，后来抬起手挠挠后脑勺。

"你不要讲出去。"他羞怯地又说道，同时不信任地瞥了她一眼，"我是冒着生命危险到这儿来的。"

"我当然不会讲出去。不，请你等等……"

他转身欲走时，她叫住他，伸手去摸钱包，而他生气地把身子向后一缩。

"我不要你的钱，"他粗声粗气地说，"我全是为了他，因为他托过我。我真想多为他干点儿什么。他待我很好——上帝保佑我！"

他的声音有点哽咽，使她抬起了头。只见他正在慢慢地用脏腻腻的衣袖擦眼睛。

"我和我的同事们不得不开枪。"他低声说，"军人必须服从命令。我们把子弹打偏了，只好又一次开枪——他嘲笑我们，称我们是不中用的行刑队——他对我很好……"

屋子里一片寂静。过了一会儿，他挺直腰杆子，笨拙地行了一个军礼走了。

詹玛手里拿着信，静静地站了一小会儿，然后在敞开的窗前坐下，看起信来。信是用铅笔写的，字迹密密麻麻，有几处简直无法辨认。但信的开头用英文写的几个字却清清楚楚：

亲爱的詹玛：

下边的字迹一下子变得模糊起来。她又一次失去了他——又一次失去了他！一看到这熟悉的孩童时代的称呼，她心里又油然产生了绝望、悲痛的情绪，不顾一切地伸出手来，仿佛堆在他身上的泥土在压迫着她的心。

隔了片刻，她又拿起信继续朝下看：

明天日出时分我就要被枪毙了。所以，要遵守诺言把一切都告诉你，我现在就得开口了。不过，你我之间毕竟不需要多加解释。咱们不用多说话，总能相互理解，甚至在孩提时代便如此。

因此，你该明白，亲爱的，你大可不必为扇耳光那件旧事感到伤心。当然，那是一次沉重的打击，但同样沉重的打击我经受得多了，我都挺了过来，甚至还回击过几次——这不，我还活着，我仍健在，就像咱们小时候看的书（我忘记了书名）里的鲭鱼"活蹦乱跳"。只不过这是我最后的一跳了，明天早晨"戏剧就该收场了"——你我可以把这句话翻译成："杂耍该收场了。"这得感谢众神，因为至少他们还怜悯咱们，怜悯虽然不多，但毕竟还是有一些的——为了这一点还有其他所有的恩赐，咱们该心存感激！

关于明天早晨的事，我希望你和马丁尼都能理解，我是非常幸福和满足的，这是命运之神给我的最好的结局。请把这一点转告马丁尼，算是我的口信。他是个好人，也是个好战友，会理解的。你要知道，亲爱的，那些陷入泥潭的家伙迫不及待地重新采用秘密审判和处决的手段，对咱们是件好事，对他们反而不利。如果你们活下来的人能够坚定地团结在一起，给他们以狠命的打击，就可以大功告成。而我，将带着轻松的心情走到院子里去，就像回家过节的小学生一样。我完成了自己的任务——这一死刑判决证明我的任务完成得很出色。他们枪毙我，是因为他们害怕我。一个人能够做到这一点，还希求什么呢？

不过，我仅有一个心愿。一个将要死去的人有权利提提个人的心事，我的心事是想让你明白我为什么总对你粗暴无礼，为什么迟迟不肯忘掉宿怨。当然，你是知道其中的原因的，我告诉你只是图心里畅快。詹玛，当你还是个难看的小姑娘、穿一件方格布长衫、围一个皱巴巴的领巾、背后拖一条小辫子的时候，我就爱上了你，如今仍在爱着你。记得那天我吻你的手，你可怜地求我"以后不要再那样做"的事吗？我知道那是一种无赖行径，但务必请你原谅。现在，我在这张纸上写着你名字的地方吻了吻。这样，我吻了你两次，而且两次都没有经过你的同意。

就此搁笔。别了，亲爱的。

信的末尾没有签名，只有一首他们俩小时候一道学过的儿歌：

> 我是一只牛虻
> 幸福欢畅，
> 不管是活着，
> 还是已死亡。[①]

半小时之后，马丁尼走进来，见状不由得一惊，打破了一直蔓延着的沉寂，扔掉手中的布告，张开臂膀抱住了她。

"詹玛！看在上帝的分儿上，怎么啦？不要哭啦——你从来就没有哭过呀！詹玛！詹玛，我亲爱的！"

"没什么，西萨尔。以后我再跟你解释，现在我……我不能说。"

[①] 引自威廉·布莱克的小诗《苍蝇》。此处译文第二句原应译为"快乐的苍蝇（fly）"，但牛虻（Gadfly）用此暗指自己，故有此译。

她慌忙把沾满泪痕的信塞进衣袋，起身将脸探出窗外，不让对方看到自己的表情。马丁尼没再言语，用牙咬住胡须。这许多年来，他第一次像小学生一样地流露出真情，可她居然没有注意到！

　　"教堂在敲钟。"隔了一会儿，她恢复了自制力后，回头说道，"一定是死人啦。"

　　"我来就是让你看这个的……"马丁尼以平素的那种声音回答道。他把布告从地上捡起，递给了她。这是一则匆匆印出来的圈着黑边的讣告，上面用大号字体写着："敬爱的红衣主教，罗伦梭·蒙太尼里大人，因心脏动脉瘤破裂在拉文纳突然病逝。"

　　她把目光迅速从讣告移开，抬起头来。马丁尼从她的眼睛里看到了无声的话语，于是耸耸肩说道：

　　"还能怎样呢，夫人？动脉瘤是一个极为合适的医学名词。"

（完）